U0488848

國家社會科學基金重大項目（18ZDA248）
「十四五」國家重點圖書出版規劃項目
國家出版基金資助項目

查清華　主編

東亞唐詩選本叢刊

第一輯　三

中原出版傳媒集團
中原傳媒股份公司
大象出版社
·鄭州·

圖書在版編目(CIP)數據

東亞唐詩選本叢刊. 第一輯. 三 / 查清華主編. —
鄭州 ：大象出版社，2023. 8
ISBN 978-7-5711-1275-2

Ⅰ. ①東… Ⅱ. ①查… Ⅲ. ①唐詩-詩歌研究-叢刊
Ⅳ. ①I207. 227. 42-55

中國版本圖書館 CIP 數據核字(2021)第 265468 號

東亞唐詩選本叢刊 第一輯 三

出版人 汪林中
項目策劃 張前進 郭一凡
項目統籌 李建平 王軍敏
責任編輯 曲 静
責任校對 牛志遠 毛 路 萬冬輝
裝幀設計 王莉娟

出版發行 大象出版社
鄭州市鄭東新區祥盛街27號 郵編450016
印　　刷 北京匯林印務有限公司
版　　次 2023年8月第1版第1次印刷
開　　本 720mm×1020mm 1/16 24.25印張
字　　數 262千字
定　　價 98.00元

前言

《東亞唐詩選本叢刊》（第一輯）十册，選入日本江户、明治時代學者注解評釋的唐詩選本十二種：《三體詩備考大成》《唐詩集注》《唐詩解頤》《唐詩選夷考》《唐詩兒訓》《唐詩絶句解》《唐詩通解》《通俗唐詩解》《唐詩句解》《唐詩選講釋》《三體詩評釋》《唐詩正聲箋注》。

這些選本具有一定的代表性。南宋周弼選編的《三體唐詩》不僅流行於元明時期，成書不久亦即傳入日本，因便於讀者學習漢詩創作法則而深受歡迎，遂産生多種新的注解評釋本。熊谷立閑（？—1695）《三體詩備考大成》、野口寧齋（1867—1905）《三體詩評釋》均在此基礎上集注增評。明初，高棅編《唐詩正聲》，在明代影響深遠，《明史·文苑傳》稱：「其所選《唐詩品彙》《唐詩正聲》，終明之世，館閣宗之。」東夢亭（1796—1849）撰《唐詩正聲箋注》，菅晋帥《序》曰：「夫詩規於唐，而此則其正統宗派，足以救時體之冗雜。」明後期，李攀龍編《古今詩删》，並作《唐詩選序》，自豪地宣稱「唐詩盡于此」。該書一度成爲明代格調詩派的範型選本，傳入日本後，受到古文辭學派推崇，服元喬於享保九年（1724）校訂《唐詩選》，即係從該書截取而單行的唐詩部分，此舉居功至偉，以至「海内户誦家傳，以爲模範準繩」。宇士新（1698—1745）、竺顯常（1719—1801）《唐詩集注》、竺顯常《唐詩解頤》，千葉玄之（1727—1792）《唐詩選講釋》，新井白蛾（1725—1792）《唐詩兒訓》《唐詩絶句解》，入江南溟（1682—1769）《唐詩句解》，莫不以服元喬所訂《唐詩選》爲宗，對其進行注解講釋。至明末清初，著名文學批評家金聖歎作

《貫華堂選批唐才子詩》《唱經堂杜詩解》，葛西因是（1764—1823）《通俗唐詩解》所選詩目即多與此二書相重合，其解説也多襲用金氏評語。各選本之間淵源有自，顯示了清晰的理論脉絡和學術統緒，便於我們把握古代日本詩學觀念與學術思潮的變遷。尤其像熊谷立閑《三體詩備考大成》這樣集大成式的選注本，簡册浩瀚，材料富贍，引用了不少國内已佚或罕見之古籍，具有較高的文獻價值。

上述諸書編撰者均爲日本精研漢學的著名儒學家和詩人，編撰《唐詩通解》的皆川淇園（1734—1807）、編撰《唐詩選夷考》的平賀晋民（1721—1792）亦然。他們不僅學殖深厚、創作經驗豐富，還持有異域文化視野，使得這些選本具有獨特的詩學批評和文學理論價值，從而拓展了唐詩的美學藴涵和文化意義。諸人廣參中國自唐至清各代學者對唐詩的選編、注解和評釋，立足於自己的價值取向、美學宗趣，博觀約取，集注彙評，考辨糾謬，發明新意。附著於選本的序跋、凡例、小引及評解，集中體現出接受者對詩作的審美體驗與理性解讀，注重發掘每首詩潛藏的生命意趣、文化信息、風格特徵及典型法則。

這些選本不僅具有較高的學術價值和文化意義，還因其具有蒙學、普及等性質，大都在日本傳播廣泛，影響深遠，極大促進了唐詩在日本的傳播，推進了東亞文明的建設。諸編撰者爲擴大讀者群體，在詩歌選擇、編排體例、語言形式等方面做了大量努力。首先，詩歌選擇名篇佳作。其次，編排格式上，正文、夾注、眉批、尾注、分隔符、字號等的使用錯落有致，標示分明。再次，或在漢文旁添加和訓，方便不諳漢語的日本讀者誦習；或如《唐詩兒訓》《唐詩絶句解》《通俗唐詩解》《唐詩選講釋》《三體詩評釋》等五種選本，除原詩爲漢文外，注解、評釋多用江户時期和文；或如《三體詩評釋》，適時引用日本古代俳句、短歌來與所點評的唐詩相互印證；或如《唐詩選講釋》，在講解官職、計量單位、風俗、名物等語詞時，常以日本相近物事類比。諸如此類的努力直接促成了唐詩的普及，也推進了社會文明的建設，恰如《唐詩兒訓序》所稱：「今爲此訓之易解，户讀家誦，天下從此言詩者益多，更添昭代文明之和氣焉。」

叢刊在整理時，主要做了斷句標點、校勘、和文漢譯的工作，體例上儘量沿用原書格式，保留舊貌，並在每種選本前撰有《整理説明》一篇，簡要介紹編撰者生平著述、時代背景、書名、卷數、編排體例、基本内容、主要特點、學術價值及版本情況等。

本項目的整理研究對象，固爲東亞各國友好交流的歷史文化資源。歷史川流不息，東亞各國人民之間的友誼亦綿延不絶。本輯的編撰，得到日本學界諸多學者的大力支持，也得到日本國立國會圖書館、公文書館、御茶水女子大學、京都大學圖書館、早稻田大學圖書館等機構的無私幫助，讓我們真正領悟到「山川異域，風月同天」的文化意味，在此謹致謝忱。《東亞唐詩選本叢刊》（第一輯）是國家社科基金重大項目「東亞唐詩學文獻整理與研究」之子項目階段性成果，又幸獲「十四五」國家重點圖書出版規劃項目、國家出版基金資助項目支持，感謝諸位專家的信任和鼓勵，感謝大象出版社各位編輯的艱辛付出。

本團隊各位同人不辭辛勞，通力合作，除書中所列編委及整理者，尚有郁婷婷、徐梅、張波協助校對。克服資料獲取的不便及古日文解讀的困難，歷數年終得第一輯付梓，斷不敢以「校書如掃塵」自寬，但因筆者水平所限，疏誤自然難免，祈請讀者諸君不吝賜教，以便日後修訂再版。

查清華

二〇二三年五月於上海師範大學唐詩學研究中心

目録

三體詩備考大成（下）

〔宋〕周弼　選編

〔日〕熊谷立閑　集注

三體詩備考大成（下）

〔宋〕周弼　選編
〔日〕熊谷立閑　集注
林雅馨　楊君　整理

目録

五言律詩三體家法備考大成卷之三……一四一

五言律句三體家法備考大成卷之四……二〇二

五言律句三體家法備考大成卷之五……二五六

五言律句三體家法備考大成卷之六……三二五

增註唐賢五言律句三體家法備考大成卷之一

雒滏後學荔齊熊谷立閑　編輯

五言律

備考《尋到源頭》三曰：「五言詩自蘇武《别李陵》詩云：『雙鳧俱北飛，一鳧獨南翔。子當留斯館，我當歸故鄉。』[二]後之五言詩始此。」○《事物紀原》卷三曰：「李翰《蒙求》曰：『李陵初，詩始變其體，作五言格也。其始本於《詩》「佌佌彼有屋，蔌蔌方有穀」之類。』」○《滄浪編》曰：「《風》《雅》《頌》既亡，一變而爲《離騷》，再變而爲西漢五言，三變而爲歌行雜體，四變而爲沈、宋律詩。五言起於李陵、蘇武，或云枚乘。」○《文章辨體》曰：「律詩始於唐，而其盛亦莫過於唐。考之唐初，作者蓋鮮。中唐以後，若李太白、韋應物猶尚古多律少，至杜子美、王摩詰則古律相半。迨元和而降，則近體盛而古作微矣。」○李滄溟曰：「五言律詩之興雖自唐始，蓋由梁、陳以來儷句之漸也。唐人工之者衆，習尚相高，遂臻其妙。」○袁石公曰：「五言律，起二句爲破題，多對景興起，或比起，或引事起，或就題起，要如狂風捲浪，勢欲滔天。次二句爲頷聯，謂承上而述下也，或述意，或書事，或用事引証，此聯要接破題，如驪龍之珠，抱而不脱。又次二句爲頸聯，謂轉下而入實也，或寫景，或寫意，或書事，或用事引証，與頷聯相應相比，如疾雷破山，觀者駭愕，或就生結句。末二句爲結句，或就題結，或推開一步，或繳前聯意，或用事，或放一句作散場，要如剡溪之棹，自去自回，詩盡而味有餘。」〇謝茂秦曰：「造句易，得趣難，非深於詩者不能也。」〇王元美曰：「五言至沈、宋始可稱律。律爲音律、法律，天下無嚴於是者。知虚實平仄不得任情，而度明矣。二君正是敵手。摩詰似之而才小不逮；少陵强力宏蓄，開闔排蕩，然不無利鈍。餘子紛紛，未易悉數也。」〇又曰：「盧、駱、王、楊號稱『四傑』，詞旨華靡，固沿陳、隋之遺，骨氣翩翩，意象老境，超然勝之。五言遂爲律家正始。」

四實 周弼曰：「謂中四句皆景物而實。開元、大曆多此體。華麗典重之間，有雍容寬厚之態，此其妙也。稍變然後入於虚，間以情思。故此體當爲衆體之首。昧者爲之，則堆積窒塞，寡於意味矣。」

備考 **註**

開元 唐第七主玄宗年號，凡二十九年。

大曆 唐第九主代宗年號，凡十四年。

雍容 《文選》四十七王子淵《聖主得賢臣頌》曰：「雍容垂拱。」注：「濟曰：『雍容，閑和貌。』」〇《漢書·司馬相如傳》曰：「雍容閒雅。」

妙 《嬾真子》曰：「荆公《字解》『妙』字云：『爲少爲女，爲無妄少女，即不以外傷内者也。』人多以此言爲質，殊不知此乃郭象語也。《莊子》云：『婥約若處子。』注云：『處子不以外傷内。』公之言蓋出於此。」

【校勘記】

［一］子當留斯館，我當歸故鄉：底本誤作「我今居斯館，子當歸故鄉」，據《藝文類聚》卷二十九改。

早春游望［一］　杜審言

備考《律髓》卷十載此詩，題作《和晉陵丞早春游望》。○《詩林廣記》前集四載此，作者爲韋蘇州，題曰《和晉陵陸丞早春游望》。○《唐詩解》三十一并《唐詩訓解》三載此詩，題與《廣記》同。○《復齋漫録》曰：「二篇皆佳作也，而韋集逸去。余家有顧陶所編《唐詩》中有之，今故附于此。」○白樂天云：「蘇州五言詩，高雅閑澹，自成一家之體。今之秉筆者，誰能及之？」

《復齋漫録》以爲韋蘇州詩。

杜審言

備考《尚友録》曰：「唐杜審言，字必簡，襄陽人，晋杜預之後。舉進士，爲隰城尉，才高傲世，曰：『文章當得屈、宋作衙官，筆當得王右軍北面。』中宗朝爲修文館直學士云云。子閑。閑子甫，字子美。王元美曰：『杜審言華藻整栗，小讓沈、宋，而氣度高逸，神情圓暢，自是中興之祖，宜其矜率乃爾[三]。』」

獨有宦游人，王吉曰：「長卿久宦游，不遂而困。」**偏驚物候新。雲霞出海曙，梅柳渡江春。**本集題云《和晋陵丞早春游望》。此二句蓋晋陵游望之景。**淑氣催黄鳥，晴光轉緑蘋。忽聞歌古調，**「古」一作「苦」。**歸思欲沾巾。**

增註 黄鳥，黄鸝，一名倉庚，齊人謂之摶黍。○蘋，《爾雅》：「萍之大者。」

備考 賦而興也。交股格。第三句虚。第三句海上之風景，第四句陸地之風象，皆取游望之實事。第五句言陸地。第六句言海上。第七句言晋陵丞詩韻。第八句述己情思。○《律髓》云：「律詩初變，大率中四句言景，尾句乃以情繳之，起句爲題目。審言於少陵爲祖[三]，至是始千變萬化云。起句喝咄響亮。」○《訓解》注曰：「杜、陸俱宦遊，感春特甚，故以『獨有』發端。中二聯叙早春之景。『古調』指丞相所作之詩，『歸思沾巾』見己懷之難堪也。」○同評云：「『獨有』『偏驚』『忽聞』是機括。中四句應『物候』，末二句應『宦遊』。」○范德機曰：「世有謂此詩『雲霞』『梅柳』是説早春，於六義是賦；『黄鳥』『緑蘋』是早春景物，於六義是興。司空曙《經廢寶慶寺》詩，『池晴龜出曝，松暝鶴飛迴』兩句言景物，於六義是興；『古砌碑横草，陰廊畫雜苔』兩句説人事，於六義是賦。非也。蓋賦早春則言早春之景，賦廢寺則言廢寺之景。此詩中四句皆早春，未嘗以前爲賦、後爲興也。『龜出曝』『鶴飛迴』，則寺無僧可知矣；『碑横草』『畫雜苔』，則寺廢久矣。亦未嘗以前爲興、後爲賦也。大凡律詩題有所指，其詩皆賦；題無所指，然假物以興。如『囀枝黃鳥近，泛渚白鷗輕。一徑野花落，孤村春水生』四句皆興也，『簷影微微落，津流脉脉斜。野船明細火，浴鷺聚團沙』『野行荒荒白，春流泯泯青。渚蒲隨處有，村徑逐門成』，此題皆無所指，但遣興漫成，故前四句亦以興起。若直賦一事，何待於興？周伯弜以此詩中聯爲四實，曙詩中聯爲四虚，固失之疏，其分賦與興者，亦失之鑿矣。」〇《唐詩歸》卷二載此詩。〇《唐詩解》曰：「『出』『度』『催』『轉』，沈約所謂蜂腰，然不足爲詩病，若以虚字解『曙』『春』，便不復成語。」

宦游 宦，《字彙》曰：「仕也。又學也。《左傳》：『宦三年矣。』服虔註：『宦，學也，學職事爲官也。又官也。』」

物候 《素問・六節藏象論》曰：「五日謂之候，三候謂之氣，六氣謂之時，四時謂之歲。」〇《紀原》卷一曰：「董巴議曰：『昔伏犧始造八卦，作三畫，以象二十四氣。消息禍福，以制吉凶。』《禮記・月令》註曰：『昔周公作時訓，定二十四氣，分七十二候。』則氣候之起，始於太昊，而定於周公也。」〇王胄詩：「初晴物候凉。」〇梁簡文帝《晚春賦》云：「嘆物候推移。」

梅柳 陶潛詩：「梅柳夾門種。」

淑氣 淑，《字彙》曰：「式竹切，音叔。善也，和也。又清湛也。」〇《訓解》注云：「陸機詩：『蕙草饒淑氣，時鳥多好音。』」〇陸機詩：「淑氣與時殞。」

黃鳥 《詩・國風》曰：「黃鳥于飛。」

轉緑蘋 江淹詩：「江南二月春，東風轉緑蘋。」《楚辭》曰：「菉蘋齊葉兮白芷生。」

古調 調，《字彙》曰：「和也。又賦也，詩也。」

歸思 陶潛詩云：「綿綿歸思紆。」

沾巾 張衡《四愁》詩：「側身北望涙沾巾。」〇蕭子顯詩：「淇水昨送涙沾巾。」

註 **王吉云云** 《史記·司馬相如傳》曰：「司馬相如字長卿，素與臨邛令王吉相善。吉曰：『長卿久宦遊不遂，而來過我。』」

本集 《杜審言集》，十卷。

晉陵 《訓解》註云：「漢爲毗陵，晉更晉陵。」〇《唐詩解》曰：「晉陵，今常州府，唐天寶間爲晉陵郡。」

丞 《要玄》卷七：「《類聚》：『秦置丞，郡以佐守，在邊爲長史，掌兵馬。漢因之，秩六百石。』又《漢·景帝紀》：『縣丞，長史也。』《百官表》：『縣百里以上爲令，皆有丞、尉，秩四百石至二百石，是爲長史。』」

增註 **黄鳥云云** 《事文類聚》後集引《詩疏》曰：「黄鳥，鸝鶹也。或謂黄栗留。幽州謂之黄鶯。一名倉庚[四]，一名鵹黄，一名楚雀。齊人謂之搏黍。」

蘋云云 《爾雅·釋草》曰：「萍其大者蘋。」〇《本草綱目》十九《水草部》曰：「蘋，其粗大者謂之蘋[五]，小者謂之萍，季春始生[六]。時珍曰：蘋乃四葉菜也，葉浮水面，根連水底，其莖細於蓴莕[七]，其葉大如指頂。」

【校勘記】

［一］早春游望：《全唐詩》卷六十二作《和晋陵陸丞早春遊望》。
［二］矜：底本誤作「輕」，據《弇州四部稿》卷一百四十七改。
［三］祖：底本誤作「孫」，據《瀛奎律髓》卷十改。
［四］庚：底本誤作「黄」，據《古今事文類聚》後集卷四十五改。
［五］大：底本脱，據《本草綱目》卷十九補。
［六］始：底本脱，據《本草綱目》卷十九補。
［七］荅：底本脱，據《本草綱目》卷十九補。

遊少林寺　沈佺期

增註《傳燈録》：「達磨禪師寓止嵩山少林，面壁九年。」即此。

備考《律髓》四十七載此詩。又唐仲言《唐詩解》三十二載。〇《地記》曰：「少林寺在五乳峰。少室當其南，隱若屏列。」〇《一統志》曰：「寺在河南登封縣西少室山北麓，後魏時建。梁時達磨居此，面壁九年。」

增註　《傳燈録》宋道原著，凡三十卷。

達磨云云　《傳燈》卷三：「天竺第二十八祖菩提達磨者，南天竺國香至王第三子也。姓刹帝利，本名菩提多羅。後遇二十七祖般若多羅至本國受王供養，知師密迹，因試令與二兄辨所施寶珠，發明心要。既而尊者謂曰：『汝於諸法，已得通量。夫達磨者，通大之義也。宜名達磨。』因改號菩提達磨云云。達磨後魏孝明太和十年，寓止于嵩山少林寺，面壁而坐，終日默然。人莫之測。謂之壁觀婆羅門。」

禪師　見絶句《鑒禪師》題下。

沈佺期

備考　《才子傳》曰：「自魏建安迄江左，詩律屢變。至沈約、鮑照、庾信、徐陵，以音韻相婉附，屬對精緻。及佺期、之問，又加靡麗，迴忌聲病，約句準篇，著定格律，遂成近體，如錦綉成文[一]，學者宗尚。語曰：『蘇、李居前，沈、宋比肩。』謂唐詩變體始自二公，猶始自蘇武、李陵也。」

長歌遊寶地，徙倚對珠林。　佛經：「黄金七寶爲地，摩尼珠爲林。」《楚詞》：「步徙倚而遥思。」注曰：「徙，遷移。倚，立也。」　**雁塔風霜古，**佛書：「西域有比丘，見群雁飛，乃曰：『可充我食。』雁即墮地。佛曰：『此雁王也，不可食。』乃立雁塔。」**龍池歲月深。**　**紺園澄夕霽，**謂園葉紺碧，夕陽照之，如水色之澄。**碧殿下秋陰。**　**歸路煙霞晚，山蟬處處吟。**

增註　「寶地」「珠林」并佛寺通稱。○龍池，杜詩：「掖垣邇躍龍。」注：「《洛陽圖經》有躍龍池。又

《長安志》：『玄宗潛邸興慶宮躍龍門外小池。景龍中，彌亘數頃，常見黃龍。』」〇晋鸞殿，縹碧爲瓦。

備考 賦而比也。交股格。第一、二句虛。第三、四句所見之境致，第五、六句景象，四句共述實事。第七、八句，「煙霞」比太宗耽好色，「山蟬」比小人搆佞讒佺期也。〇《律髓》云：「唐律詩初盛，少變梁、陳，而富麗之中稍加勁健，如此者是也。」〇《唐詩解》曰：「首述來遊之意，中叙登覽之景，末紀歸路所聞也。夕霽則氣清，故紺園爲之澄徹。」

長歌 蘇武詩：「長歌正激烈。」〇鮑照詩：「長歌欲自慰。」

風霜 張衡《同聲歌》云：「願爲羅衾幬，在上衛風霜。」〇鮑照詩：「辛苦風霜亦何爲。」

龍池 《河南志》曰：「九龍潭在登封少林寺。」〇《水經註》云：「九曲在河南鞏縣西，西至洛陽，又洑流注靈芝九龍池。」

歲月 古詩：「歲月忽已晚。」〇陸機詩：「歲月一何易。」

紺園 《白氏六帖》曰：「精舍、楚宮、瑶池、紺園、化城，并皆佛寺通稱。」〇庾信詩：「由旬紫紺園。」

澄夕霽 謝靈運詩：「時竟夕澄霽。」謝瞻詩：「夕霽風氣凉。」〇霽，《說文》曰：「雨止也。」

秋陰 范曄詩：「修帳含秋陰。」

歸路 李華《古戰場文》曰：「地闊天長，不知皈路。」〇陶潛詩：「行行循歸路。」〇謝靈運詩：「始得傍歸路。」

煙霞 胡師耽詩：「煙霞亂鳥道。」

處處 梁元帝詩：「處處春芳動。」

註　佛經云云 《阿彌陀經》曰：「黄金爲地。」

七寶 張九韶《群書拾唾》云：「七寶：金、銀、琉璃、車渠、碼碯、玻瓈、真珠。」

摩尼珠 《名義集》卷三曰：「或云踰摩。應法師：『正云末尼，即珠之總名也。此云離垢。此寶光净，不爲垢穢所染云云。』《大品》云：『阿難問憍尸迦：「是摩尼寶，爲是天上寶，爲是閻浮提寶？」釋提桓因言：「是天上寶。閻浮提人，亦有是寶，但功德相少不具足。」』《大論》云：『有人言，此寶珠從龍王腦中出。人得此珠，毒不能害，入火不燒。輔行曰：「亦云如意，似如唐梵不同。」』《大論》：『《華嚴》云：「如意、摩尼，似如并列二名，若《法華》云摩尼珠等，似如體別。」《大莊嚴論》：「有摩尼珠，大如膝盖。」』《大論》曰：『如意珠狀如芥粟，又云如意珠，出自佛舍利。觀經，指如意爲摩尼。』」○《圓覺經》曰：「譬如清净摩尼寶珠，映於五色，隨方可現。」

《楚詞》云云 《楚詞・遠遊篇》云：「步徙倚而遥思兮。」○《文選》謝叔源詩曰：「徙倚引芳柯。」注：「徙倚，時行也。」○《訓解》注曰：「《文選》：『步栖遲以徙倚。』謂遷徙而倚立。」

佛書西云云 《釋氏要覽》曰：「《西域記》曰：『昔有比丘見雙雁飛翔，戲言知時。忽有雁投下自殞，衆曰：「此雁垂誡，宜旌厚德。」於是瘞雁建塔。』」○見《西域記》卷九。

比丘《訓解》註云：「比丘，即僧也。華言乞士，謂上於諸佛乞法，資益慧命；下於施主乞食，以資益其色身。」

紺碧《論語·鄉黨篇》注曰：「紺，深青揚赤色。」○《大全》：「朱子曰：『紺是青赤色。揚者，浮也。如今人鴉青也。』」

增註　掖垣《修辭指南》曰：「掖，『入未央掖門』，師古曰：『非正門，而在兩旁，若人之臂掖也。』」○《杜詩集註》曰：「掖，傍之小門也。」

躍龍《唐詩選》卷五沈佺期《龍池篇》曰：「龍池躍龍龍已飛。」注：「武后時，長安隆慶坊南民家井溢，浸成大池，彌亘數十頃。丞相、王子列第於其北。望氣者言：『嘗鬱鬱有帝王氣。』神龍五年，中宗泛舟池上，宴群臣以厭之，號曰龍池，即隆慶池也。後玄宗即位，以隆慶坊舊邸爲興慶宮，作龍池樂舞。」○又云：「興慶池在長安城東，初名隆慶，後以玄宗諱改焉，即龍池也。」○杜詩：「龍池滿舊宮。」《千家註》：「趙曰：『按《長安志》，龍池本平地，垂拱初因雨水流潦成小池。至景龍中彌亘數頃，深至數丈。常有雲氣，或見黃龍。』」

潛邸　邸，《字彙》曰：「音底，舍也。顔師古曰：『漢制，凡郡國朝宿之舍在京師者率名邸。邸，至也。言所歸至也。』」

興慶宮《要玄·事集》二曰：「《考索》：『興慶，則以南内目之。』又曰：『興慶創於玄宗，而因乎藩邸。』」○《一統志》曰：「西安府興慶宮在府治東南五里，唐南内也，玄宗建。」

景龍 唐第五主中宗年號，凡三年。

縹碧 縹，《字彙》曰：「青白色。」

【校勘記】

［一］成：底本誤作「爲」，據《唐才子傳》卷一改。

晚至華陰

皇甫曾

增註 《漢書》：「華陰縣，秦名寧秦，漢爲華陰縣，屬京兆。太華山在南。唐華州華陰郡屬關内道，今屬陝西東路。」

備考 **華陰** 《訓解》五注云：「縣屬華州，以在華山之陰，故名。」

增註 **屬京兆** 《一統志》曰：「陝西西安府，漢京兆郡也。」

太華山 《要玄》曰：「太華山在華陰南。」○張説《華山碑銘》云：「前對華陽之國，後壓華陰之郡。停鑾廟下，清眺仙掌云云。」《一統志》三十二曰：「西安府太華山在華陰縣南一十里，即西嶽也。以西有少華山，故此曰太華山。《白虎通》曰：『西方，太陰用事，萬物生華，故曰華山。』是山削成四方，高五千仞。有芙蓉、明星、玉女三峰，蒼龍嶺、黑龍潭、白蓮池、日月崖及仙掌、石月之勝。又有洞，道書以爲總仙洞天。《山海經》：『華山有蛇名肥𧔥，六足四翼，見則天下大旱。』」

華州 《一統志》三十二曰：「陝西西安府華州，在府城東二百里。」

皇甫曾 見前。

臘盡促歸心，行人及華陰。 華陰縣在華州東六十五里。**雲霞仙掌出，** 王涯《太華仙掌辨》云：「西嶽太華之首峰，有五崖，自下遠望，偶爲掌形。」**松柏古祠深。** 玄宗《太華銘》云：「壇場廟宇，何代不修。一禱三祠，無歲而缺。」**野渡冰生岸，寒川燒隔林。温泉看漸近，宮樹晚沉沉。** 温泉宮，見前注。

增註 隋詔：「古稱臘，接也。取新舊交接。可以十二月爲臘。」今相傳冬至後第三戌爲臘。〇燒，失照切，爇也。又野火。〇沉沉，深也。

備考 賦而比也。接項格。第一、二句虛，第三、四句所見之實事。第五、六句實，此二句比讒人未止。末二句虛也。

歸心 王正長詩：「邊馬有歸心。」

行人 李陵詩云：「行人難久留。」〇何遜詩：「寂寂行人疏。」

仙掌出 季昌註曰：「華山、首陽山，黃河流二山間。古語云：『此本一山，當河，河水過而曲行。河神巨靈以手擘開其上，以足蹈離其下，使通其流。』今華山有仙人手迹，名仙掌峰，山下有華嶽祠。」

温泉《一統志》三十二曰：「西安府有長安故城。」同：「華清宮在驪山下，唐太宗建，以温湯所在，初名温泉宮。治湯爲池，環山列宮，每歲臨幸。內有飛霜[一]、九龍、長生等殿，久廢，今湯存焉。」○李註：「温泉宮即華清宮，在京兆府昭應縣，與華州鄰。」

宮樹 宋王義恭表：「彤氣降於宮樹。」

註 **王涯云云**《事文類聚》前集十三王涯《太華仙掌辨》云：「西嶽太華之首峰，有五崖比壑，破巖而列，自下遠而望之，偶爲掌形。舊俗土記之傳云云。」

玄宗云云 又曰：「玄宗《西嶽太華山碑銘》曰：『天有四序，星云云。壇場廟宇，何代不脩。一禱三祠，無歲而缺。所以報生殖，事靈神，不有怠也云云。』」

增註 **臘云云**《禮記·月令》曰：「孟冬十月，臘。」臘，獵也。謂以田獵所得之禽獸祭先祖五祀。《禮傳》：「夏曰嘉平，殷曰清祀，周曰大蜡，漢復曰臘[二]。」隋詔：「古稱臘，接也。取新舊交接。可以十二月爲臘。」今相傳冬至後第三戌爲臘。或遇閏，即以第四戌爲臘，不在十一月也。○《事文類聚》前集十二曰：「臘，接也，祭宜在新故交接也，俗謂之臘。臘明日爲初歲，秦、漢以來有賀此，皆古之遺語也。」○《風俗通義》卷八曰：「臘者，獵也。言田獵取獸，以祭祀其先祖也。或曰：臘者，接也。新故交接，故大祭以報功也。漢家火行，衰於戌，故曰臘也。」○《韻會》曰：「臘，力蓋切。冬至後三戌臘，祭百神。徐按[三]：

切，祭名也。」

蔡邕《獨斷》：『殷曰清祀，周曰蜡，秦曰嘉平，漢曰臘。』臘，合也。合祭諸神也。」〇又「業」韻曰：「力涉

冬至《事文類聚》前集十二曰：「斗指子爲冬至。至有三義：一者陰極之至，二者陽氣始至，三者日行南至。」

【校勘記】

［一］飛：底本誤作「碧」，據《明一統志》卷三十二改。

［二］漢：底本誤作「秦」，據《通志》卷四十二改。

［三］徐按：底本訛作「佺接」，據《古今韻會舉要》卷三十改。

經廢寶慶寺［一］

司空曙

增註「寶慶」，一作「寶炎」，一作「寶光」。

備考《律髓》四十七載此詩。〇寶慶寺者，則天皇后所建也，在長安，禄山亂破之。

司空曙見前。

黄葉前朝寺，無僧寒殿開。池晴龜出曝，松暝鶴飛回。古砌碑横草，陰廊畫雜苔。禪宫亦消歇，塵世轉堪哀。

備考 賦而興也。交股格。第一、二句虚，中四句實事，末二句虚也。○《唐詩選》：「范德機曰：『「龜出曝」「鶴飛回」，則寺無僧可知矣；「碑横草」「畫雜苔」，則寺廢久矣。』」○《律髓》曰：「此必武宗廢寺之後有。此詩句句工，尾句尤不露。」

前朝 指則天皇后朝。○《漢書·谷永傳》曰：「許、班之貴，傾動前朝。」

消歇 歇，《字彙》曰：「消散也。」

【校勘記】

[一]經廢寶慶寺：《全唐詩》卷二百九十二作《過慶寶寺》。

次北固山下　王灣

《英靈集》題作《江南意》。

增註 北固山在潤州北一里，迴嶺下臨長江，山勢從北來險固。

備考 王灣本集題作《江南意》。○《律髓》卷十載此詩曰：「唐人芮挺章天寶三載編次《國秀集》，《唐書·藝文志》、宋《崇文總目》中無之。元祐三年戊辰劉景文得之，鬻古書者以傳曾彥和，曾以傳之賀方回，題云《次北固山下作》，於王灣下註曰：『洛陽尉。』而天寶十一載，殷璠編次《河岳英靈集》，取灣詩八首，此爲第六，題曰《江南意》，詩亦不同。前四句曰：『南國多新意，東行伺早天。潮平兩岸失，風正一帆懸。』世之所稱『海日』『江春』一聯同外，尾句不同，曰：『從來觀氣象，惟向此中偏。』似不若《國秀》之渾全，兼殷璠語亦不成文理，可笑云。」

次 《字彙》曰：「《左傳》：『凡行師再宿爲信，過信爲次。』又次舍。」

北固山 《要玄》五曰：「南京路鎮江府治北有北固山，下臨長江，其勢險固。梁武帝嘗登此。又名北顧山。唐賓常詩：『山趾北來固，潮頭西去長。』」○《詩選》卷三、《唐詩解》第三十七、《訓解》第三載此詩，題注：「鎮江府治北。按《南徐記》：『城西北有別嶺入江，三面臨水，高數十丈，其勢險固，號曰北固山。』」

王灣

備考 《才子傳》曰：「王灣，開元十一年常無名榜進士。往來吴、楚間，多有著述，如《江南意》一聯云：『海日生殘夜，江春入舊年。』詩人以來，罕有此作。張燕公手題於政事堂，每示能文，令爲楷式。曾奉使登終南山，有賦，志趣高遠，識者不能棄焉。」

客路青山外，行舟綠水前。《英靈集》作「南國多新意，東行伺早天」。**潮平兩岸闊，風正一帆**

懸。海日生殘夜，江春入舊年。鄉書何處達，歸雁洛陽邊。

增註 漢武帝射上林得雁，足有繫帛書。

備考 賦而比也。接項格。第一、二句虛，第三、四句實事，比己當昇平世不遇時。第五、六句實事，暗比君恩不遍。末二句虛也。○真奇秀。曰：「三四工而易擬，五六淡而難求。」○《訓解》曰：「此泊舟北固而叙江中之景。因風景之異而起故國之思也。海上之日未旦而生，江南之春立冬而動，則與洛中異矣，故欲因歸雁而附以書。」○又曰：「『外』『前』『邊』三字犯重。」○《唐詩選》注云：「張燕公居相府，手題『海日生殘夜』一聯於政事堂，每示能文，令爲楷式。」○胡元瑞曰：「盛唐句如『海日生殘夜，江春入舊年』，中唐句如『風兼殘雪起，河帶斷冰流』，晚唐句如『鷄聲茅店月，人迹板橋霜』，皆形容景物，妙絶千古。而盛、中、晚界限斬然，故知文章寔開氣運，非人力所能也。」

青山 古詩：「夕宿青山郭。」

行舟 魏文帝《樂府》云：「湯湯川流，中有行舟。」

緑水 《東京賦》：「緑水澹澹。」

潮平 王僧孺詩：「瀁瀁旦潮平。」

風正 《説苑》曰：「天地之氣合以生風。風氣正，十二律正也。」

海日 李白詩：「半壁見海日。」

殘夜　杜甫詩：「殘夜水明樓。」

洛陽　《一統志》曰：「洛陽縣本成周地，居洛水之北，故曰洛陽。」

增註　**漢武帝云云**　《漢書》：「武帝遣蘇武使匈奴，留十九年。乃昭帝和親求武等，匈奴詭言武已死。及漢使復到匈奴，常惠教使者，言漢天子射上林，得雁，足有繫帛書，言武等在某澤。使者如惠言讓單于。單于驚，曰：『武實在。』」後人謂雁寄書起此。

岳陽晚景　　張均

增註　岳陽，岳州郡名。州居天岳山之陽。秦、晉屬長沙郡，宋巴陵郡，隋、唐岳州巴陵郡屬江南道，今屬湖北道。

備考　《唐詩解》三十七載，詩中「去」作「出」，註曰：「《舊唐書》：『均爲户部侍郎，坐累，貶饒州刺史。』此詩蓋貶時所作。」〇《訓解》卷三載此，詩中「卑暑」作「卑濕」。

張均

備考　《履歷》云：「丞相燕公説之子。均自太子通事舍人，累遷主爵郎中、中書舍人，後襲燕國公。禄山盜國，爲僞尚書令。肅宗以説有舊好，詔免罪，流合浦。建中初，贈太子少傅。」

晚景寒鴉集，秋風旅雁歸。水光浮日去，霞彩映江飛。洲白蘆華吐，園紅柿葉稀。長沙卑暑地，岳陽，漢屬長沙。《十三洲志》曰：「西自湘江，至東萊萬里，故曰長沙。」**九月未成衣。**《詩》：「九月授衣。」

備考 賦而比也。交股格。第一、二句虛，「晚景」比天下暗昧，「寒鴉」比小人，「秋風」比世之衰，「旅雁」比世人貪利禄。第三、四句實象也，以比己雖受禄山僞官，蒙肅宗恩光，免罪赴合浦。第五、六句實事，暗比小人得時，己不遇世。第七、八句虛也。○《訓解》曰：「首以景紀時，中因時叙景，末嘆土俗之異也。蓋將晚而鴉集，秋深而雁歸。日浮霞映，將晚之景也。蘆白柿紅，深秋之色也。此時當授衣矣，而衣猶未成，非南方多暑之故乎？」○同評云：「善叙時景。」

晚景 庾信詩：「凄清臨晚景。」

旅雁歸 劉孝綽詩：「洞庭春水緑，衡陽旅雁歸。」

水光浮云云《訓解》曰：「鮑至詩：『岸暗水光來。』日沉波而返照，故勢如浮出。」

蘆華 江總詩：「蘆華霜外白。」

柿葉《唐書》：「慈恩寺貯柿葉數屋，鄭虔日取書之。」

卑暑地《史記·賈誼傳》曰：「賈生既謫居長沙，長沙卑濕，自以爲壽不得長。」

註　岳陽云云《訓解》曰：「岳陽，漢屬長沙。西自湘江，東來萬里，故曰長沙。」

湘江《大明一統志》六十三曰：「湘廣長沙府，湘江在府西，環城而下，源出廣西興安縣海陽山西北，流至分水嶺，分爲二派：曰漓水，流而南；曰湘水，流而北。湘水至永州，與瀟水合，曰瀟湘；至衡陽，與蒸水合，曰蒸湘；至沅州，與沅水合，曰沅湘，會衆流以達洞庭。」

九月云云《詩·豳風·七月篇》曰：「七月流火，九月授衣。」

晚發五溪[一]　　岑參

蜀先主於五溪立黔安郡，今紹慶府也。五溪者，酉溪、辰溪、巫溪、武溪、沅溪。

增註　荆湖山谷間有五溪酋長。一云：「楚滅巴，巴子兄弟五人流入五溪，各爲一溪之長。今屬常德武陵。秦司馬錯定黔中，據城以扼五溪，謂雄溪、樠溪、酉溪、沅溪、辰溪。」又云：「在辰州、武陵之間，壺顯山後，即漢馬援所征處。」

備考《律髓》三十四載此。○此詩，辭安西幕府歸長安時作也。

五溪《後漢·馬援傳》註曰：「武陵五溪，雄溪、朗溪、酉溪、潕溪、辰溪，皆蛮夷所居。」○酈道元《水經注》云：「武陵有五溪，謂雄溪、樠溪、酉溪、潕溪、辰溪，悉是蛮夷所居，故謂五溪。」○土俗，「雄」作「熊」，「樠」作「朗」，「潕」作「武」，在今辰州界。○湯賓尹《芸局秘書》云：「五溪，蛮謂雄溪、樠溪、酉溪、沅溪、辰溪。」○《一統志》六十五辰州府有五溪。

增註　**酋長**　酋，《字彙》曰：「慈秋切，音囚。酋長，蠻夷魁師之稱。」

扼　又曰：「扼與搤同。」「搤」字註曰：「音厄，持也，握也，捉也，按也。」

馬援云云　《後漢》列傳十四曰：「馬援字文淵，扶風茂陵人云云。復請擊武陵五溪蠻夷。時年六十二。」

岑參

備考　《才子傳》曰：「岑參，南陽人。天寶三年趙岳榜第二人及第。累官左補闕、起居郎，出爲嘉州刺史。杜鴻漸表置安西幕府，拜職方郎中，兼侍御史，辭罷。別業在杜陵山中。後終于蜀云云。」

客厭巴南地，鄉鄰劍北天。江村片雨外，野寺夕陽邊。芋葉藏山徑，蘆華間渚田。舟行未可住，乘月且須牽。

增註　巴南，三巴，中巴、巴西、巴東也。歸州、夔州、魚復、雲安并屬巴東，綿州屬巴西。巴南，指巴以南也。○劍北，唐劍南道梁州，自劍西南分益州。劍北，則自劍南以北也。

備考　賦而比也。歸題正格。第一、二句虛。第三、四句實事，「片雨」比禄山餘黨，「夕陽」比唐室將晚。第五、六句，舟中所望之實象，二句比餘黨。第七、八句虛也。○《律髓》曰：「詩律往往健整平實，非晚唐纖碎可望。」

芋葉《字彙》「芋」字註曰：「居寒切，音于，蔽芋草。又古污切，薏苡子。」〇又「芋」字注曰：「音虛。又羊遇切，音預。東方朔曰：『關中土宜薑芋。』顏師古曰：『芋葉似荷而長，不圓，其根白，可食，亦有紫者。又名蹲鴟。』」

增註　**歸州**　杜甫詩：「宋玉歸州宅。」《集註》曰：「歸州，今隸湖廣荊州府。」

夔州　考《一統志》曰：「夔州府，故巴縣。」

魚復　《一統志》卷七十曰：「夔州府奉節縣，春秋時庸國之魚邑，秦爲魚復縣，屬巴郡，漢因之。蜀漢改爲永安縣，晉復爲魚復縣云云。」又曰：「魚復城在赤甲山上，有赤甲城，相傳公孫述築，即漢魚復縣基也。」

雲安　同七十曰：「四川保寧府，唐曰雲安郡。」〇杜甫詩：「伏枕雲安縣。」《集註》：「雲安，今雲陽縣，屬夔州，在府城西一百七十里。」

綿州　同六十七曰：「成都府綿州在府城東北二百六十里。」

劍南道　杜甫詩：「劍南春色還無賴。」《分類》云：「劍南，唐太宗貞觀元年三月，分天下爲十道，九曰劍南道。開元二十一年，分爲十五道，置採訪使，如漢刺史之職。而劍南治益州。」

【校勘記】

[一]晚發五溪：《全唐詩》卷二百作《晚發五渡》。

仲夏江陰官舍寄裴明府　李嘉祐

增註 江陰，吴季札所封延陵故地。秦、漢屬會稽吴郡。梁置江陰郡及縣。唐江陰縣隸常州晉陵郡，屬江南道。南唐及宋江陰軍，今屬浙西道。〇明府，杜詩：「明府豈辭滿。」注：「郡所居曰府。明者，嚴明之稱。」

備考 李嘉祐爲江陰令，見《履歴》。

明府 按《前漢書》：「韓延壽爲東郡太守，門卒謂之明府。」又《晋書》：「王濬爲廣漢太守，主簿李毅曰：『明府其臨益州乎？』」蓋「明府」本太守之稱也，至唐，縣令亦稱「明府」。

增註　**杜詩云云** 《杜律》卷二《北鄰》詩：「明府豈辭滿。」註：「辭滿，謂任滿辭去也。」

李嘉祐

備考 《才子傳》云：「嘉祐，字從一，趙州人。天寶七年楊譽榜進士[二]，爲秘書正字。以罪謫南荒，未幾何有詔量移爲鄱陽宰，又爲江陰令。」

萬室邊江次，孤城對海安。朝霞晴作雨，濕氣晚生寒。苔色侵衣桁，謂梅蒸。**潮痕上井欄。題詩招茂宰，**謝玄暉詩：「茂宰深遐眷。」蓋卓茂爲密令，有聲，故詩人用以比宰邑者。**思爾欲**

辭官。

增註　衣桁，衣架也。杜：「翡翠鳴衣桁。」○井欄，魏明帝九龍殿前爲玉井綺欄。○茂宰，杜工部《趙明府》詩：「茂宰得才新。」謝玄暉《和伏曼容》詩：「茂宰深遐眷。」其時曼容爲武昌太守。蓋太守亦稱「茂宰」。又李白《贈義興宰》詩：「天子思茂宰。」則縣官亦稱「茂宰」也。○晋陶潛爲彭澤令，郡遣督郵至，吏白應束帶見之，潛嘆曰：「吾不能爲五斗米，折腰事鄉里小兒。」乃解印辭官歸。

備考　賦而比也。接項格。第一、二句虚，第三、四句實，「朝霞」比君不明，「濕氣」比小人讒佞。第五、六句實，比小人讒佞壞君子。第七、八句虚也。○《升庵文集》五十八：「《素問》曰：『霞擁朝陽，雲奔雨府。』《楚辭》曰：『虹蜺紛其朝霞，夕淫淫而淋雨。』唐詩曰：『朝霞晴作雨。』俗諺曰：『朝霞不出市。』」○《丹鉛録》三曰：「張子容詩：『海氣朝成雨，江天晚成霞。』李嘉祐詩：『朝霞云云晚生寒。』二詩極相似，盛唐、中唐分焉，試辨之。」

孤城　《後漢·耿恭傳》曰：「耿恭以單兵固守孤城口。」庾肩吾詩：「寒鳥歸孤城。」

註　**謂梅蒸**　按以三月爲迎梅雨，五月爲送梅雨。此皆濕熱之氣鬱，遇熏釀爲霏雨，人受其氣則生病，物受其氣則生黴[二]。

謝玄暉云云　《文選》三十一謝玄暉《和伏武昌登孫權故城》詩曰：「雄圖悵若兹，茂宰深遐眷。」注：「善曰：『言孫氏雄圖悵然如此，伏氏感之而深遠睠。』」

卓茂爲密云云《後漢書·卓茂傳》曰：「卓茂，字子康。遷密令。勞心諄諄，視人如子，舉善而教，口無惡言，吏人親愛而不忍欺之。」

增註　杜翡翠云云 杜工部《重過何氏》詩云：「翡翠鳴衣桁，蜻蜓立釣絲。」

桁《字彙》曰：「衣架。一曰晒衣竿。」

杜工云云《杜工部集》二十《送趙明府縣》詩云：「連城爲寶重，茂宰得才新。」

晉陶潛《晉書》六十四《隱逸傳》曰：「陶潛字元亮，潯陽人，大司馬侃曾孫。少懷高尚，博學善屬文，穎脱不羈，任真自得，爲鄉鄰所貴。嘗著《五柳先生傳》以自況，時人謂之實録。爲彭澤令云云。潛嘆曰：『吾不能爲五斗米折腰，拳拳事鄉里小人邪！』解印綬去縣，乃賦《歸去來》。」

督郵《書言故事》曰：「督郵主諸縣糾察之事。後漢郡主簿亦曰督郵。隋以録事參軍代之，掌勾稽文簿、率彈善惡。」

五斗米《金璧故事》註云：「郡知府也。督郵府屬古官名，主文簿也。潛部吏告當以冠帶而見府官。古縣令月俸五斗，潛嘆：『我豈因五斗俸，曲其腰而事督郵小輩。』」〇《文獻通考》曰：「令官，一曰五斗。」

印《韻會》曰：「刻文合信。《漢官儀》：『諸王侯黄金印，御史大夫金印紫綬。』」〇《紀原》曰：「七國之時，臣下璽始稱曰印。漢自三公而下有金、銀、銅三等。《事始》曰：『州縣之有印始於秦。』」

【校勘記】

［一］榜：底本訛作「擔」，據《唐才子傳》卷三改。

［二］「物受其氣則生黴」前底本衍「物受其氣則生病」，據《本草綱目》卷五刪。

山行　殷遥

備考《唐詩歸》二十四載之。

殷遥

備考《才子傳》曰：「殷遥，丹陽人。天寶間，常仕爲忠王府倉曹參軍。與王維結交，同慕禪寂，志趣高疏，多雲岫之想，而苦家貧，死不能葬。一女纔十歲，日哀號於親愛，憐之者賙贈，埋骨石樓山中。工詩，詞彩不群而多警句。」

寂歷青山曉，山行趣不稀。野華成子落，江燕引雛飛。暗草薰苔徑，晴楊拂石磯。俗人猶語此，余亦轉忘歸。

增註　水激石曰磯。

備考 賦也。歸題正格。第一、二句虛，中二聯實，末二句虛也。○《唐詩歸》曰：「鍾云：『「稀」字輕妙。』」○三句，「鍾云：『五字中有化工。』」○六句，「又云：『細而亮。』」○七句，「譚云：『妙甚。看者勿忽。』」

寂歷 江淹詩：「寂歷百草晦。」○杜詩：「寒華疏寂歷。」[一]

俗人 張正見詩：「勿爲俗人留。」

【校勘記】

[一]杜詩：當作「柳詩」。按「寒花疏寂歷」出自柳宗元《秋曉行南谷經荒村》一詩。

送陸明府之盱眙　崔峒

增註 盱音吁，眙音怡。春秋吴善道地，漢爲縣，晉、魏置郡，陳北譙州。唐爲縣，屬淮南道泗州，即宋招信軍，今屬淮東道。

備考 《要玄》云：「南京路鳳陽府有盱眙郡。」

增註　**春秋云云** 《左傳・襄公五年》：「經曰：『仲孫蔑、衛孫林父會吴于善道。』」

崔峒

備考 按大曆十才子之一人也。《唐書・文藝傳》云：「終右補闕。」或云：「終元武令。」

陶令之官去，離愁慘別魂。白煙連海戍[一]**，紅葉近淮村。遠浪搖山郭，平蕪到縣門。政成堪吏隱，**《汝南先賢傳》：「鄭欽吏隱于蟻陂之陽。」**免負府公恩。**

增註 陶令，以淵明比陸明府也。戍，守邊也。○漢梅福爲南昌尉，棄妻子，更姓名，爲吳市門卒。皆隱於吏者也。

備考 賦也。歸題正格。第一、二句虛，中二聯四實，末二句虛也。

平蕪《訓解》曰：「高適詩：『春色滿平蕪。』」注：「草色遥看如平地然，故云平蕪。」

註　**汝南云云**《瑯琊代醉》三十曰：「吏隱，《文選》注：『鄭欽。』余考《汝南先賢傳》：『鄭欽去吏，隱居蟻陂之陽。與同郡鄧敬折芰爲坐，以荷薦肉，瓠瓢盈酒，琴書自娱。』則是去吏而隱，非吏隱也。白樂天『不如作中隱，隱在留司間』，東方朔『避世金馬門』，此則真吏隱也，然無『吏隱』字。孫綽嘗謂：『山濤吏非吏，隱非隱。吾所不解。』『吏隱』二字或本諸此。偶讀《釋氏稽古略》：『伯陽年二十三，仕周簡王，爲守藏史。十三年，遷柱下史。自是五十四年不遷，時人目爲吏隱。』此則二字相連，然則始於伯陽也。」

增註　**漢梅福云云**《前漢書》六十七曰：「梅福字子真，九江壽春人也。少學長安，明《尚書》《穀梁春秋》，爲郡文學，補南昌尉。師古曰：「豫章之縣。」後去官歸壽春，數因縣道上言變事。福居家，常以讀書養性爲事。至元始中，王莽顓政，福一朝棄妻子，去九江，至今傳以爲仙。其後人有見福於會稽者，變名姓爲吴市門卒云[二]。」

南昌 《大明一統志》四十九有南昌府。

【校勘記】

[一]連：《全唐詩》卷二百九十四作「横」。

[二]吴：底本脱，據《漢書·梅福傳》補。

溪南書齋[一]　楊發

增註 唐劍南道戎州南溪郡有南溪縣。又簡州有南溪，在壽昌寺，側有小桃源。

備考 按《才子傳》不詳出處，故季昌註「南溪」引二説。然以詩末句考之，簡州南溪爲是。

增註 **戎州** 《一統志》六十九曰：「叙州府戎州在南溪縣西南七十里。唐武德初，戎州嘗移治於此。」

楊發

備考《才子傳》曰：「楊發，大和四年第二人及第。工詩，亦當時聲韻之偉者。略舉一篇，《宿黃華館》云：『孤館蕭條槐葉稀，暮蟬聲隔水聲微。年年爲客路長在，日日送人身未歸。何處離鴻迷浦月，誰家愁婦擣寒衣。夜深不卧簾猶捲，數點殘螢入户飛。』俱瀏亮清新[二]，頗驚凡聽。恨其出處事迹不得而知也。」

茅屋住來久，山深人閉門[三]。**草生垂井口，華落擁籬根。入院將雛鳥，攀蘿抱子猿。曾逢異人説，風景似桃源。**

增註 蘿，莪也。《爾雅》云：「兔絲。」《詩疏》：「在草曰兔絲，在木曰松蘿。」〇異人，《前定録》：「袁孝叔遇異人，得書，云：『每受一命，即開一幅。』累仕皆驗。」〇桃源在常德府。晋太元中，武陵人捕魚，緣溪，忽逢桃華夾岸，漁人異之。行盡水源，得一山，有小口，捨舟入，豁然開朗。屋舍儼然，有良田美池桑竹之屬，男女衣著，悉如外人。見漁人，驚問。設酒食，云：「先世避秦亂來此。」留數日，漁人辭去。向路處處誌之。詣太守説，太守遣人隨往，路迷不得入。任安貧《武陵記》：「漁人姓黃名道真，太守係劉歆。」

備考 賦也。接項格。第一、二句虛，「人」，發自稱。中四句，所見之實事。末二句，虛也。此時發避武宗惡逆，歸隱簡州，自比避秦人也。

擁《字彙》曰：「尹疏切，音勇，挾抱也。」

雛 又曰：「叢租切，音徂，鳥子也。」又曰：「鳥子初生而能自啄者曰雛鳥。」

風景 《晉書・王導傳》：「周顗嘆曰：『風景不殊，舉目有江河之異。』」

增註　**兔絲** 《本草綱目》十八《蔓草部》曰：「禹錫曰：『按《呂氏春秋》云：「或謂菟絲無根也。其根不屬地，茯苓是也。」《抱朴子》云：「菟絲之草，下有伏菟之根。無此菟，則絲不得生于上，然實不屬也。伏菟抽則兔絲死。」』時珍曰：《毛詩》注女蘿即兔絲。《吳普本草》：『兔絲，一名松蘿。』陸佃言：『在木爲女蘿，在草爲兔絲，二物殊別，皆由《爾雅》釋《詩》，誤以爲一物故也。』張揖《廣雅》云：『兔丘，兔絲也。女蘿，松蘿也。』陸機《詩疏》言：『兔絲蔓草上，黃赤如金；松蘿蔓松上，生枝正青，無雜蔓者，皆得之。』」

松蘿 同三十七《寓木部》曰：「松蘿，一名女蘿，一名松上寄生。時珍曰：按毛萇《詩注》云：『女蘿，兔絲也。』《吳普本草》：『兔絲，一名松蘿。』陶弘景謂蔦是桑上寄生，松蘿是松上寄生。」

《前定録》 一卷，唐鍾輅著。

袁孝叔云云 《詩學》十《士部》曰：「《前定録》：『袁叔遇異人，得書，曰：「每受一命，即開一幅。」累仕皆驗。一日晨起巾櫛，一物墮鏡中，如蛇四足，驚而疾，數日卒。留書尚多，妻開視之，皆空紙，最後一幅畫蛇盤鏡中而已。』」

武陵 《一統志》六十四曰：「常德府有武陵郡武陵縣，又有武陵溪桃源山。」

【校勘記】

［一］溪南書齋：《全唐詩》卷五百十七作《南溪書院》。

［二］瀏：底本訛作「淵」，據《唐才子傳》卷七改。

［三］人閉：《全唐詩》卷五百十七作「不置」。按「人」，附訓本同此，然元刻本、箋註本和四庫本均作「不」，且尾聯已有「異人」，「人」字不應重出，「不」字爲是。因備考中有「『人』，發自稱」語，姑存其舊。

泊楊子岸

祖咏

楊子橋去揚州城十五里。

備考《唐詩歸》十三載，題「岸」作「津」，詩「北路」作「此路」，「初霽」作「初過」。〇揚子江，揚州江都縣南，闊四十里。魏文帝出廣陵，見風濤湧，嘆曰：「天地所以限南北者，此也。」〇《訓解》曰：「揚子江在鎮江府城西北。一名京江。東注大海，北距廣陵。」〇《唐志》云：「揚州廣陵郡。永淳初，浙江江都縣置楊子縣，縣有瓜步，鎮江即渡江處也。」

祖咏

備考《才子傳》曰：「祖咏，洛陽人。開元十二年杜綰榜進士［一］。有文名。少與王維爲吟侶。維在濟州，寓官舍，贈祖咏詩，有云：『結交二十載[二]，不得一日展。貧病子既深，契闊余不淺。』蓋亦流落不偶，極可傷也。後移家歸汝墳間別業，以漁樵自終。」

纔入維楊郡，鄉關北路遥。林藏初霽雨，風退欲歸潮。江火明沙岸，雲帆礙浦橋。客衣今日薄，寒氣近來饒。

增註 以維水維繞曰維楊。

備考 賦而比也。歸題變格也。第一、二句虛，第三、四句，泊楊子岸所見之實事，上句比朝廷讒佞之小人，下句暗比退小人進仕。第五、六句實事，「江火」句比君明德，「雲帆」句比朝廷有讒邪小人，礙妨登位者也。○《唐詩歸》曰：「鍾曰：『「藏」字微矣，説初過雨光妙。』」○三、四句，「譚云：『二句皆妙，出尤勝。』」

鄉關 《庾信傳》曰：「信留長安，常有鄉關之思。」

沙岸 謝靈運詩云：「野曠沙岸浄。」

客衣 庾信《對燭賦》曰：「山月没，客衣單。」

【校勘記】

[一]杜綰：底本脱，據《唐才子傳》卷一補。

〔二〕二：底本訛作「三」，據《唐才子傳》卷一和《王右丞集箋注》卷二改。

新秋寄樂天〔一〕

劉禹錫

備考 此詩，樂天謫在杭州時，劉禹錫自朗州謫居所寄也。

劉禹錫 見前。

月露發光彩，此時方見秋。夜涼金氣應，天静火星流。《詩》：「七月流火。」《爾雅》注曰：「大火，心星也。」**蟲響偏依井**〔二〕，**螢飛直過樓。相知盡白首，清景復追遊**。意謂彼己皆老，復事追遊乎？言不復也。

備考 賦而比也。接項格。第一、二句虚，第三、四句新秋實象，「金氣」比佞者，「火星」比賢人失位。第五、六句，秋夜所見聞之實事，「蟲響」比讒佞之人，「螢飛」比小人得位。末二句虚也。

月露 鮑照詩云：「月露依草白。」

金氣 《禮記·月令》曰：「孟秋，盛德在金。」○《字彙》曰：「五行，金位於西。」○《白虎通》曰：「金在西方，西方者，陰始起，萬物禁止，金之爲言，禁也。」

註 《**詩**》**七月云云** 《詩·豳風·七月篇》注曰：「流，下也。火，大火，心星也。」

《爾雅》云云《爾雅·釋天》云:「大火謂之大辰。」郭璞注:「大火,心也,在中最明,故時候主焉。」○《書》云:「日永星火,謂大火。心星六月昏,加正南午位,當東西之中,至七月之昏則下而流。」○《書》蔡註曰:「火謂大火,夏至昏之中星也。」○金氏曰:「心宿有三星,中一星名曰大火。」

【校勘記】

[一]新秋寄樂天:《全唐詩》卷三百五十八作《新秋對月寄樂天》。

[二]蟲:《全唐詩》卷三百五十八作「蛩」。

秋日送客至潛水驛

劉禹錫

增註 潛水驛在杭州於潛縣北,與吴興接境。

候吏立沙際,田家連竹溪。楓林社日鼓,茅屋午時鷄。雀噪晚禾地,蝶飛秋草畦。驛樓宫樹近,疲馬再三嘶。

增註《月令》:「擇元日,命民社。」謂勾龍、后土皆平水土之神,故祀以爲社。今春、秋二祭,以立春、立秋五戊日爲社。○「宫樹」,指吴故都也。

備考 賦也。歸題正格。第一、二句虛，中四句潛水驛所見聞之實事，末二句虛也。○《事文類聚》前集七曰：「《雪浪齋日記》云：『荆公喜唐人「楓林社日鼓，茅屋午時鷄」，書劉楚公第。』」

增註

《月令》擇云云 《禮記·月令》云：「擇元日，命民社。」鄭玄注：「社，后土也。使民祀焉。神其農事也。祀社日用甲。」《正義》曰：「后土者，五官之后土，即社神也。與《左傳·僖十五年》云『君履后土者』別也。但勾龍爲配社之人，又爲后土之官也。云『祀社日用甲』者，解經『元日』也。按《郊特牲》云：『祀社日用甲，用日之始也。』《召誥》：『戊午，乃社于新邑。』用戊者，周公告營洛邑位成，非常祭也。」○《風俗通》曰：「《孝經説》：『社者，土地之主。土地廣博，不可徧敬，故封土以爲社而祀之報功。』《周禮説》：『二十五家置一社，但爲田祖報求。』《詩》云：『乃立家土。』又曰：『以御田祖，以祈甘雨。』謹按《春秋左氏傳》曰：『共工有子曰勾龍，佐顓頊，能平水土，故封爲上公，祀以爲社。』非地祇。」

勾龍后土 《前漢書》二十五《郊祀志》曰：「自共工氏霸九州，其子曰勾龍，能平水土，死爲社祠。有烈山氏王天下，其子曰柱，能殖百穀，死爲稷祠。故郊祀社稷，所從來尚矣。」○《左傳·昭公二十九年》曰：「土正曰后土。」杜注：「土爲群物主，故稱后也。」

今春秋二 春二月，秋二月。

得日觀東房[一]　李質

增註 在洪州武寧縣。

李質

備考 《前定録》云：「李質，字公幹，襄陽人。應舉無成，有親在衡湘，往謁焉。泝流至湓城，豫章逐帥，捨舟由武寧而反。會巢寇殺其宰，倉惶前去得日觀。宿東房，有酒數缸甚美，遂携一壺上樓酌之，因吟詩云云。即集中《得日觀東房》一篇。吟畢，如有人言曰：『土主尚書寓宿在此。』質登第後二十年，廉察豫章，時大中十二年也。」

曾入桃源路[二]，桃源信少雙[三]。洞霞飄素練，壁蘚畫陰窗[四]。古木疑撑月，危峰欲墮江。自吟空向寂，誰與倒秋缸？《唐詩紀事》云：「質，襄陽人。應舉無成，往謁，至豫章遇寇，倉皇去。得日觀東房，携一壺上樓，朗吟曰云云。如有人曰：『土主尚書在此。』質後登第，果領豫章[五]。」

備考 賦而比也。歸題正格。第一、二句虚，得日觀比桃源。第三、四句，觀中所見之實景。第五、六句實中含虚，上句比黄巢欲亡僖宗，下句比世欲陷。末二句虚也。

危峰 薛道衡詩：「寶塔對危峰。」

缸《字彙》曰：「居郎切，音岡，罌缸。」

註　**倉皇**　杜甫詩：「倉皇已就長途往。」《集註》：「倉皇，急遽貌。」

【校勘記】

[一]得日觀東房：《全唐詩》卷五百六十三作《宿日觀東房詩》。

[二]源：《全唐詩》卷五百六十三作「溪」。

[三]桃：《全唐詩》卷五百六十三作「仙」。

[四]壁蘚：《全唐詩》卷五百六十三作「蘚壁」。

[五]果領：底本訛作「東鎮」，據元刻本、箋註本和四庫本改。

北固晚眺

竇常

備考　北固山在京口。閩、夔、江、撫四州，舊吴地。京口，吴地。然則竇常爲四州刺史時上北固山望晚景作。

竇常

備考《才子傳》曰：「竇常，京兆人。大曆十四年及第。初歷從事，累官水部員外郎，連除閬、夔、江、撫四州刺史云云。」

水國芒種後，梅天風雨凉。露蠶開晚簇，露蠶，謂露養於外。自淮以北，其俗皆然。每至晚晴，連屋開箔，望之如雪。簇，蠶箔也。**江燕語危檣。山址北來固，潮頭西去長。年年此登眺，人事幾銷亡。**

增註江海所在曰水國，又曰澤國。○芒種，五月節。《風土記》：「夏至前，芒種後雨爲黄梅雨。」

備考賦也。歸題正格。第一、二句虚，第三、四句山上所見聞之實事。第五、六句目前實象，末二句虚也。

水國杜甫詩：「殘年入水國。」○顔延之詩：「水國周地險。」

芒種皇甫録[二]《近峰聞略》曰：「小滿、芒種，説者不一。按《周禮·稻人》：『澤草所生，種之芒種。』注云：『種之芒種，謂此地宜稻、麥有芒刺者，蓋至是麥未可收，過是則可收矣。』土人樂明遠曰：『小滿，四月中，謂麥氣至此方小滿而未熟也。芒種，五月節者，芒種而收麥也，至是方當熟矣。』」○《留青日札》十三曰：「芒種，五月節，麥、穀皆爲芒種。種，上聲。《説文》：『類也。』又種，去聲。埶也，布之也。此時有芒之種可以布種。故今讀芒種作去聲，當也。」

危檣 陰鏗詩：「度鳥息危檣。」何遜詩：「危檣迥不進。」〇《埤雅》曰：「帆柱曰檣。」

人事 潘岳《西征賦》云：「信人事之否泰。」〇庾信詩：「一朝人事盡。」〇阮籍詩：「人事多盈冲。」

【校勘記】

［一］録：底本誤作「庸」，據《千頃堂書目》卷十二和《四庫全書總目》卷一百四十三改。

送可久歸越中［一］　賈島

增註 朱可久，即朱慶餘。〇越，夏少康封小子於會稽，號於越。漢屬江都國，唐越州會稽郡屬江南道，今屬浙東道。

備考 《律髓》二十四載此詩。

可久 《才子傳》曰：「朱慶餘，字可久，以字行，閩中人。寶曆二年裴球榜進士及第。」

註　**於越** 《史記》注曰：「於，語發聲也。」〇《人物考》曰：「吴言『句』者，夷之發聲，猶言『於越』耳。」

賈島 見前。

石頭城下泊，《建康實録》：「石頭城九里即今清涼寺。」**北固暝鐘初。汀鷺銜潮起，船窗過月虚。吴山侵越衆，隋柳入唐疏。日欲供調膳**，調膳，謂養親也。**辟來何府書**。薛登疏曰：「漢取士必觀其行，閭里推舉，然後府寺辟。」

增註 石頭城，孫權築。一云，周寶築。○吴山，指建康、蘇、潤等處。

備考 賦而比也。歸題正格。第一、二句，豫推言行越中路上之事。第三、四句，船中夜泊之實事。第五、六句，豫言舟上所見之實象，實中含虚，上句暗比賊黨處處亂入，下句比唐室漸衰近隋亡。第七、八句虚也。○《律髓》曰：「汀上之鷺，潮銜之而見其起；舟中之窗，月過之而見其虚。可謂善言吴中泊舟之趣。『吴山』『隋柳』一聯近乎妝砌，太過。趙紫芝全用此聯，爲『瀟水添湘闊[二]』，唐碑入宋稀』，殊爲可笑。所選《二妙集》，於浪仙取八十一首，其非僧、道而送行者凡取十首，獨不取此一首，蓋欲以蒙蔽蹈襲之罪非耶[三]？」

石頭城 《廣輿記》曰：「應天府，晋曰建康。石頭城在府治西，據石頭山爲城。」○《水經注》：「石頭城，吴時悉土塢。義熙始加磚累石頭，因山以爲城，因江以爲池，形險固，有奇勢。」○《一統志》曰：「石頭城在應天府西二里。吴據石頭爲城，旁有清涼寺。高仁立云：『六朝形勝所必争之地。』」

隋柳 季昌註云：「煬帝自板渚引河[四]，築街道，幸江都，皆植柳。漢、越屬江都，故云。」

府書 《周禮》註云：「府治藏，史掌書也。又公卿牧守稱府，道德之所聚。」又云：「百官所居曰府。」

註　**閭里**　閭，《字彙》曰：「凌如切，音廬。五家爲比，五比爲閭，二十五家也。閭，侣也，二十五家相群侣也。又居也。又里門也。」○里，又曰：「《周禮》：『五家爲鄰，五鄰爲里。』《風俗通》：『五家爲軌，十軌爲里。里者，止也，五十家共居止也。』又《前漢·食貨志》：『在壄曰廬，在邑曰里。』」

【校勘記】

［一］送可久歸越中：《全唐詩》卷五百七十二作《送朱可久歸越中》。

［二］閼：底本訛作「闗」，據《瀛奎律髓》卷二十四改。

［三］蔽：底本誤作「無」，據《瀛奎律髓》卷二十四改。

［四］板：底本訛作「將」，據《隋書·煬帝紀上》改。

新安江行

章八元

徽州，隋改爲新安郡。

備考　季昌本題注曰：「唐江南道歙州新安郡，即今徽州。其江，自歙縣來者，出黟山；自休寧者，出率山；自績溪者，出大鄣山；自婺源者，出浙山。自浙江泝休寧者，爲灘三百六十。」○此詩，自長安歸江南時作也。

題註　**徽州云云**《一統志》三十五曰：「鞏昌府徽州，在府城東四百八十里。」〇《方輿勝覽》十六曰：「徽州，《禹貢》揚州之域。吴、楚斗分野，春秋屬吴，後屬越，又屬楚。秦置彰郡，漢武改爲丹陽郡，而丹陽都尉分治于歙，黟、歙二縣皆屬焉。吴孫權分丹陽郡置新都郡，晋武改新都爲新安郡。隋置歙州，煬帝改爲新安郡，复爲歙州。」

章八元

備考《才子傳》曰：「章八元，睦州桐廬人。大曆六年王淑榜第三人進士。居京既久，床頭金盡，歸江南，訪韋蘇州，待贈甚厚。復來都應制科。貞元中調句容主簿，况薄辭歸云云。」

江源南出永，浙江源出徽州。**野飯暫維梢**。《海賦》：「維長綃。」李善注：「綃，帆綱也。」**古戍懸魚網，空林露鳥巢**。**雪晴山脊現，沙淺浪痕交**。**自笑無媒者，逢人作解嘲**。楊雄事不遇，人嘲之，雄作《解嘲賦》。

增註「出永」，一作「去永」。《詩》：「江之永矣。」注：「永，長也。」〇《周禮》注：「媒之言謀也，謀合異類，使和成也。」

備考　賦也。歸題正格。第一、二句虚，江，浙江。第三、四句，舟中所望實事。第五、六句，目前之實象。第七、八句虚也。

空林　謝靈運詩：「卧痾對空林。」江總詩：「空林徹夜鐘。」

註　**《海賦》云云**《文選》十二木玄虚《海賦》云：「侯勁風，揭百尺。維長綃，掛帆席。」李善注：「綃，帆綱也。」

楊雄云云《前漢書》曰：「楊雄，字子雲。哀帝時，丁、傅、董賢用事，雄方草《太玄》以自守，泊如也。或嘲雄以玄尚白，而雄作文解之，號曰《解嘲》。」〇《一統志》六十七曰：「成都楊雄宅在府城内西南，内有草玄堂及墨池。」

《詩》江云云《詩·周南·漢廣章》曰：「江之永矣，不可方思。」朱注：「江水出永康軍岷山，東流與漢水合，東北入海。永，長也。」

三月五日泛長沙東湖[一]

張又新

增註　東湖，在潭州長沙界。

備考　此詩爲汀州刺史時作也。

題註　**潭州**　考《一統志》，長沙府，唐爲潭州。

張又新

備考《履歷》云：「張又新，字孔昭，工部侍郎薦之子。元和中及進士高第。歷左、右補闕。附李逢吉，罷汀州刺史[二]。又附李訓，訓死，復坐貶，終左司郎中。」

上巳餘風景，《風俗通》曰：「巳，祉也。」**芳辰集遠坰。**[三]《爾雅》：「林外謂之坰。」**湖光迷翡翠，草色醉蜻蜓。鳥弄桐華日，魚翻穀雨萍。從今留勝會，誰看畫蘭亭。**《畫記》有《蘭亭脩禊圖》。按本集此篇乃長律，蓋伯弜擷而爲此。既非警句，不知何以取也？

增註《漢・禮儀志》：「三月上巳，宮人并禊飲水上，謂滌邪疾已去，祈介祉也。」魏已後但用三日，不復用巳。○翡，赤羽雀。翠，青羽雀。其羽可爲飾。○清明後十五日斗指辰爲穀雨。○《月令・季春》：「萍始生。」或云：「柳絮化爲萍。」○晉永和九年三月三日，王羲之與孫統等會于山陰之蘭亭，修禊事也。

備考 賦也。中間互鎖變格。第一、二句虛，第三、四句東湖所見之實事，第五、六句同，末二句虛也。

芳辰 杜甫詩：「久坐惜芳辰。」

翡翠《三才圖會》曰：「《埤雅》云：『雄赤曰翡，雌青曰翠。其小者名魚虎[四]，一名魚師，以性善捕魚故也。』或云：翡、翠，二鳥名。翠，形小，深青色，食魚。翡，大如鳩，青不深，無光彩，林栖，不食魚。」

蜻蜓《文苑彙雋》二十四云：「蜻蜓，小而黃者曰胡離，小而赤者曰赤卒云云。莊辛對楚襄王曰：『夫蜻蜓六足四翼，飛翔于天地之間，俛啄蚊虻食之，仰承甘露而飲之云云。』」

註《風俗通》云云 應劭《風俗通》曰：「上巳，按《周禮》，女巫掌歲時以祓除疾病。禊者，潔也，故於水上盥潔之也。巳者，祉也，邪疾已去，祈企祉也。」

《爾雅》云云　《爾雅·釋地》云：「邑外謂之郊，郊外謂之牧，牧外謂之野，野外謂之林，林外謂之坰。」

增註　**三月上巳云云**　《野客叢書》卷七曰：「沈約《宋志》謂：『舊記郭虞有三女，於三月三日俱亡，故俗忌此日，皆於東流水上祈禳祓潔。』摯虞引《續齊諧記》則曰：『徐肇有三女云云。』非郭虞也。蔡邕《章句》引『暮春浴乎沂』，或者引《韓詩》『鄭國之俗，三月上巳，於溱洧之上，祓除不祥』，束皙引『周公卜邑於洛』，此禮已行，故《逸詩》曰：『羽觴隨波。』則知上巳祓除，其來久矣。又觀《漢書》『八月祓於灞上』，故劉楨賦『素秋二七，天漢指隅，人胥祓除，國子水嬉』，是又用七月十四日。因知漢人祓除亦有在秋間者，不必春暮。自漢以前，上巳不必三月三日，必取巳日。自魏以後但用三月三日，不必用巳也。」

穀雨　《留青日札》十三曰：「穀雨，三月中。穀，續也，百穀之總名也。雨亦去聲。時可播種，雨其穀于水，亦自上而下也。吴鄉風俗，每于清明後浸種穀是也。」

《月令》云云　《禮記·月令》鄭玄注曰：「蓱，萍也。[五]其大者曰蘋。」〇《世説》云：「楊花入水化爲萍。」〇《留青日札》十三曰：「萍，水中也，善滋生，一夜七子，無根而浮，常與水平，故曰萍。又無定性，隨風漂流，故曰薸萍、青薸。紫陽花入水化爲浮萍，一名水花，一名水白。今薸有麻薸異種，長可指許，葉相對聯綴，不似萍之點點清輕也。萍乃陰物，静以承陽，故曝之不死。惟以盆水在下承之，而虚閣萍于上曬之，即枯死矣。」

晋永和　東晋第五主穆帝年號。

王羲之云云《事文類聚》別集十二曰：「何延之《蘭亭記》：『《蘭亭》者[六]，晉右軍將軍、會稽內史、瑯琊王羲之字逸少所書之詩序也。右軍蟬聯美胄，蕭散名賢，雖好山水，尤善草隸。晉穆帝永和九年暮春三月三日，嘗遊山陰，與太原孫綽興公、廣漢王彬之并逸少子凝、徽、操之等四十有一人[七]，脩祓禊之禮，揮毫製序，興樂而書。用蠶繭紙、鼠鬚筆，遒媚勁健，絶代更無。』」〇《讕言長語》曰：「蘭亭會四十二人流觴賦詩。成二篇者，王羲之、王凝之、孫統、謝安、孫綽、王宿之、王彬之、徐豐之、謝萬、袁嶠之，共十人。成一篇者，魏滂、郄曇、桓偉、虞反、王渙之、曹茂之、慶蘊、虞説、王玄之、謝繹、曹華、王蘊之、華茂、孫嗣、王豐之，共十五人。詩不成者，謝勝、謝瑰、丘旄、任凝、王獻之、楊模、石綿、吕系、孔盛、鎦密、勞夷、華胥、卞迪、吕本、曹諲、虞谷，共十六人。晉穆帝永和九年暮春，王右軍序。梁亂出外。陳天嘉中，智永得之，授弟子辨才。唐太宗令蕭翼取之，後從葬昭陵。宋米芾題褚遂良所搨、柳公權集詩、李公麟爲圖，王晉卿家謂之三絶。予惜太宗愛此帖。元張光弼詩云：『君臣詭遇一獃僧，禊帖曾來事可懲。誰料萬年歸殉後，却將繭紙累昭陵。』又其中詩不成者如獻之輩，昔人謂詩擅場亦難矣。然刻燭賦詩，擊鉢次韻，倚馬可待，彌明聯句者，亦偶然耳。四十二人，其不見於史，世莫知其姓名，今備録之，觀此帖，可以備忘。」

山陰《方輿勝覽》第六曰：「浙東路紹興府會稽郡。《史記》『會計』也。《吴越春秋》：『會計脩國之道，因以名山。』山陰，秦始皇移在會稽之北，故曰山陰。蘭亭在山陰縣二十五里，天章寺有曲水。王羲之敘云云。」

蘭亭　《越絶書》曰：「句踐種蘭渚山。舊經曰：『蘭渚山，句踐種蘭之地。』」○《一統志》曰：「紹興府蘭渚在府城南二十五里，即王羲之曲水賦詩處。序所謂『清流激湍，映帶左右』，至今猶然。」

【校勘記】

[一]三月五日泛長沙東湖：《全唐詩》卷四百七十九作《三月五日陪大夫泛長沙東湖》。

[二]罷：附訓本同此，增註本作「坐事貶」。

[三]芳辰集遠坰：按此句後，《全唐詩》卷四百七十九中尚有四句：「綵舟浮泛蕩，綉轂下娉婷。棲樹迴葱蒨，笙歌轉杳冥。」

[四]魚：底本訛作「熊」，據《埤雅》卷九和《山堂肆考》卷二百十三改。

[五]蓱，萍也：底本訛作「萍，平也」，據《禮記註疏·月令》改。

[六]蘭亭：底本脱，據《古今事文類聚》別集卷十二補。

[七]一：底本訛作「二」，據《古今事文類聚》別集卷十二改。

送人入蜀　李遠

增註　蜀自蠶叢、柏灌、魚鳧稱王，至杜宇稱望帝。

備考《律髓》卷四載此詩。

蜀《一統志》六十七曰：「四川成都府，古爲蜀國。秦置蜀郡，漢分置廣漢郡云云。唐改爲益州云云。天寶初改爲蜀郡。」

增註　**蜀自蠶叢云云**　季昌本註云：「《寰宇記》：『蜀之先肇於人皇之際。至黄帝少子昌意娶蜀女生帝嚳，後封支庶於蜀。歷夏、殷、周始稱王者，自蠶叢，次柏灌，次魚鳧，至杜宇稱望帝。以褒斜爲前門，熊耳、靈關爲後户，玉壘、峨眉爲池澤。時有荆人鼈靈，尸隨水上，至汶山見帝，帝立爲相，號開明。會洪水，爲鑿巫山通流有功，禪以位。周慎靚王時，秦滅之，以其地爲蜀都。』」○姚寬《西溪叢語》曰：「《華陽國志·蜀志》云：『蠶叢、魚鳧之後，有王曰杜宇，稱帝曰望帝，更名蒲卑，自以功德高諸王。乃以褒斜爲前門，熊耳、靈關爲後户，玉壘、峨嵋爲城郭，江、潛、綿、絡爲池澤，汶山爲畜牧，南中爲園苑。會有水灾，其相開明決玉壘山以除水害，帝遂委以政事，禪位于開明，帝升西山隱焉。時適二月，子鵑鳥鳴，蜀人悲之[二]，故聞子鵑之鳴即曰望帝也。』左太冲《蜀都賦》云：『鳥生杜宇之魄。』五臣注引《蜀記》云：『有王曰杜宇，號望帝，俗説云化爲子鵑。子鵑，鳥名也。故鮑照、杜甫皆云是古帝魂，其實非變化也。』」

李遠　見前。

蜀客本多愁，今君是勝遊。碧藏雲外樹，紅露驛邊樓。杜宇呼名語，《博物志》：「杜宇啼苦，則自呼名曰謝豹。」**巴江學字流。**《巴州志》：「巴江者，以水屈曲成『巴』字，故曰巴江。」**不知煙雨**

夜，何處夢刀州？

增註《成都記》：「杜宇亦曰杜主，稱望帝，以位禪開明。死魂化爲鳥，名杜鵑，亦曰子規。」〇晋王濬爲廣漢太守，夜夢懸三刀於卧屋梁，須臾更益一刀，意甚惡之。主簿李毅拜賀曰：「三刀爲『州』字。又益一者，明府其臨益州乎？」果遷益州刺史，後再刺。

備考 賦也。歸題格。第一、二句虚也，第三、四句入蜀途中所見之實象。第五、六句所聞見之實事，末二句虚也。〇《律髓》云：「『呼名』『學字』一聯精切。」

杜宇呼云云 季昌本註云：「杜宇禪位，升西山隱。時適三月，子規鳴欲，蜀人悲焉。」

巴江學云云 又曰：「巴江，古巴國因水以爲名，謂閬、白水東南合流，自秦中至始寧城下入涪陵，曲折如『巴』字。或云：『江分三流，中有小流横貫成「巴」字。』」〇《一統志》六十八曰：「四川保寧府巴江，源出大巴山。至巴縣東南分爲三流，而中央横貫，勢若『巴』字，流二十里，合清水江，至合州與嘉陵江合，又名字江。」

註 **《博物志》云云** 愚按考《博物志》無此事。《五車韻瑞》引《異物志》云：「杜鵑鳥，又名雋周，鳴皆北向，聲哀，吻有血，自縣于樹，自啼曰謝豹。」〇《五雜俎》九曰：「謝豹，蟲也。以羞死，見人則以足覆面，如羞狀。是蟲聞杜鵑聲則死，故謂杜鵑亦曰謝豹。而鵑啼時得蝦，曰謝豹蝦，賣笋則又轉借以爲名，其義愈遠矣。一云：『蜀有謝氏子，相思成疾，聞子規啼則怔忡若豹，因呼子規爲謝豹。』未知是否。」

增註 **《成都記》云云** 《成都記》云：「杜宇，一曰杜主。自天而降，稱望帝。好稼穡，教人農務，治郫城，亦曰望帝。至今蜀人將衆者先祀杜主。荆州人鼈令死，其尸泝流而上，至文山下復生，見望帝，望帝因以爲相，號曰開明。會巫山壅江，人遭洪水，開明爲鑿通流有大功，望帝因以其位禪焉。後望帝死，其魄化爲鳥，名曰杜鵑，亦曰子規。又云：『子規深春乃有聲，低且怨，與北之思歸樂都不同也。洛京東西多此鳥，人以爲子規者，誠妄矣。』又云：『杜宇禪位于開明，升西山隱焉。適三月子規鳥啼，故蜀人悲子規鳥。』」

【校勘記】

［一］之：底本脱，據《西溪叢語》卷下補。

七里灘　許渾

在嚴州。俗云：「有風七里，無風七十里。」

許渾

備考 《才子傳》曰：「許渾，潤州丹陽人。大和六年李珪榜進士，爲當塗、太平二縣令。少苦學勞心，有清羸之疾，至是以伏枕免。久之，起爲潤州司馬。大中三年，拜監察御史，歷虞部員外郎，睦、郢二州刺史。嘗分司朱方，買田築室。後抱病退居丁卯澗橋村舍，暇日綴録所作，因以名集云云。」

天晚日沉沉，孤舟繫柳陰。江村平見寺，山郭遠聞砧。樹密猿聲響，波澄雁影深。榮華暫時事，誰識子陵心？嚴子陵釣臺在灘側。

增註 子陵本姓莊，以漢明帝諱，改姓嚴，名光。子陵，其字也。少與光武同學，及光武即位，乃變姓名，披羊裘，釣澤中。

備考 賦也。連珠正格。第一、二句虛，中二聯所見聞之實事，末二句虛也。

榮華 曹植詩：「榮華曜朝日。」

註　**釣臺**《三才圖會・地理部》卷九曰：「釣臺者，漢嚴光隱處也。兩崖峭立，夾黟[一]、婺之水而下桐廬，蜿曲如游龍者七里，水漲則磯激如箭[二]。山腰二巨石對峙，突兀欲傾[三]，名以釣臺，天作之矣[四]。好事者亭其上，左重綸百尺，留鼎一絲。登臺而俯深淵，水靛如緑玉[五]。山麓萬木參天，其象欲流祠而顏之，以聖人之清然乎哉？山隔水爲白雲原，唐雄飛隱居其上；有塚，則宋謝皋羽所慟哭而終焉者也。二子皆聞先生風，如梁伯覓葬于要離之側。」

增註　**子陵云云**《後漢書》列七十三《逸民傳》曰：「嚴光字子陵，一名遵，會稽餘姚人也。少有高名，與光武同遊學。及光武即位，光乃變名姓，隱身不見。帝思其賢，乃令以物色訪之。後齊國上言：

『有一男子，披羊裘，釣澤中。』帝疑其光，乃備安車玄纁，遣使聘之。三反而後至，舍於北軍，給床褥，太官朝夕進膳。司徒侯霸與光素舊，遣使奉書。使人因謂光曰：『公聞先生至，區區欲即詣造。迫於典司，是以不獲。願因日暮，自屈語言。』光不答，乃投札與之，口授曰：『君房足下：位至鼎足，甚善。懷仁輔義天下悦，阿諛順旨要領絶。』霸得書，封奏之。帝笑曰：『狂奴故態也。』車駕即日幸其館。光卧不起，帝即其卧所，撫光腹曰：『咄咄子陵，不可相助爲理邪？』光又眠不應，良久，乃張目熟視，曰：『昔唐堯著德，巢父洗耳。士故有志，何至相迫乎？』帝曰：『子陵，我竟不能下汝邪？』於是升輿，嘆息而去。復引光入，論道舊故，相對累日。帝從容問光曰：『朕何如昔時？』對曰：『陛下差增於往。』因共偃卧，光以足加帝腹上。明日，太史奏客星犯帝座甚急。帝笑曰：『朕故人嚴子陵共卧耳。』除爲諫議大夫，不屈，乃耕於富春山。」

明帝 《後漢》卷二曰：「顯宗孝明帝諱莊，光武第四子也。」

光武 同卷一曰：「世祖光武諱秀，字文叔，南陽蔡陽人，高祖九世之孫也。光武年九歲而孤，養於叔父良。身長七尺三寸，美須眉，大口，隆準，日角。性勤於稼穡云云。」

【校勘記】

[一]黟：底本訛作「黠」，據《三才圖會·地理部》卷九改。

[二]箭：底本訛作「前」，據《三才圖會·地理部》卷九改。

[三]兀：底本脱，據《三才圖會·地理部》卷九補。

［四］天：底本脱，據《三才圖會·地理部》卷九補。

［五］靛：底本訛作「疑」，據《三才圖會·地理部》卷九改。

孤山寺［一］　　張祜

在錢塘舊治，四里獨一山。

備考《律髓》四十七載，詩中「長」字作「常」字。○季昌本註曰：「在杭州，去錢塘舊治四里，湖中獨立一山寺，即山之中，本名永福寺。」

張祜

備考《才子傳》曰：「張祜，字承吉，南陽人，來寓姑蘇。樂高尚，稱處士云云。遂客淮南。性愛山水，多遊名寺，如杭之靈隱、天竺，蘇之靈巖、楞伽，常之惠山、善權，潤之甘露、招隱，往往題咏唱絶云云。」

樓臺聳碧岑，一徑入湖心。不雨山長潤，無雲水自陰。斷橋荒蘚合，空院落華深。猶憶西窗夜，鐘聲出北林。

備考 賦而比也。接項格。第一、二句虚，上句比九重高，下句比禁省深。中二聯，此寺實象。第三句比君之恩澤，第四句比聰明之君掩耳目。第五、六句，暗比朝廷荒廢。末二句虚，比當荒廢之時，思古昔禮樂盛日也。○《律髓》云：「此詩可謂細潤，然太工太偶。『合』，一本作『澁』。」

落花 梁簡文帝詩：「落花依度幰。」

【校勘記】

［一］孤山寺：《全唐詩》卷五百十作《題杭州孤山寺》。

惠山寺　張祜

在無錫縣西七里[一]。

備考《律髓》四十七載此詩。

舊宅人何在，空門客自過。泉聲到池盡，惠山泉，天下第二水。**山色上樓多。小洞穿斜竹，重階夾細莎。慇勤望城市，雲外暮鐘和。**

增註《本草》：「莎草，一名侯莎，一名蒿，生田野間。」

備考 賦也。接項格。第一、二句虚。第三、四句，入寺所聞見之實景。第五、六句，目前所見之實象。末二句虚，述所見聞之情志也。○《律髓》云：「此詩同前，三、四尢工，五、六則工而窘於冗矣。以前聯不可廢也，故取之。」

慇勤 司馬遷《報任少卿書》云[二]：「接殷勤之餘懽。」○吴筠詩：「慇勤妾自知。」

註 惠山泉云云 季昌本註云：「惠山寺在常州惠山上，去無錫縣七里，本名普利。又陸鴻漸煎茶之《水品》曰：『常州無錫縣惠山寺之泉名第二之水，揚子江爲第一，虎丘爲第三，丹陽爲第四，揚州大明寺爲第五，松江爲第六，淮水爲第七。』又東坡詩曰：『獨携天上小圓月，来試人间第二泉。』」○胡文焕《茶集》：「黄魯直《惠山泉》詩云：『錫谷寒泉隨石俱，併得新詩蠆尾書。急呼烹鼎供茶事，澄江急雨看跳珠。是功與世滌膻腴，令我一空常宴如。安得左蟠箕潁尾，風爐煮茗卧西湖。』」

【校勘記】

[一]在無錫縣西七里：底本誤作「在錢塘舊治四里獨一山」，據元刻本、箋註本、附訓本和增註本改。

[二]遷、報任少：底本脱，據《文選註》卷四十一補。

登蒲澗寺後二巖　　李群玉

《南越志》：「菖蒲澗在熙安縣東北。咸安中，姚成甫於澗側遇丈人，曰：『此菖蒲，安期生所種。』」

備考 《律髓》卷一載此詩。○季昌本註曰：「蒲澗寺在廣州，去州東北二十里。澗舊有菖蒲一節九寸。咸平中，姚成甫採菊澗側，遇一丈夫，曰：『此澗菖蒲，昔安期生所餌，可以忘老。』巖在寺後蒲澗上，峭壁屹立，飛泉下瀉，勢若建瓴，名滴水巖。其寺相傳安期生故居，始皇嘗訪之。」

註　**安期生**　傳見絶句備考。

李群玉　見前。

五仙騎五羊，何代降兹鄉。《寰宇記》：「高固爲楚相，有五仙人騎五色羊，持穀穗遺州人，因呼爲五羊城。」**澗有堯時韭**，廣州蒲澗寺産菖蒲，十六節。《吕氏春秋》曰：「菖蒲亦名堯韭。」《典術》曰：「堯時天降精於庭爲韭，感百陰爲菖蒲。」**山餘禹日糧**。《南越志》：「大禹取藤根爲糧，飢年人食之，名禹餘糧。」**樓臺籠海色，草樹發天香**。**浩笑煙波裏，浮溟興甚長**。

備考　賦而興也。從一、二至五、六賦，結句興。纖腰格也。第一、二句虚，「兹鄉」指廣州。中四句所見實景。第七、八句虚也。〇《律髓》云：「寺在廣州。『堯時韭』『禹日糧』之對工矣。詩忌太工，工而無味，如近人四六及小學答對，則不可兼。必拘此式，又爲『崑體』。善爲詩者備衆體，亦不可無此也。如老杜能變化，爲善之善者。五、六一聯亦精神。」

草樹　梁武帝詩云：「草樹無參差。」

浩　《字彙》曰：「浩浩，大水貌。又廣大貌。」

溟　又曰：「海也。《十州記》：『水黑色謂之溟。』」

註

《寰宇記》云云 季昌本註云：「《寰宇記》：『昔高固爲楚相，有五仙人騎五色羊，各持穀穗一莖六出以遺州人，騰空而去。今廣州爲五羊城。』又《郡國志》曰：『吴孫皓時，滕修爲廣州刺史。未至州，有仙人五，騎五色羊來迎之。』」〇《要玄・地集》卷七曰：「廣東路廣州府五羊城。《寰宇記》曰：『在南海縣城周十里。初有五仙人，騎五色羊執六穗秬而至。』今呼五羊。初趙佗築之，吴交州刺史步隲脩之，後爲黄巢所禁。」〇《春秋・宣公五年》曰：「齊高固及子叔姬來。」又唐德宗朝有高固爲節度使。

菖蒲 《本草》曰：「菖蒲，一名堯韭。《典術》又作『堯薤』，謂堯時天降精於庭爲薤，感百陰爲菖蒲。」

百陰 「百陰」，異本作「白陰」，未知孰是。

禹餘糧 季昌本註曰：「禹餘糧。或曰：『南海縣堯山，禹治水，餘糧棄此山，悉化爲石。』按《本草・石部》『禹餘糧』不載此事，止引陶隱居曰：『南人又呼平澤中有一種藤，葉如菝葜，根作塊有節，色赤，形似薯蕷[二]，謂禹餘糧。言昔禹行山乏食，採此充糧而棄其餘，即曰餘糧。』」〇《本草綱目》十八《蔓草部》曰：「土茯苓。釋名：土萆薢。一名草禹餘糧，一名仙遺糧，一名冷飯團。時珍曰：按陶弘景註《石部》『禹餘糧』云：『南中平澤有一種藤，生葉如菝葜，根作塊有節，似菝葜而色赤，味如薯蕷，亦名禹餘糧。言昔禹行山乏食，采此充糧而棄其餘，故有此名。』觀陶氏此説，即今土茯苓也。故今尚有仙遺糧、冷飯團之名，亦其遺意。」〇同卷十《石部》「禹餘糧」條下：「頌曰：『今惟澤州、潞州有之。舊説形如鵝鴨卵，外有殼。今圖上者全是山石之形，都不作卵狀，與舊説小異。采無時。張華《博物志》言：「扶海洲上有篩草，其實食之如大麥，名自然穀，或曰禹餘糧。世傳禹治水，棄其所餘食于江中而爲藥。則蒒草與此異物同名，抑與生池澤者同種乎？」』」

【校勘記】

［一］形：《證類本草》卷三作「根形」，《本草綱目》卷十作「味」。

送僧還南海［一］　李洞

增註　廣州南海郡，唐屬嶺南道，今屬廣東道。

備考　季昌本「還」作「遊」。○《律髓》卷四載此詩，「還」作「遊」。○唐王定保《摭言》曰：「《送人皈日本》詩云：『島嶼分諸國，星河共一天。』」

李洞　見前。

春往海南邊，秋聞半夜蟬。鯨吞洗鉢水，崔豹《古今注》：「鯨魚大者長千里，小者長數千丈。」**犀觸點燈船。**《交州記》：「犀牛毛如豕，頸如馬，鼻上、頭上、額上各一角。」**島嶼分諸國，星河共一天。長安却回日，松偃舊房前。**玄奘往西域，房前有松，其枝西偃，忽一日枝東偃，弟子曰：「師歸矣。」果然。

增註 鉢，盂屬。西國有佛鉢是也。○犀行江海，水爲之開。

備考 賦也。交股格。○第一、二句虛，中四句船中所見之實景，末二句虛也。○《律髓》云：「洞學賈島爲詩，五言佳[二]。」

洗鉢 《説文》曰：「鉢，盂屬。本天竺國器，西國有佛鉢是也。」

嶼 《字彙》曰：「象呂切，音序。山在水中。《廣韻》：『海中洲。』《吴都賦》註：『海中洲上石山也。』」

註　**崔豹云云** 崔豹《古今注》曰：「鯨魚者，海魚也，大者長千里，小者數十丈，一生數萬子，常以五月、六月就岸邊生子，至七、八月導從其子還大海中，鼓浪成雷，噴沫成雨，水族驚畏，皆逃匿，莫敢當者。其雌曰鯢，大者亦長千里，眼爲明月珠。」

犀牛云云 《事文類聚》後集三十六曰：「《爾雅》：『犀似豕，形似牛，頭大腹卑，脚有三蹄，黑色，二角，一在鼻上者，食角也。』《交州記》：『鼻上角長，額上角短。』《南州異物志》：『處自林麓，食惟荆棘。』《抱朴子》：『得真角一尺以上，刻以爲魚，銜入水，水爲開三尺。』」

玄奘云云 《大唐新語》曰：「玄奘法師往西域取經，手摩靈巖寺松曰：『吾西去，汝可西長，若歸，即東向，使弟子知之。』及去，其枝年年西向，一年松忽向東，弟子曰：『吾師歸矣。』果然。」

【校勘記】

［一］送僧還南海：《全唐詩》卷七百二十一作《送雲卿上人游安南》。

［二］言：底本脱，據《瀛奎律髓》卷四補。

鄠北李生舍［一］　李洞

增註　鄠音扈，唐京兆府有鄠縣。《漢書》：「屬扶風郡，即古扈國。」

備考　李生，隱者也，隱居在終南山圭峰。李洞宿彼隱居，翼日之作也。

註　**京兆**《一統志》曰：「陝西西安府，唐爲京兆府。」

《漢書》屬云云《漢書·地理志》曰：「鄠屬右扶風。」註：「古國，有扈谷亭。扈，夏啓所伐云云。」

扶風《一統志》曰：「鳳翔府有扶風郡。」

圭峰秋後夜，圭峰在終南山。**亂葉落寒虛。四五百竿竹，二三千卷書。雲深猿盜栗，雨霽蟺沾蔬。只隔門前水，如同萬里餘。**

備考　賦也。歸題正格。第一、二句虛也，中四句李生舍所見之實事，末二句虛也。

螘《字彙》曰：「與蟻同。」

【校勘記】

［一］鄠北李生舍：《全唐詩》卷七百二十一作《鄠郊山舍題趙處士林亭》。

塞上　　司空圖

增註《古今注》：「塞者，所以擁塞夷狄也。」又西北曰塞，東南曰邊。

備考　**註**　**《古今注》云云**　崔豹《古今注》曰：「塞，塞也，所以擁塞夷狄也。」

司空圖　見前。

萬里隋城在，隋大業三年築長城。**三邊虜氣衰。沙填孤障角，**《蒼頡篇》：「障，小城。」**燒斷故關碑。馬色經寒慘，鵰聲帶晚悲。**本集作「飢」。**將軍正閑暇，留客換歌辭。**

增註《漢書》：「武帝開廣三邊。」

備考　賦也。歸題格。第一、二句虛，中四句塞上所見實事，末二句虛也。

燒斷　燒，《字彙》曰：「火然也。焚也。又野火曰燒。」

鵰《字彙》曰：「丁聊切，音貂，大鷲鳥。一名鷲。黑色，其羽可爲箭羽。」

註　隋云云 季註曰：「煬帝大業三年，詔發丁男百餘萬築萬里長城，西踰榆林，東至紫河，築之二旬而卒。」

《蒼頡篇》《漢書・藝文志》曰：「《蒼頡》一篇。」注：「上七章[一]，秦丞相李斯作；《爰歷》六章，車府令趙高作；《博學》七章，太史令胡毋敬作。」

【校勘記】

[一]章：底本誤作「篇」，據《漢書・藝文志》改。

寄永嘉崔道融　司空圖

增註 永嘉，温州郡稱。春秋屬越，秦屬閩中，漢置永寧縣，晋立永嘉郡，隋改括州，唐温州永嘉郡屬江南道，宋爲瑞安府，今屬浙東道温州路。

備考 《律髓》卷四載此詩。〇考《才子傳》，司空圖時避黄巢亂，在河中作此詩以寄道融，道融亦避黄巢亂旅寓永嘉也。

題註　**閩中**《訓解》三註曰：「《外夷傳》：『閩粵王無諸，姓騶氏。秦并天下，廢爲君長，以其地爲閩中郡。』今福建是也。」

旅寓雖難定，乘閑是勝遊。碧雲蕭寺霽，紅樹謝村秋。梁姓蕭，每寺大書「蕭」字，故曰「蕭寺」。《杜陽編》云：「蕭子雲書：『謝靈運嘗守永嘉。』今石帆鄉有謝公嶺。」**戍鼓和潮暗，船窗照島幽**[一]。**詩家多滯此，風景似相留。**

增註　謝村，或云在積谷山下。

備考　賦也。歸題正格。第一、二句虛。第三、四句，永嘉白晝之實景。第五、六句，道融永嘉所見聞夜中之實象。末二句述情思，虛也。

註　**梁姓云云**　李肇《國史補》云：「梁武帝造寺，令蕭子雲飛白大書『蕭』字，後人呼寺爲『蕭寺』始此。」○《群談採餘》十曰：「梁武帝姓蕭，好佛寺，故曰『蕭寺』。」

謝靈云云謝公嶺　《謝靈運傳》見《南史》。○《草堂詩箋》曰：「謝靈運爲永嘉守，郡有名山，肆意遊遨，當時號云謝公。今積穀山南有謝公巖，又有東山焉。」○《一統志》四十八曰：「温州府謝公嶺在樂清縣東八十里。謝靈運有《越溪遊行》詩，此嶺即其所經者。謝客巖在積穀山下，謝靈運題詩石崖間，今已蕪没。」

《杜陽編》云云　余昌宗《是路録》卷九曰：「《杜陽編》曰：『梁武帝時造一寺，蕭子雲飛白大書「蕭」

字于寺，號「蕭寺」。後寺毀，「蕭」字猶在。李約之以幣買皈東洛，築小齋以玩之，因號「蕭齋」。』」

增註　**積谷山**《要玄》曰：「浙江路温州府積穀山在府城東，華蓋山南，兩峰相連，形員如廩，謝池在積穀山下，靈運嘗流觴其中。」〇按「谷」與「穀」通用。

【校勘記】

[一]窗：《全唐詩》卷六百三十二作「燈」。

泊靈溪館　鄭巢

備考　**註**　《**天台賦**》**云云**《文選》十一孫綽《天台賦》曰：「聽鳴鳳嗈嗈。過靈溪而一濯。」《天台賦》：「過靈溪而一濯。」李善曰：「溪名也。」注：「李善曰：『靈溪，溪名也。』」

鄭巢

備考《才子傳》曰：「鄭巢，錢塘人，大中間舉進士。時姚合號詩宗，爲杭州刺史，巢獻所業，日游門館，累陪登覽燕集，大得獎重，如門生禮然。體效格法，能伏膺無斁，句意且清新。巢性疏野，兩浙湖山，寺宇幽勝，多名僧，外學高妙，相與往還酬酢，竟亦不仕而終。有詩一卷，今傳。」

孤吟疏雨絶，荒館亂峰前。曉鷺棲危石，秋萍滿敗船。溜從華頂落，華頂峰在天台縣東北三十里。**樹與赤城連。已有求閑意，相期在暮年。**

增註 赤城山在縣北六里，名燒山，石壁如霞赤。

備考 賦也。接項格。第一、二句虚，中四句館中實事，末二句虚也。

註 **華頂峰** 季註曰：「華頂峰在台州天台縣東北六十里。蓋天台第八重最高處一萬丈。」〇《要玄》曰：「浙江路台州府天台郭東有華頂峰，周迴百餘里，夏有積雪。」

赤城山 季註曰：「赤城山在縣北六里，一名燒山，石壁如霞赤，若雉堞，又名赤霞。」〇《要玄》曰：「天台郭北有赤城山，土皆赤色，狀似雲霞，望之如雉堞焉，故名。」

甘露寺　　孫魴

《圖經》云：「李德裕所建，甘露降，遂以名寺。」

增註 在潤州城東角土山上，臨大江。又云在北固山。

備考 季昌本註曰：「唐寶慶間，丞相李德裕建，資穆宗之冥福，建時甘露降。」〇《名山一覽記》云：

「鎮江府部甘露寺在北固山上。吳甘露中建，因名云云。」

孫魴

備考《才子傳》曰：「孫魴，唐末處士也，樂安人。與沈彬、李建勛同時，唱和亦多。魴有《夜坐》詩，爲世稱玩。建勛尤器待之，日與談讌。」

寒暄皆有景，孤絶畫難形。地拱千尋嶮，天垂四面青。晝燈籠雁塔，夜磬徹漁汀。最愛僧房好，波光滿户庭。四尺爲仞，倍仞爲尋。

備考 賦也。歸題格。第一、二句虛，第三、四句甘露寺實景，第五、六句甘露寺晝夜景，末二句情思而虛也。

江行　李咸用

增註 洑流。洄流曰洑。洄，逆也。[一]

備考 本集題作《湘江晚歸》，全述亂後體也。○季註云：「李咸用元集，紹熙間，楊誠齋爲作序，稱唐末人。此詩所謂『干戈苦』，以時考之，按史：宣宗大中十二年，湖南軍亂，逐其觀察使韓宗。僖宗乾符五年，湖南軍亂，逐其觀察使崔瑾。六年，黃巢陷潭、澧二州，又朗州賊周岳陷衡州。光啓三年，衡州刺史周岳陷潭州。昭宗乾寧元年，孫儒將劉建鋒[二]、馬殷陷潭州。光化元年，馬殷陷邵、衡、永三州。已上并屬瀟湘地。」

李咸用

備考 唐末人也。

瀟湘无事後，瀟水出道，湘水出全，會于永州。**征棹復嘔啞。高岫留殘照**[三]**，歸鴻背落霞。魚依沙岸草，蝶寄洑流槎。共説干戈苦，汀洲減釣家。**

備考 賦而比也。歸題格。第一、二句虛，第三、四句江中所見之實象，「高岫」比天子，「歸鴻」比賊黨，「落霞」比天子威光。第五、六句，舟中之實景以比人民避亂逆離散。末二句虛也。

無事 沈約詩云：「小婦獨無事。」

嘔啞 杜牧《阿房宫賦》云：「管弦嘔啞，多於市人之言語。」○《字彙》曰：「嘔啞，小兒學語也。」○按謂棹歌之聲亂雜喧譁也。

岫《徐氏筆精》曰：「《爾雅》曰：『山有穴曰岫。』陶淵明云：『雲無心以出岫。』是也。謝玄暉云：『窗中列遠岫。』徐季海云：『孤岫龜形在。』皆誤用耳。後世盡以『岫』爲『峰』，去《爾雅》遠矣。」

落霞 王勃《滕王閣序》曰：「落霞與孤鶩齊飛。」

干戈《韻會》曰：「干，各丹切，楯也。自關而東，或謂之干，或謂之楯，關西謂之楯。」○「戈，古和切，鈎子戟也。如戟而横安刃，頭向下爲鈎。」

註　**瀟水云云**　季本註曰：「瀟水在道州營道縣，源出九疑山，至永州與湘水合。湘水在零陵縣北，其源自全州來永州。二水合流，謂之瀟湘。」○《一統志》六十三曰：「長沙府湘江在府西云云。湘水至永州，與瀟水合，曰瀟湘；至衡陽，與蒸水合，曰蒸湘；至沅州，與沅水合，曰沅湘。會衆流以達洞庭。」

【校勘記】

[一]按此段「增註」位置有誤，依全書體例，當置於詩文後，增註本中此段即見於「汀洲減釣家」後。

[二]鋒：底本誤作「封」，據《新唐書・昭宗紀》改。

[三]殘：《全唐詩》卷六百四十五作「斜」。

三體詩五言律詩備考卷一終

五言律句三體家法備考大成卷之二

春日野望[一]　李中

備考《律髓》十載此。○此詩述亂後之體。

李中

備考《才子傳》曰：「李中，字有中，九江人也。唐末嘗第進士。孟賓于賞其工吟，絶似方干、賈島，時復過之云云。」

野外登臨望，蒼蒼煙景昏。暖風醫病草，甘雨洗荒村。雲散天邊影，潮回島上痕。故人不可見，倚杖役吟魂。

備考 賦而比也。接項格。第一、二句虛，暗比唐室之衰。第三、四句，野外所見之實景，「暖風」比君威風，「荒村」比天下荒廢。第五、六句，野外實象，「雲」「潮」比賊黨，「天邊」比朝廷，「島上」比邊鄙。第

七、八句，李中感野外之風景，述情思，虛也。「故人」比古先聖王或唐室太平天子也。○《律髓》云：「第三句新異，第四句淡而有味。」

登臨 王臺卿詩：「登臨歡豫多。」○陰鏗詩：「登臨情不極。」

天邊 庾信詩云：「回頭望鄉淚落，不知何處天邊。」

故人 古詩：「前日風雪中，故人從此去。」吴筠詩：「故人遠送別。」

【校勘記】

［一］春日野望：《全唐詩》卷七百四十七作《春日野望懷故人》。

勝果寺［一］　僧處默

在杭州。

增註 《圖經》載：「在舊治後。」「勝」字亦作「聖」。

備考 《大明一統志》曰：「聖果寺在杭州鳳凰山右，寺有排衙石石洞，郭公泉月巖。」○《律髓》卷一載此詩。○《唐詩解》三十八并《訓解》五載此，題作《聖果寺》。

僧處默

路自中峰上，盤回出薜蘿。到江吴地盡，隔岸越山多。古木叢青靄，遥天浸白波。下方城郭近，鐘磬雜笙歌。

增註　薜荔，香草。《説文》：「似蒲而小。」○吴地，蘇州爲吴泰伯之墟。○越山，指會稽。

備考　賦也。歸題正格。第一、二句，述勝果寺路行之體，虚。中四句，寺中所望見之實景。末二句虚也。○《西清詩話》引《吴越紀事》云：「越僧處默詩：『到江吴地盡，隔岸越山多。』羅隱見曰：『此我句，失之久矣，爲吾師丐得。』識者鄙其儇薄太甚。」○《律髓》云：「寺在錢塘，故有『吴地』『越山』之聯。或以『田莊牙人』譏之，似不害寫物之妙。後山縮爲一句『吴越到江分』，高矣。譬之『共君一夜話，勝讀十年書』，山谷縮爲一句曰『話勝十年書』是也。因書諸此，以見詩法之無窮。」○《訓解》曰：「寺在山頂，故路經中峰，下臨錢塘，乃吴、越之分境也。薜蘿覆道，古木散靄，遠天浮波，景既幽矣，而下臨城郭，則鐘磬復與笙歌相雜也。唐人探物之作，惟右丞最深，他皆影響，獨此出比丘之口，無一語及禪，落句又俗人所不肯道。然則右丞固詞壇之佛祖，處默爲祇園之俗僧與？」○同評曰：「次聯遂爲武林佳偶。」○程泰之曰：「『到江吴地盡，隔岸越山多。』陳後山鄙其語不文，曰：『是分界堠子耳。』及後山在錢塘，仍有句云：『吴越到江分。』此如李光弼用郭子儀旗幟士卒，號令所及，精采皆變者也。」○胡元瑞曰：「自宋有『田莊牙人』之説，詩流往往惑之，此大不解事者。盛唐『窗中三楚盡，林外九江平』，中唐『東屯滄海闊，南瀼洞庭寬』，晚唐

『到江吴地盡，隔岸越山多』，皆一時警句。杜如『地利西通蜀，天文北照秦』，尤不勝數。惟近時作者黏帶皮骨太甚，乃覺有味斯言耳。」

中峰 《高士傳》曰：「臺佟隱武安山中峰，鑿穴而居。」〇王褒詩：「中峰雲已合。」

吴地云云 《訓解》曰：「錢塘分吴、越之境，故有『吴地』『越山』之聯。薛逢《送杭州牧》詩亦云：『吴江水色連堤闊，越俗春聲隔岸還。』」〇東方朔《非有先生論》云：「吴王曰：『今先生率然高舉，遠集吴地。』」

越山 《吴越春秋》曰：「越王至浙江之上，望見大越山川重秀。」

青靄 王筠詩：「天隅斂青靄。」

遥天 張正見詩：「風伯静遥天。」

下方 《修辭指南》曰：「《翼奉傳》孟康曰：『謂北與東，陽氣所萌生，故爲上方。謂南與西[三]，陰氣所萌生，故爲下方。』」〇《史記·日者傳》曰：「取卜事，列于下方。」

城郭 《史記·周紀》曰：「古公營築城郭宫室。」

鐘磬 左思詩：「南鄰擊鐘磬。」

笙歌 《禮記》曰：「十日而成笙歌。」〇鮑照詩：「笙歌待明發。」

增註　**薜荔** 《升庵文集》八十：「《楚辭》：『被薜荔兮帶女蘿。』注：『薜荔無根，緣物而生。』不明言爲何物也。據《本草》，絡石也，在石曰石鱗，在地曰地錦，繞叢木曰長春藤。又曰龍鮮薜荔，又曰扶芳藤。今京師人家假山上種巴山虎是。又曰：「凡木蔓皆曰薜荔。」」○《本草綱目》十八《蔓草部》「絡石」下曰：「釋名：石鯪[三]，石龍藤。恭曰：『俗名耐冬。以其包絡石木而生，故名絡石。山南人謂之石血。』」○同「木蓮」下曰：「釋名：薜荔。藏器曰：『薜荔夤緣樹木，三五十年漸大，枝葉繁茂。葉長二三寸[四]，厚若石韋[五]。生子似蓮房，打破有白汁，停久如漆。中有細子，一年一熟，亦入藥，采無時。』」

【校勘記】

[一]勝果寺：《全唐詩》卷八百四十九作《聖果寺》。

[二]西：底本誤作「北」，據《漢書·翼奉傳》改。

[三]石：底本脱，據《本草綱目》卷十八下補。

[四]葉：底本脱，據《本草綱目》卷十八下補。

[五]厚：底本脱，據《本草綱目》卷十八下補。

靜林寺　　僧靈一

在安吉州，梁武曾遊。

增註 在襄陽。《釋氏通鑑》載：「梁晉安王表奏造靈泉寺。周改静林，隋改景雲，唐仍舊號。」

備考　註　安吉州 《要玄》曰：「南京路湖州府有安吉州。」

增註 《**釋氏通鑑**》十二卷，括山一庵本覺著。

晉安王 季本註云：「晉安王即敬帝，姓蕭氏，諱方智，元帝第九子。」

僧靈一 見前。

静林溪路遠，蕭帝有遺踪。水擊羅浮磬，山鳴于闐鐘。羅浮，山名。于闐，國名。二物未詳，豈寺所有耶？**燈傳三世火，**三世，去、來、今也，謂燈長明。**樹老五株松。**始皇避雨五松下，封爲五大夫。此以比蕭帝曾遊。**無數煙霞色，空聞昔卧龍。**

備考 賦也。中實變格。第一、二句虚，第三、四句寺中所聞之實事。第五、六句，寺中所見之實象。第七、八句，述情思而虚也。

羅浮磬 《一統志》八十曰：「廣東惠州府羅浮山，在博羅縣西北三十里，即道書十八洞天之一。昔有山浮海而來，博於羅山，合而爲一，故曰羅浮，又曰博羅。」〇季昌本注云：「羅浮山在廣州，本名蓬萊山。《羅浮記》：『蓬萊一島，堯時爲洪水所漂，浮海而來，與羅山合而作一，因名。』惠州、欽州亦有羅浮。或曰：『羅浮之磬，雨至自擊。』」

于闐鐘 又曰：「于闐屬西域國。或曰：『于闐浮鐘，風至自鳴。』」〇《大明一統志》八十九《外夷部》

曰：「于闐，東抵曲先衛，北連亦力把力，東北至肅州六千三百里。國居葱嶺之北二百餘里。自漢至唐，皆入貢中國。」○《唐詩歸》三十二曰：「竇庠《于闐鐘歌送靈徹上人歸越》引云：『靈嘉寺鐘，按《越中記》，此鐘本于闐國寺鐘，因風雨失鐘所在。有天竺僧過于闐，識此鐘于越靈嘉寺，至今鎖在寺樓。』」

燈傳云云 季昌本註曰：「傳燈，佛以一傳爲一燈，喻法如燈燈相續也。」○《釋氏要覽》曰：「傳燈，自行化彼，則功德彌增，法光不絶，亦名無盡燈。」○《彙雋》曰：「傳燈，燈能破暗，引喻佛法，故曰傳燈。」○杜甫詩：「傳燈無白日。」邵注：「佛書以燈喻法能破暗。燈所以照夜，而白日亦有之，言長明也。」《集註》：「傳燈，釋氏以燈喻法。六祖相傳，一法也，故釋有《傳燈録》。此指長明燈日夜不滅者言，故云無白日。」

卧龍 《蜀志》云：「諸葛亮，字孔明。崔州守徐庶與之友善。庶謂先主曰：『諸葛孔明，卧龍也。宜枉駕見之。』先主三往乃見。後以爲相。」

註 **始皇云云** 《史記·始皇本紀》曰：「二十八年，始皇東行郡縣，上鄒嶧山，立石，與魯諸儒生議，刻石頌秦德，議封禪望祭山川之事。乃遂上泰山，立石，封，祠祀。下，風雨暴至，休於樹下，封其樹爲五大夫。」○《事文類聚》前集十三曰：「秦始皇上泰山，風雨暴至，休於樹下，因封其樹。應劭曰：『得五松，封爲五大夫。』」

已前共三十四首

備考 已上中四句不述情思，賦實景，句法相類也。

秋夜同梁鍠文宴　錢起

備考 按《唐詩歸》載此詩，題無「秋夜」字并「文」字，然則「文」字屬下，「文章」之義與？

錢起

客到衡門下，《詩》注：「衡門，橫木爲門。」**盃香蕙草時**〔二〕。**好風能自至，明月不須期。秋水翻荷影，**謂荷葉倒映水中，惟見葉背，故曰翻。**清霜脆柳枝。微官是何物，許可廢吟詩。**

增註 蕙草，《离騷》注引《本草》云：「蕙，薰草，麻葉方莖，赤華黑實，即零陵香也。」

備考 賦而比也。歸題正格。第一、二句虛，「蕙草」比君子。第三、四句酒筵實事，比鍠文來訪。第五、六句，與鍠文相對所見之實景。末二句，情思而虛也。

微官 潘岳詩：「豈敢陋微官。」

許可 「許可」字，唐本作「許日」。

註 《詩》**註云云**《詩·陳風·衡門篇》曰：「衡門之下，可以棲遲。」注：「橫木爲門。」

增註 **蕙草**《文苑彙雋》二十三曰：「一幹一花而香有餘者，蘭也。一幹五、七花而香不足者，蕙也。」

零陵香《要玄·物集》卷一曰：「《虞衡志》：『零陵香，宜、融州多有之。土人編爲席薦坐褥，性暖宜人。零陵，今永州，實無此香。』」

【校勘記】

［一］盃：《全唐詩》卷二百三十七作「林」。

望秦川　李頎

增註　秦川，即唐京兆府興平縣地，地去長安城西八十五里。

備考《訓解》三并《唐詩歸》三十七載此。《三秦記》：「自函谷西至隴底，相去千里，曰關中，亦曰秦川。」〇又曰：「長安正南秦嶺，嶺根水流爲秦川。」〇愚按李頎在長安未第時遊歷，見秦川流，生鄉思，寫情思之作。

題註　**長安城**《一統志》三十二曰：「西安府長安故城，在府城西北二十里，本秦離宫，漢高帝自櫟陽從都于此，惠帝城長安，周圍六十里，南爲南斗形，北爲北斗形。」

李頎

備考《履歷》曰：「開元進士第。」

秦川朝望迥，《三秦記》：「長安正南秦嶺，嶺根水流爲秦川。」**日出正東峰。遠近山河净，逶迤城闕重。秋聲萬户竹，**《史記》：「渭川千畝竹，其人與萬户侯等[二]。」**寒色五陵松。客有歸歟嘆，**孔子曰：「歸歟，歸歟。」**凄其霜露濃。**

增註 逶迤，曲折貌。○五陵，高帝長陵，惠帝安陵，景帝陽陵，武帝茂陵，昭帝平陵。《西都賦》：「北眺五陵。」

備考 賦也。歸題格。第一、二句虚，三、四句所望之實景，五、六句所見聞之實景，末二句情思而虚也。○《訓解》曰：「秦川，京都勝地也。唐之離宫、漢之陵寢在焉。故因曉望而叙景。如此秋聲寒色，已動客懷，然『歸與』之嘆彌切者，則由霜露使之也。」○同評曰：「真秋聲于竹上便頓挫。」

日出 《詩・國風》曰：「日出有曜。」

山河 《史記・吴起傳》曰：「山河之固，此魏國之寶。」

逶迤 《古詩》：「東城高且長，逶迤自相屬。」○王粲《登樓賦》曰：「路逶迤而修迥兮。」逶迤，長貌。

城闕 《詩・國風》曰：「在城闕兮。」

秋聲 劉孝威詩：「織素起秋聲。」○顔之推《鳴蟬篇》：「歷乱起秋聲。」

寒色 劉遵詩：「隴樹寒色落。」

歸歟嘆 王粲《登樓賦》云：「昔尼父之在陳兮，有歸歟之嘆音。」

凄其 《韻會》曰：「其，語辭。《詩》：『夜如何其？』」〇《詩・邶風・緑衣章》曰：「凄其以風。」

霜露濃 庾信詩：「寒郊霜露濃。」〇《禮記・祭義》曰：「霜露既降。」

註

《三秦記》云云 季本註云：「秦地皆高，惟此寘平，好眺望。《三秦記》：『長安正南秦嶺，嶺根水流爲秦川，一名樊川。』」

《史記》云云 《史記・貨殖傳》曰：「渭川千畝竹，其人皆千户侯等，然是富家之資也[一]。」

孔子曰云云 《論語・公冶長篇》。

五陵云云 《漢書・地理志》曰：「長陵，高帝置。户五萬五十七，口十七萬九千四百六十九。莽曰長平。安陵，惠帝置。莽曰嘉平。師古曰：「闞駰以爲本周之程邑也。」陽陵，景帝更名。莽曰渭陽。茂陵，武帝置。户六萬一千八十七，口二十七萬七千二百七十七。莽曰宣城。師古曰：「《黄圖》云：『本槐里之茂鄉。』」平陵。昭帝置。莽曰廣利。」

【校勘記】

[一]萬：《史記・貨殖傳》作「千」。按當以「千」爲是。

［二］家：《史記·貨殖傳》作「給」。

池上　白居易

備考《才子傳》曰：「白居易與香山僧如滿等結净社，疏沼種樹，構石樓，鑿八節灘，爲游賞之樂，茶鐺酒杓不相離云云。」《白氏文集》七十卷《八節灘》詩有二首，此其一首也。○愚按「池上」指八節灘歟？

白居易 見前。

嫋嫋涼風動，凄凄寒露零。蘭衰華始白，荷破葉猶青。獨立栖沙鶴，雙飛照水螢。若爲寥落境，仍值酒初醒。

備考 賦也。單蹄格。第一與第四、第五合，第二與第三、第六合也。一、二句，述池上秋景，虛。三、四句，池上實景。五、六句，所見之實景。末二句虛也。

嫋嫋《楚辭》曰：「嫋嫋兮秋風。」王逸注：「嫋嫋，秋風摇木貌。」

寥落 謝朓詩：「曉星正寥落。」

西陵夜居

吴融

增註 西陵在越州蕭山縣西。吴越王錢鏐改名西興。吴融，越人。

備考 《唐詩歸》三十六載，詩中「盡夕」作「盡夜」。○按《才子傳》云：「昭宗幸鳳翔，融不及從，去客閿鄉云云。」此詩客閿鄉時作歟？

吴融 見前。

寒潮落遠汀，暝色入柴扃。漏永沉沉静，燈孤的的青。林風移宿鳥，池雨定流螢。盡夕成愁絶，啼蛩莫近庭。

增註 漏，成周以百刻分晝夜，漢哀帝改百二十刻，梁武帝改一百八十刻，增減疏繆。自唐至今百刻，一遵古制。○啼蛩，蟬屬。

備考 賦也。歸題正格。一、二句虚，中四句夜居實景，末二句虚也。

柴扃 扃，《文選》四十七劉伯倫《酒德頌》注：「銑曰：『外閉之關曰扃。』」

沉沉 《陳涉傳》曰：「庸耕者入宫，見殿屋帷帳，曰：『夥頤！涉之爲王沉沉者！』」注：「沉沉，宫室深邃之貌。」

的的《訓解》五張説詩曰：「懸池的的停華露。」注：「劉向《新序》：『的的然若白黑。』」〇《淮南子》曰：「的的者獲，提提者射。」

愁絶 李白詩：「黄鸝愁絶不忍聽。」

增註 **百刻** 《蓬窗日録》五曰：「晝夜百刻有十二時。十二時有百刻，一時八刻，以十二時計之，止九十六刻，餘四刻不知何在。或以問予，予曰：『天地之間，不過陰陽兩端而已。晝夜者，陰陽之象也。以晝夜而分之，則有十二時；以十二時而分之，則有百刻；以百刻而細分之，則又有六千分焉。非陰陽之數止於此也。陰陽，無窮盡者，愈推則愈有，姑以六千分而爲之限耳。故以一刻言之，則得六十分；八刻，六八四百八十分，亦多二十分。蓋八刻有上四刻、下四刻，上四刻如初刻正也[一]，有初初刻多十分焉，合二百四十分，所以十二時一百刻而總六千分也。』」〇《象緯新篇》曰：「夫天行一週，晝夜百刻，配以十二時，一時得八刻，總而計之，共九十六刻。所餘四刻，每刻分爲六十分，四刻則當二百四十分也；布之於十二時間，則一時得八刻二十分；將八刻截作初、正各四刻，却將二十分零數分作初初、正初、微刻。初初刻者，十分也；正初刻者，十分也。既有初初刻、正初刻，非一時十刻乎？一時十刻，非百二十刻乎？」

【校勘記】

［一］上四刻：底本脱，據《蓬窗日録》卷五補。

旅游傷春　　李昌符

備考《律髓》二十九載此詩。〇《唐詩歸》三十五載，題作《傷春》，詩中「鳥倦」作「鳥思」，「厭西東」作「倦西東」。〇又《唐詩解》三十八載此詩，未第時旅遊之作也。

李昌符

備考《才子傳》曰：「李昌符，字巖夢。登咸通四年進士第。歷尚書郎云云。」

酒醒鄉關遠，迢迢聽漏終。曙分林影外，春盡雨聲中。鳥倦江村路，華殘野岸風。十年成底事，羸馬厭西東。

增註 底事，杜詩：「華飛有底急。」注：「謂有甚底事也。」

備考 賦也。中間互鎖正格。一、二句虚，中四句所見之實景，末二句情思而虚也。〇《律髓》云：「第四句最佳。」〇《唐詩解》曰：「此傷春苦雨厭行役也。醉中忘情，醒而始覺鄉關之遠，因不寐而聽漏聲之終，且待旦也。既睹林中之曙色，復傷雨際之春光，意此時必有倦飛之鳥，將盡之花，花鳥難堪，而况人乎？我想十年于外，一事無成，能不厭羸馬之驅馳也。」

酒醒《列女傳》曰：「重耳酒醒，以戈逐舅犯。」

鄉關《北史·庾信傳》曰：「常有鄉關之思。」

迢迢《古詩》：「迢迢牽牛星。」

漏終《後漢·律曆志》曰：「孔壺爲漏，浮箭爲刻，下漏數刻，以考中星。」

春盡《子夜歌》：「春盡秋已至。」

鳥倦 陶潛《歸去來辭》云：「鳥倦飛而知還。」

野岸 何遜詩云：「野岸平沙合。」○辛德源詩：「香隨出岸風。」

贏馬《後漢·賈復傳》曰：「復馬贏，光武解左驂以賜之。」

增註 **底事** 季昌本註曰：「顔師古曰：『或問「底」義何訓？答曰：「本言何等物，後省，但直云底物爾。底，都禮切，又轉音，丁兒切。」』」

杜詩云云 杜甫《可惜》詩云：「花飛有底急，老去願春遲。」

春山

僧貫休

備考《唐詩歸》三十六載之，題作《春日行天台》，詩中「重疊」作「重重」，「山」作「峰」，「日」作「路」。

僧貫休

備考《履歷》曰：「字德隱，婺州蘭溪和安寺，賜紫，禪月大師，詩號《禪月集》。曹松、許棠、方干同時人。」

重疊太古色，濛濛華雨時。好山行恐盡，流水語相隨。黑壤生紅朮，黄猿領白兒。因思石橋日，石橋在天台縣百五十里。**曾與道人期。**

增註 黑壤，《禹貢》：「兖州，厥土黑墳。」又潼川府渠州黑壤山，其壤皆黑。○朮，按《本草》，止稱蒼、白二種，不言紅朮。

備考 賦也。歸題正格。一、二句虛，中四句實景，末二句虛也。

紅朮《本草綱目》十二「蒼朮」條云[一]：「釋名：赤朮（《別録》）、山精（《抱朴》）、仙朮（《綱目》）、山薊。張仲景辟一切惡氣，用赤朮同猪蹄甲燒煙[二]。陶隱居亦言能辟惡氣，弭灾沴。故今病疫及歲旦，人家往往燒蒼朮以辟邪氣。」

石橋 季註曰：「石橋在台州天台縣北，即五百應真之境云云。」○《東坡集》二十七注曰：「石橋在天台山，路不盈尺，長數十丈，下臨絶澗，惟忘其身，然後能濟渡，得平路，始見天台山，蔚然有瓊樓玉闕、天堂碧林。」

道人《漢書・京房傳》曰：「涌水已出，道人當逐死。」注：「道人，有道術之人也。」

【校勘記】

[一]十二「蒼朮」：底本誤作「三十二『白朮』」，據《本草綱目》卷十二改。

[二]甲：底本脱，據《本草綱目》卷十二補。

已前共六首

備考 已上七、八句含感傷之體也。

送懷州吴别駕　岑參

增註 唐河北道懷州河内郡，古冀州覃懷地，今屬河東南路。○《通典》曰：「從刺史行部，别乘一乘傳車，故謂别駕。隋改長史司馬，唐治中，今總管有之。」

備考 《律髓》二十四載此詩，題作《送懷州吴别駕》。○此詩在長安時作也。

别駕 《唐六典》云：「别駕，後漢始置，皆刺史自辟除，歷代并有。」○杜氏《通典》曰：「從刺史行部，别乘傳車，故謂之别駕。」

題註　**河内郡**《一統志》二十八曰：「河南懷慶府河内，漢郡名。」

岑參　見前。

灞上柳枝黄，古人折柳送別。王仁裕《開元遺事》曰：「長安東灞陵有橋，於此送別。」**壚頭酒正香**。司馬相如使文君當壚。**春流飲去馬**，**暮雨濕行裝**。**驛路通函谷**，函谷關有二。自陝州至靈寶縣南十里，秦函谷也。自靈寶三百餘里至河南府新安縣東一里，漢函谷也。武帝爲楊僕移於此。**州城接太行**。太行山起懷州河内縣，北至幽州，凡亘十州，有八陘，一在縣界。**覃懷人總喜**，《書》：「覃懷底績。」**別駕得王祥**。晋吕虔有佩刀，相者以爲必登三公。虔語別駕王祥曰：「卿有公輔之量，以相與。」

增註　壚謂累土以居酒瓮，四邊隆起，其一向立，形如鍛壚，故名。〇行裝，漢曹參爲齊王相，及聞丞相蕭何薨，告舍人曰：「趣治行裝，吾且入相。」覃懷，《禹貢》注：「近河，地名。」

備考　賦也。兩重格。自起處一聯到承處一聯一重，自轉處一聯到結處一聯一重。一、二句虛，三、四句灞上實事，五、六句豫言別駕行路實景，末二句虛也。〇《律髓》云：「學老杜詩而未有入處，當觀老杜集之所稱咏敬嘆及所交遊倡酬者，而求其詩味之，亦有入處矣。其稱咏敬嘆者，蘇武、李陵、陶潛、庾信、鮑照、陰鏗、何遜、陳子昂、薛稷、孟浩然、元結之類；其所交遊倡酬者，李白、高適、岑參、賈至、王維、韋迢之類是也。此岑參三送人詩皆壯浪宏闊，非晚唐手可望。」

灞上　季註云：「灞水在長安縣東，曰滋水。秦穆公更名霸，以章霸功。《漢書》『棘門霸上』即此，後於旁加『水』也。」

春流 何遜詩：「遽逐春流返。」

行裝 《説文》曰：「裝，裹也。」行者所賫也。

註 《**開元遺事**》云云 《開元遺事》曰：「長安東灞陵有橋，來迎去送皆至此橋，爲離別之地，故人呼之銷魂橋。」

司馬相如云云 《史記》列五十七《司馬相如傳》云：「相如之臨邛，盡賣其車騎，買一酒舍酤酒，而令文君當壚。相如身自著犢鼻褌，與保庸雜作，滌器於市中。」〇《漢書·相如傳》註：「郭璞曰：『壚，酒壚。』師古曰：『賣酒之處，累土爲壚，以居酒瓮，四邊隆起，其一面高，形如鍛壚，故名壚耳。』」

函谷 《大明一統志》二十九曰：「函谷舊關在靈寶縣南一十里，老聃西度，田文東出云云。」〇又曰：「函谷新關在新安縣東二里，項羽坑秦降卒處。」〇《漢書》曰：「函谷關在弘農縣衡嶺。」〇《通鑑》註曰：「函谷在陝西桃林縣南，有洪溜澗水，山形如函，路在谷口，故曰函谷。」

太行 《書·禹貢》註曰：「太行山在河内山陽縣。」〇《唐書》曰：「懷州河内縣有太行山。」

《**書**》**覃云云** 《禹貢》曰：「覃懷底績，至于衡漳。」

晋呂虔云云 《魏志》曰：「呂虔爲徐州刺史，請王祥爲別駕，民事委之，忠，糾合義衆，州皆獲安，人歌：『海沂之康，實賴王祥。邦國不空，別駕之功云云。』初虔有佩刀，工相之，以爲必登三公，可服此刀。虔謂祥曰：『苟非其人，刀或爲害。卿有公輔之量，故以相與。』祥爲三公云云。」

增註　**其二向立**　愚按「二向立」三字誤，宜作「一面高」字。

舍人《漢書》註曰：「舍人，猶家人。」

高官谷贈鄭鄠[一]　岑參

備考　高官谷，鄭鄠隱居也。

谷口來相訪，鄭子真隱谷口，此借以比鄭鄠。**空齋不見君。澗華燃暮雨，潭樹暖春雲。門徑稀人迹，簷峰下鹿群。衣裳與枕席，山靄碧氛氳。**

增註《孟子》：「若火之始燃。」杜詩：「山青華欲燃。」

備考　賦也。交股格。一、二句虛，中二聯隱居實景，末二句虛也。

註　**鄭子云云**《雲陽宮記》曰：「漢鄭樸，字子真，修身自保，隱耕褒斜谷口。」〇《氏族大全》曰：「鄭子真，谷口人，耕于巖石之下，名震京師。漢成帝朝王鳳以禮聘之，不屈。其清風足以激貪厲俗，近古逸民也。」

增註　**《孟子》云云**《孟子·公孫丑上》曰：「若火之始然，泉之始達。」

【校勘記】

［一］高官谷贈鄭鄠：《全唐詩》卷二百作《高冠谷口招鄭鄠》。

山居即事　　王維

備考《才子傳·王維傳》末曰：「篤志奉佛，蔬食素衣。喪妻不再娶，孤居三十年。別墅在藍田縣南輞川，亭館相望。嘗自寫其景物奇勝，日與文士丘丹、裴迪、崔興宗遊覽賦詩，琴樽自樂。後表宅請以爲寺。」○《唐詩歸》卷九載之，詩中「夕暉」作「落暉」。按此詩輞川作歟？

王維　見前。

寂寞掩柴扉，蒼茫對夕暉。鶴巢松樹遍，人訪蓽門稀。杜預曰：「蓽門，柴門也。」**綠竹含新粉，紅蓮落故衣。渡頭燈火起，處處採菱歸。**

備考　賦也。歸題格。一、二句虛，中四句山居實景，末二句虛也。○《唐詩歸》：「鍾云：『「松」老，從「遍」字看得出。』」

蒼茫《野客叢書》卷八曰：「東坡詩曰：『蒼茫瞰奔流。』又曰：『愁度奔河蒼茫間。』趙注謂『蒼茫』

兩字，古人用之皆是平聲，而先生所用乃是仄聲。『蒼』字，《廣韻》音麤朗反，而『茫』字，上聲皆不收。不知先生所用出處，以竢博聞。僕觀揚雄《校獵賦》『鴻濛沆茫』字音莽。白樂天《雪》詩『寒銷春蒼茫』，又曰『野道何茫蒼』，注並音上聲。近時蘇子美詩亦曰：『淮天蒼茫背殘臘，江上委蛇逢舊春。』自注：『蒼茫，仄聲。』『茫』作仄用，似此甚多。」

題薦福寺衡岳禪師房　　韓翃

增註　饒州有薦福寺。又《傳燈録》：「京兆大薦福寺。」南岳衡山在衡州衡山縣西，位直离宫曰南岳。

備考　《律髓》四十七載此詩。

岳　《風俗通》云：「考功德黜陟之，故謂之岳。」

禪師　《諸方廣語》曰：「禪師者，據其樞要，直了心源云云。頓見如來。」

增註　**衡州**　《一統志》六十四曰：「湖廣有衡州府。」

南岳云云　《要玄・地集》卷八曰：「《南嶽記》：『南岳衡山，朱陵之靈臺，太虚之寶洞。上承冥宿，銓德鈞物，故名衡山；下踞離宫，攝位火鄉，故號南岳。』」

韓翃　見前。

春城乞食還，高論此中閑。僧臘階前樹，禪心江上山。疏簾看雪捲，深户映華關。晚送門人去，鐘聲杳靄間。

增註 《善見論》：「梵語分衛，此云乞食。」《金剛經》注：「乞食有數種方便，一則與施食者種福，破其慳吝心；一則示能忍辱，令不殖貨産。」

備考 賦也。歸題正格。一、二句虚，中四句禪房之實景，末二句虚也。○《律髓》云：「第三句最佳，五、六近套，尾句乃有味也。」

僧臘 《通鑑》：「耆臘。」《集覧》曰：「耆，老也。臘，年也。《禪門規式》曰：『西域凡稱人道高臘長呼爲須菩提，如中華凡具道眼有德可尊者號曰長老也。』杜甫《岳麓山道林二寺》詩：『依止老宿亦未晚。』注：『老宿，僧之年臘高者。』正誤『耆臘』。今按謂高年之僧。僧家不序齒而序臘，以捨俗。爲僧之年爲始。禪林結制，以十二月爲坐臘，如云『僧臘若干』，謂爲僧若干年也。」

禪心 江淹詩：「禪心暮不雜。」

江上 鮑照詩：「江上氣早寒。」

送史澤之長沙

司空曙

備考 《律髓》卷四載此詩。○按司空曙在長安時，史澤逢讒而被謫長沙，故作此詩送之也。

司空曙 見前。

謝朓懷西府，《齊書》曰：「謝朓爲隨王文學[一]，在荆州。世祖勑還都，道中爲詩，以寄西府。」**單車觸火雲。**漢張綱爲廣陵刺史，單車之職。**野蕉依戍客，**長沙多蕉，可爲布。劉言史《長沙謡》云：「夷女採山蕉，緝紗浸江水。」**廟竹映湘君。**《博物志》：「洞庭山，帝二女居之，涕下揮竹，竹盡斑。」**夢渚巴山斷，長沙楚路分。一杯從別後，風月不相聞。**

增註 謝朓，字玄暉，宋人，居太平州城東青山。○單車，古者傳車，若今之驛，其後又單置馬，謂之驛騎。○杜詩：「火雲揮汗日。」○夢渚，即雲夢澤，在岳州。《水經》云：「雲在江之南，夢在江之北。雲極卑，夢稍高於雲，故曰渚。」唐岳州本巴州。又巴山在荆州。

備考 賦也。歸題正格。一、二句虛，中二聯途中實景，末二句述情思而虛也。○《律髓》云：「兩司空所言永嘉，長沙風土各極新麗，所取二聯又皆下句勝。凡詩以下句勝上句爲作家，先一句好而後一句弱或不稱則敗興矣。」

廟竹云云君《一統志》曰：「長沙府土產斑竹。」註：「舜崩，二妃攀竹悲哀，淚滴竹上，遂成斑點。」○李註曰：「舜二妃曰湘君、曰湘夫人，有廟在長沙湘陰。此舜南巡狩，死葬九疑山，二妃尋至湘水，拭淚把竹成斑色。」

巴山《一統志》六十八曰：「保寧府大巴嶺，在通江縣東北五百里，與小巴嶺相接，世傳九十里巴山是也。」

註　**謝朓**《氏族大全》曰：「謝朓，字玄暉。文章清麗，長五言詩。在宣城因登三山，得『澄江静如練』之句，古今所稱。」

文學《要玄》曰：「唐制，王府官有文學一人，掌校典籍、侍從文章。」

還都　南朝建業城。

漢張綱云云《通鑑綱目》：「順帝漢安元年，張綱遂劾奏，大將軍梁冀以外戚蒙恩，居阿衡之任，而專肆貪叨，仇害忠良。書奏時，諸梁姻族滿朝，帝雖知綱言直，不能用也。梁冀恨張綱，思有以中傷之，時廣陵賊張嬰寇亂揚、徐間，積十餘年，乃以綱爲廣陵太守。綱獨單車詣嬰壘門，請與相見，譬之曰：『前後二千石，多肆貪暴，故致公等懷憤相聚。然爲之者，非義也。今主上仁聖，欲以仁德服叛，故遣太守來。今誠轉禍爲福之時也。』嬰聞泣下，明日率所部萬餘人歸降。」

《博物志》云云《博物志》八曰：「堯之二女，舜之二妃曰湘夫人。舜崩，二妃啼，以涕揮竹，竹斑。」

增註　**謝朓云云**　季本註云：「謝朓，字玄暉，宋人，居太平州城東青山。《齊書》作『陳郡人』。文章清麗，爲齊隨王子隆文學[二]，子隆在荆州，好詞賦，朓以文被賞愛。長史王秀之以其年少相動，密啓，世祖敕朓還都，朓道中爲詩，寄西府同僚曰：『常恐鷹隼擊，時菊委嚴霜。寄言罻羅者，寥廓已高翔。』」

【校勘記】

［一］隨：底本誤作「齊」，元刻本、箋註本、附訓本和增註本均訛作「隋」，據《南齊書·謝朓傳》改。

［二］隨：底本脱，據《南史·謝朓傳》補。

送裴侍御歸上都　張謂

增註 周御史掌萬民之治，以其在殿柱之間，亦謂之柱下史。秦改侍御史。漢侍御史受公卿奏事，舉劾按章。唐有臺院、殿院、察院等御史。今御史位中丞下。○唐京都初曰京城，肅宗元年曰上都。

備考 此詩安禄山亂後，侍御自楚歸上都，謂於楚地作詩送行。

增註 **唐有臺院云云**《名義考》曰：「今都察院，即秦、漢以來御史臺也。唐御史臺其屬有三：一曰臺院，侍御史隸焉；二曰殿院，殿中侍御史隸焉；三曰察院，監察御史隸焉。今有監察御史分十三道，隸都察院，而省察院。其曰察院者，相襲如此，非官制。」

中丞《唐類函》四十四曰：「初，漢御史大夫有兩丞，一曰御史丞，一曰中丞，亦謂中丞爲御史中丞、執法中丞，在殿中蘭臺，掌圖籍秘書。」○《新唐書·百官志》三十八曰：「御史臺，大夫一人，正三品；中丞二人，正四品下。大夫掌以刑法典章糾正百官之罪惡，中丞爲之貳。」

曰上都 《事文玉屑》卷一曰：「上都，天帝居也。」

張謂

備考 《才子傳》曰：「張謂，字正言，河内人也。少讀書嵩山。清才拔萃，泛覽流觀，不屈於權勢。自矜於奇骨，必談笑封侯。二十四受辟，從戎營、朔十載，亭障間稍立功勛，以將軍得罪，流滯薊門。有以非辜雪之者，累官爲禮部侍郎。無幾何，出爲潭州刺史。」

楚地勞行役，秦城罷鼓鼙。舟移洞庭岸，路入武陵溪。江月隨人影，山華趁馬蹄。離魂將別夢，先爾到關西。

增註 秦城指長安，秦累世都之，西漢及唐并都此。○鼙，騎上鼓。此詩所謂「罷鼓鼙」，以張謂之時考之，當是肅宗收復京師之後。○《長沙志》：「洞庭在岳州巴陵縣西。」○武陵溪在武陵縣西，亦名德勝泉，唐屬朗州武陵郡。○關西，關中及陝、華以西。

備考 賦也。中間互鎖正格。一、二句，以情思述亂後之體，虚。中二聯，途中實象。末二句虚也。

行役 《詩·國風》曰：「父曰：『嗟！予子行役，夙夜無已。』」○陸機詩：「劇哉行役人。」○柳惲詩：「行役滯風波。」

鼓鼙 《禮記》曰：「君子聽鼓鼙之聲，則思將帥之臣。」

武陵《晉書》曰：「潘京，武陵漢壽人，辟爲主簿，太守問：『貴郡何名武陵？』京曰：『本名義陵，在辰陽縣界，與夷獠相接。光武移東山，遂得全完，共議易號。《傳》曰：「止戈爲武。」《詩》註：「高平曰陵。」故名武陵。』」

過蕭關　張蠙

備考《要玄・地集》八曰：「平凉府鎮原西有蕭關。漢文帝時，匈奴入蕭關，即此平凉府。秦屬北地郡。」〇杜詩云：「謁帝蕭關城。」註：「考其地，即漢朝那縣，在原州。」

張蠙

備考 或曰：「張蠙，昭宗時人。避亂入蜀。賊退後歸京。此時過蕭關，作此詩。」

得出蕭關北[二]，《輿地廣記》：「渭州青原縣，乃武州舊治蕭關縣，其地即漢朝那縣，在原州西一百八十里。龍朔中，又於白草軍城置蕭關，今懷德軍也。」**儒衣不稱身**。**隴狐來試客，沙鶻下欺人**。**曉戍殘烽火**，《唐六典》曰：「鎮戍烽火，率相去三十里。」**晴原起獵塵**。**邊戍莫相忌，非是霍家親**。霍去病爲驃姚將軍，匈奴畏之。

備考 賦也。歸題變格。一、二句虛，中間四句途中實事，末二句虛也。

隴《方言》曰：「秦、晉之間，冢謂之壟。」〇「壟」，通作「隴」。

狐《抱朴子》曰：「狐壽八百歲，三百歲變爲人。」〇《雜俎》曰：「狐夜擊尾出火，戴髑髏拜北斗，不墜則變爲人。」

烽火 季註云：「漢邊方備寇作高土臺，臺作桔槔，頭有兜鈴，致薪草於中，常低之，有寇則然火舉以相告，曰烽火。」

霍家 季註云：「漢衛青乃霍去病將軍之舅，嘗征匈奴，大克。武帝就幕拜大將軍。」

註　龍朔 唐第三主高宗年號，凡三年。

《唐六典》云云《唐六典》曰：「唐鎮戍烽候，約相去三十里。每日初夜放煙一炬，謂之平安火。」

驃姚云云《史記》註曰：「剽姚，音飄搖。荀悦《漢紀》作『票鷂』，勁疾之貌也。」〇《丹鉛録》十五曰：「《漢書》：『霍去病爲票姚校尉。』師古註：『票姚，勁疾之貌。票，頻妙反。姚，羊召反。』荀悦《漢紀》作『票鷂』，音義益明。『票』與『鷅』同，鷅、鷂皆勁疾鳥也。」〇愚按「驃姚」之「姚」字當作「騎」字，若「驃姚」之「驃」字當作「剽」字。

【校勘記】

［一］得出：《全唐詩》卷七百二作「出得」。

秋夜宿僧院[一]　劉得仁

備考 本集題作《秋夜宿僧樓白院》。

劉得仁 見前。

禪寂無塵地，焚香話所歸。樹摇幽鳥夢，螢入定僧衣。破月斜天半，高河下露微。翻令嫌白日，動即與心違。

增註 《傳燈録》：「六祖曰：『禪性無住，离住禪寂。』」○玄策問智隍禪師曰：「汝入定，有心邪？無心邪？」隍曰：「不見有無之心。」策曰：「即是常定矣。」

備考 賦也。交股格也。一、二句虚，中間二聯僧院夜中之實景，末二句虚也。

禪寂 《訓解》三曰：「孟浩然詩：『義公習禪寂。』注：『禪寂，性空也。』」○《維摩經》曰：「一心禪寂，攝諸亂意也。」

增註 **《傳燈録》云云** 《傳燈録》卷五載《六祖慧能傳》，并無此語。

玄策云云 同卷五曰：「婺州玄策禪師者，婺州金華人也。出家遊方，届于河朔。有智隍禪師者，曾謁黄梅五祖，庵居二十年，自謂正受。師知隍所得未真，往問曰：『汝坐於此作麼？』隍曰：『入定。』師曰：

『汝言入定，有心耶？無心耶？若有心者，一切蠢動之類，皆應得定。若無心者，一切草木之流，亦合得定。』曰：『我正入定時，則不見有有無之心。』師曰：『既不見有有無之心，即是常定，何有出入？若有出入，則非大定云云。』」

智隍云云 同卷曰：「河北智隍禪師者，始參五祖法席，雖嘗咨決而循乎漸行。後往河北結庵長坐，積二十餘載，不見惰容。及遇六祖門人策禪師遊歷于彼，激以勤求法要[二]，師遂捨庵，往參六祖云云。」

【校勘記】

[一]秋夜宿僧院：《全唐詩》卷五百四十四作《宿僧院》。

[二]激：底本脱，據《景德傳燈録》卷五補。

宿宣義池亭

劉得仁

備考 季註云：「《又玄集》作《宣義里》[一]。」

亭 《釋名》曰：「亭，停也，路人所停集也。」

暮色繞柯亭，柯亭在山陰縣。**南山出竹青。夜深斜舫月，風定一池星。島嶼無人迹，菰蒲有**

鶴翎。此中休便得，何必泛滄溟。言何必如夫子泛海也。

備考　賦也。歸題正格。一、二句虛，中四句池亭實景，末二句虛也。

暮色　古樂府云：「浮雲多暮色。」

註　**柯亭**　《要玄・地集》五曰：「紹興府山陰西有柯亭。漢蔡邕避難會稽之柯亭，仰視緑竹，如有奇音，取之作笛。」

【校勘記】

[一]《宣義里》：《又玄集》卷中題作《宿宣義里池亭》。

送殷堯藩遊山南[一]　姚合

備考　《履歷》云：「殷堯藩，元和九年登進士第。從李翱長沙幕府云云。」○長沙屬山南道。○此詩，從長沙幕府時作也。

姚合　見前。

詩境西南遠[二]**，秋聲晝夜蛩。人家連水影，驛路在山峰。溪静雲生石，天晴雪覆松。我爲**

公府繫，不得此相從。

備考 賦也。歸題正格。一、二句虛，中間四句長沙路行之實景，末二句虛也。

【校勘記】

［一］送殷堯藩遊山南：《全唐詩》卷四百九十六作《送殷堯藩侍御遊山南》。

［二］南遠：附訓本和增註本同此，然元刻本和箋註本均作「來遠」，《全唐詩》卷四百九十六作「南好」，小字註：「一作『勝』，一作『來遠』。」

題李疑幽居［一］　賈島

增註 諸本校正，「疑」字并作「欵」。

備考 《律髓》二十三載此詩，詩中「池中」作「池邊」。

賈島

備考 《尚友録》曰：「唐賈島，字浪仙，范陽人，初爲浮屠，號無本，居法乾寺。苦吟，嘗跨驢，不避公卿貴人，吟詩云：『僧敲月下門。』又欲『推』字，於驢上以手作敲推勢，不覺衝至京尹韓愈第三節。左右擁至馬前，詰之，島以實對。愈曰：『「敲」字佳。』與共論詩，爲布衣交。令其改業，後舉進士。宣宗嘗微行至法乾寺，聞鐘樓上有吟聲，取其詩卷覽之。島奪取其卷曰：『郎君何會此耶？』宣宗去，賜御札，除遂州長江簿，時稱爲賈長江。程錡詩云：『騎驢衝大尹，奪卷忤宣宗。』後寓于溟，乞詩者無虛日。每歲除夕，檢一年所作詩，以酒脯祭曰：『勞吾精神，以是補之耳。』」〇《群談採餘》六云：「賈島初赴舉，在京師，一日於驢上得句云：『鳥宿云云。』久之，曰『敲』字佳。遂并轡同歸，共論詩賦，迎連累日，與之友善，爲布衣交，有詩贈云：『孟郊死葬北邙山，日月風雲頃覺閑。天地文章聲断絶，故生賈島在人間。』自此名譽著聞。後削髮爲僧，號無本，又號佛印。」

閑居少鄰并，草徑入荒園。鳥宿池中樹，僧敲月下門。過橋分野色，移石動雲根。張協詩：「雲根臨八極。」注曰：「五岳之雲觸石出，則石者雲之根也。」**暫去還來此，幽期不負言。**

增註　杜詩：「井邑聚雲根。」〇劉禹錫《嘉話》云：「島初赴舉，於驢上得句云：『鳥宿池邊樹，僧敲月下門。』始欲著『推』字，又欲著『敲』字，煉之未定，於驢上吟哦，引手作推敲勢。時韓愈吏部權京兆，車騎初出，島不覺，衝至第二節，左右擁至，島具對所得句云云。韓立馬良久，謂曰：『作「敲」字佳矣。』遂并轡而歸。」

備考　賦也。歸題正格。一、二句虛，中聯幽居實景，末二句虛也。〇《律髓》云：「此詩不待贅説。『敲』『推』二字，待昌黎而後定，開萬古詩人之迷。學者必如此用力，何止『吟安一个字，撚断數莖髭』耶？」

○《野客叢書》十九曰：「賈島詩曰：『鳥宿池邊樹，僧敲月下門。』或者謂句則佳也，以『鳥』對『僧』，無乃甚乎？僕觀島詩，又曰：『聲齊雛鳥語，畫卷老僧真。』曰：『寄宿山中鳥，相尋海畔僧。』薛能詩曰：『槎松配石山僧坐，蕊杏含春谷鳥鳴。』杜荀鶴詩曰：『沙鳥多翹足，巖僧半露肩。』姚合詩曰：『露寒僧出梵，林静鳥巢枝。』曰：『幽藥禪僧護，高窗宿鳥窺。』曰：『夜鐘催鳥絶，積雪阻僧期。』陸龜蒙詩曰：『煙徑水涯多好鳥，竹床蒲倚但高僧。』司空曙詩曰：『講席舊逢山鳥至，梵經初向竺僧求。』唐人以『鳥』對『僧』多如此，豈特島然？僕又考之，不但對『鳥』也，又有對以『蟲』、對以『禽』、對以『猿』、對以『鶴』、對以『鹿』、對以『犬』者，得非嘲戲之乎？又有『時聞啄木鳥，疑是扣門僧』，出《東坡佛印語録》。」

動雲根 《升庵文集》七十八：「古詩：『默默布雲根，森森散雨足。』雲生於石，故名石曰『雲根』。沈約賦：『户接雲根，庭流松響。』杜詩：『井邑住雲根。』賈島詩：『移石動雲根云云。』」

註 **張協云云** 《文選》二十九雜詩張景陽詩：「雲根臨八極，雨足灑四溟。」曹毗《請雨文》曰：「雲根山積而中披，雨足垂零而復散。」則專指雲言。

權京兆 《唐類函》曰：「《周官》有内史，秦因之，掌治京師。漢景帝二年，分置左、右内史。武帝太初元年，更名右内史爲京兆尹。」

【校勘記】

[一]疑：《瀛奎律髓》卷二十三、《唐詩品彙》卷六十八和《全唐詩》卷五百七十二均作「凝」，當以「凝」

爲是。

金山寺　　張祜

在鎮江府大江中。《圖經》云：「裴頭陀開山得金，故號金山。」

備考《律髓》卷一載此詩。○《詩林廣記》前集九載之，詩中「寺」作「頂」。○《南唐新書》云：「金山寺號爲勝景。張祜吟詩有『僧歸夜船月，龍出曉堂雲』之句，自後詩人閣筆。孫魴乃復吟一詩，時號絶唱：『山載江心寺，龍魚是四鄰。天多剩得月，地少不生塵。過櫓妨僧定，驚濤濺佛身。誰道張處士，詩後更無人。』胡苕溪云：『張祜詩全篇佳矣，魴詩不及之，有疵瑕，如「驚濤濺佛身」之句，金山何低而小哉？末句仍自矜衒如此，尤可嗤鄙也。』」○季註云：「金山寺在潤州江心，去城七里，因裴頭陀断手開山，建伽藍獲金。李錡鎮此州，表聞，賜名金山。按《韓滉傳》，德宗建中朱泚之難，滉爲潤州刺史，總兵臨金山，是時已有此名，非始於錡也。對焦山，相去十五里。南朝又謂之浮玉山，上有寺，舊名澤心。天禧初，真宗夢遊此寺，賜名龍遊。」

註　**鎮江**《訓解》曰：「三國時，吴初都鎮江，後遷秣陵，置京口鎮。劉宋爲南徐州。隋開皇中，置潤州。宋開寶末，始名鎮江軍。」

頭陀　青藤山人《路史》曰：「頭陀，梵語也。元是『杜多』二字，轉音爲『頭陀』耳。華言抖擻也。言三毒之塵坌於心匈，須振迅而落之也。」

張祜 見前。

一宿金山寺，微茫水國分。僧歸夜船月，龍出曉堂雲。樹影中流見，鐘聲兩岸聞。因悲在城市，終日醉醺醺。

備考 賦也。交股格。第一、二句虛，第三、四句寺中實景，第五、六句山中所見聞之實景，末二句虛也。○《律髓》云：「此詩金山絶唱，孫魴者努力継之，有云：『天多剩得月，地少不生塵。過櫓妨僧定，歸濤濺佛身。誰言張處士，詩後更無人。』其言矜誇自大，然『濺佛』之句，或者則謂金山豈如此其低耶？大曆十才子以前，詩格壯麗悲感；元和以後，漸尚細潤，愈出愈新；而至晚唐以老杜爲祖，而又參此細潤者，時出用之，則詩之法盡矣。」

醺醺 《字彙》曰：「許云切，音熏，醉也。」

商山早行　温庭筠

商谷山在商州，四皓隱處。

備考 《律髓》卷十四載此詩。○季昌本註云：「商山，一名楚山，又名商顔，又名商於山，在唐關内道商州。」○按此詩庭筠自長安到襄陽時，過商山之作也。

註　**商谷山**　庭筠元并州人，久住杜陵，故有「思杜陵」之句也。「谷」，異本作「洛」。○《大明一統志》三十二曰：「西安府商洛山，在商縣東南九十里，亦名楚山，即秦時四皓隱處。」○愚按從《一統志》，作「商谷」非也。

温庭筠　見前。

晨起動征鐸，鐸，征車上鈴也。**客行悲故鄉**。**鷄聲茅店月，人迹板橋霜**。**槲葉落山路**，許渾云：「木槲生於他樹槎枿，池沼多有，謂之水松。」**枳華明驛墻**。**因思杜陵夢，鳧雁滿回塘**。杜陵在萬年縣，漢宣以杜東原爲陵。

增註　鳧，野鴨也。

備考　賦也。歸題變格。第一、二句虛，中二聯途中實景，末句虛也。○《律髓》云：「温善賦，號爲八叉手而八韻成，以此知名於世。三、四極佳。」

客行　劉孝儀詩云：「客行悲道遠。」○梁簡文帝詩：「客行祇念路。」○鮑照詩：「客行惜日月。」

店　《古今註》云：「店，置也，所以置貨鬻物。」

槲葉　《字彙》曰：「槲，胡谷切，音斛，槲樕，木名。」○《本草綱目》三十《果部》曰：「槲實，一名槲樕，一名樸樕，一名大葉櫟，一名櫟橿子。頌曰：『槲，處處山林有之。本高丈餘，與櫟相類。』」○「時珍曰：槲有二種：一種叢生小者名枹（音孚，見《爾雅》）。一種高者名大葉櫟。樹、葉俱似栗，長大粗厚，冬月凋落，三四月開花亦如栗，八九月結實似橡子而稍短小，其蒂亦有斗。其實僵澀味惡，荒歲人亦食之。其木理粗不及橡木[一]，所謂樗櫟之材者指此。」

枳 《周禮》曰：「橘踰淮而北爲枳。」

杜陵 《漢志》云：「杜陵在長安南，故杜伯國，宣帝葬此，因名。」

註 **槎枿** 槎，《字彙》曰：「鋤加切，邪斫木也。《國語》：『山不槎蘖。』俗亦作『查』。又桴也。」○枿，又曰：「牙八切，音不，伐木而根復生也。」○《韻會》曰：「伐木餘也。本作『櫱』，今作『枿』，謂斫髡而復生。或『蘖』，又屑韻：『蘖，木餘也。』」

增註 **鳧野鴨** 《彙雋》曰：「鳧，鴨屬。野曰鳧，家曰鶩。」

【校勘記】

［一］粗：底本脱，據《本草綱目》卷三十補。

秋日送方千遊上元　　曹松

上元縣，在建康府。

備考 《律髓》卷二十四載之。○此詩松在長安時作。○季註云：「唐昇州江寧郡上元縣。」

註 **建康府** 《大明一統志》六曰：「應天府有建康郡。」

曹松 見前。

天高淮泗白，料子趣脩程。汲水疑山動，揚帆覺岸行。雲離京口樹，雁入石頭城。後夜分遥念，諸峰霧露生。 淮泗，《漢志》：「泗水出濟陰乘氏縣，至臨淮睢陵縣入淮。」○京口，屬潤州。《圖經》云：「其城因山爲壘，丘絶高曰京，故謂京口。」

備考 賦也。交股格。第一、二句虛，中四句船中實象，末二句述情思虛也。○《律髓》云：「中四句俱有位置處分。」

註 **丘絶云云京** 《爾雅·釋地》文。○《訓解》三曰：「王維詩：『鐃吹喧京口。』」注：「京口，今鎮江也。按《爾雅》，絶高爲京，以其城因山爲壘、緣江爲境，故名京口。」

寄陸睦州　許棠

陸名肱，棠嘗爲其從事。

增註 睦州，春秋屬越，秦爲彰、會稽兩郡之境，漢隸吴及丹陽郡，晉新安郡，隋、唐睦州新安郡，屬江南道，宋建德軍，今屬浙西道。

備考　**增註**　**會稽**《一統志》四十五曰：「浙江紹興府，東漢名會稽郡。」

丹陽郡《一統志》十一「鎮江府」曰：「丹陽，唐郡名。」又卷十五「寧國府」曰：「丹陽，漢郡名。」

許棠 見前。

下國多高趣，終年半是吟。汐潮通越分，《說文》：「朝曰潮，夕曰汐。」**部伍雜蠻音。曉郭雲藏市，春山鳥護林。東遊雖未遂，日日至中心。**

增註《漢紀》注：「大將軍營有五部。」《周禮》：「五人爲伍。」〇《列子》：「南方夷音曰蠻。」

備考 賦也。交股格。第一、二句虛，「下國」指睦州。中四句，睦州實事。末二句虛也。

下國《書·泰誓中》曰：「有夏桀弗克若天，流毒下國。」

汐潮《蓬窗日録》曰：「潮汐，吉州馬氏取《禮記》『致日曰潮，致月曰汐』。江海之水朝生爲潮，夕至爲汐。日，太陽也，歷一次而成月。月，太陰也，合於日以起朔。陰陽消長，晦朔弦望，潮汐應焉。水，陰物也，而生於陽。潮汐依日而滋長，隨月而漸移。日起於朔，月盈於望。月東行，迎日之所次。月合於地下之中，則日之所次也。故潮平於地下之中，而會於月，朔後三日明生而潮壯，望後三日魄見而汐湧。每歲仲春，月落水生而汐微；仲秋，月明水落而潮倍；減於大寒，極陰而凝；弱於大暑，畏陽而縮。消長不失其時，故曰潮信。」

中心《詩・小雅・隰桑章》曰：「中心藏之，何日忘之！」

增註　**漢紀云云**《前漢書・李廣傳》注曰：「大將軍營五部，部之下有曲，曲有軍候一人。」〇《禮記・祭義》註曰：「五人爲伍。」〇《孟子・公孫丑下》曰：「三失伍。」註：「伍，行列也。」

《列子》愚按《列子》無此文。

已前共一十五首

備考　第三、四句法相類格也。

與崔員外秋直[一]　　王維

禁中直宿。

增註　隋尚書二十四司，各置員外郎一人，謂本員之外復置郎，員外自此始。唐尚書諸曹各置，惟吏部二人。今六部各置員外。

備考《唐詩解》三十六載，題曰《同崔員外郎秋宵寓直》，此詩在尚書右丞時作也。〇季註云：「漢尚書郎，主作文章并夜直宿，有當直、寓直、儤直之名。寓，寄也。儤，吏官連直也。儤音豹。」

王維 見前。

建禮高秋夜，蔡質《漢官典職》曰：「尚書郎晝夜更直五日於建禮門外。」**承明候曉過。**承明廬在石渠閣右。**九門寒漏徹，**《楚詞》注曰：「天門九重。」**萬井曙鐘多。月迴藏珠斗，雲銷出絳河。更慚衰朽質，南陌共鳴珂。**《通典》曰：「鵰入海化爲珬[二]，可作馬勒，謂之珂。」

增註 漢承明殿，一名承明廬。直宿所止曰廬。○珠斗，《漢志》：「五星如連珠。」○《廣雅》：「天河謂之絳河，又曰銀河。」

備考 賦也。歸題正格。第一、二句虛，中二聯直廬實景，末二句虛也。○《唐詩解》曰：「『建禮』『承明』，直宿之處。『候曉過』者，不安寢也。中二聯叙將晚之景。末言己既遲暮，共此趨朝，覺有媿於崔君耳。」

高秋 古樂府云：「高秋八九月。」

九門 《禮記》曰：「餧獸之藥，毋出九門。」注：「天子有九門，謂關門、遠郊門、近郊門、城門、臯門、庫門、雉門、應門、路門也。」○《要玄·事集》卷二曰：「《考索》：『《月令》「毋出九門」，先儒以天子外門四，關門也，遠、近郊之與國門也[三]；内門五，曰臯、曰庫[四]、曰雉、曰應、曰路是也。』」

萬井 《周禮》曰：「方百里爲一同，積萬井其中。」○《漢書·刑法志》曰：「天子畿内，提封百万井。」

鳴珂 珂，《字彙》曰：「丘何切，石次玉。一云螺屬，生海中。《爾雅翼》云：『貝大者珂，黃黑色，其骨白，可飾馬具。』」○杜詩：「因風想玉珂。」《千家註》：「夢弼曰：『《本草》：「珂，貝類。可以爲馬飾。」《通俗文》曰：「馬勒飾曰珂。」按《唐・車服志》：「五品以上，有珂傘。凡車之制，三品以上，珂九子；四品，七子；五品，五子；六品以下[五]，去通幰及珂。」師曰：「玉珂，導者所鳴之珂。或云馬，非。」』」○徐陵詩云：「南陌接銅駝，飛蓋響鳴珂。」

註　**尚書云云**《漢官儀》云：「尚書主作文書起草，晝夜更直五日于建禮門内。」

承明廬云云《漢書・嚴助傳》曰：「君厭承明之廬。」張晏曰：「承明廬在石渠閣外。直宿所止曰廬。」○《一統志》三十二曰：「陝西西安府承明殿，在漢未央宫，鴻嘉初有雉集承明殿。」

石渠閣《要玄》云：「《考索》：『漢有石渠、天禄、麒麟三閣，皆蕭何所創，後皆爲藏書、校書、講筵、修史之地。』」

爲珬《字彙》曰：「珬音恤，珂屬。《通典》：『老鵰入海化爲珬。』」

馬勒　勒，《字彙》曰：「馬鑣銜也。有銜曰勒，無銜曰羈。《釋名》：『絡也。絡其頭而引之也。』」○銜，馬口中勒也，以鐵爲之，所以制馬之逸。

增註　**承明殿**　季註云：「漢承明殿，一名承明廬。直宿所止曰廬。又魏朝會皆由承明門，後宫出入之門也。如有廬，則在承明門側。」

《漢志》云云《前漢・律曆志》曰：「日月如合璧，五星如連珠。」

五星 五行星，歲星、熒惑星、太白星、辰星、鎮星也。

《**廣雅**》十卷，魏張揖撰。

天河 楊泉《物理論》云：「水之精氣上浮，宛轉隨流，名之曰天河。」

絳河 《拾遺記》曰：「絳河去日南十萬里，波如絳色。」

【校勘記】

［一］與崔員外秋直：《全唐詩》卷一百二十六作《同崔員外秋宵寓直》。

［二］珹：元刻本、箋註本和《通志》卷一百九十八均作「玳」。

［三］郊：底本脱，據《群書考索》卷三十八補。

［四］曰庫：底本脱，據《群書考索》卷三十八補。

［五］六品以下：底本誤作「四品已上」，據《新唐書·車服志》和《文獻通考》卷一百十九改。

送東川李使君［一］

王維

增註 東川，潼川府郡名。蜀先主梓潼郡，隋改梓州。唐梓州梓潼郡屬劍南道，今屬潼川府路。使君即刺史。

備考《唐詩歸》卷九載此詩，題作《送梓州李使君》。○按送李氏赴蜀潼川府東川郡刺史作也。

使君 杜甫詩：「使君高義驅今古。」《分類》曰：「使君，唐制，刺史行部，糾察郡縣，與綉衣同，稱使君。」○季註云：「使君即刺史。漢成帝更名牧，哀帝仍舊，已後州郡并置。唐至德，郡改州，復以太守爲刺史。」

增註　**東川云云**《廣輿記》曰：「四川潼川州，隋曰梓州，唐曰東川。」

萬壑樹參天，千山響杜鵑。山中一夜雨，樹杪百重泉。漢女輸賨布，李周翰曰：「漢女，蜀之美女。」《漢書》曰：「秦置黔中郡。漢興，令大人輸布一疋，小口二丈，是謂賨布。」《十六國春秋》：「常據志云：宕渠，古賨國，姓芊。」**巴人訟芋田。**《海内圖經》曰：「伏羲後生巴人。」《蜀都賦》曰：「瓜疇芋區。」又蜀卓氏以芋致富。**文翁翻教授，不敢倚先賢。**漢文翁爲蜀太守，選郡吏諸京受業。每出行，從學官諸生，吏民化之，蜀學比齊魯焉。

增註《詩》：「漢有游女。」注：「漢水出武都沮縣。」○《方輿勝覽》，此詩載潼川府後，「賨」作「橦」。東川産橦，即閩之木綿。賨，徂宗切。橦音同。○巴人，見前《晚發五溪》註。

備考 賦也。歸題正格。第一、二句虛也，第三、四句山中實景，第五、六句東川實事，末二句虛也。○《唐詩歸》曰：「三、四句，譚云：『泠然妙語。乃於送行詩得之更妙。』」○「五、六句，鍾云：『「訟」字，人不肯說，詩中說風土宜如此。』」

萬壑　鮑照詩：「萬壑勢縈迴。」

漢女　《詩・周南・漢廣篇》云：「漢有游女，不可求思。」朱註：「漢水出興元府嶓冢山，至漢陽軍大別山入江。江漢之俗，其女好遊。漢魏以後猶然，如《大堤》之曲可見也。」

賨布　季本註云：「古者，蠻夷無税。漢興，始以口討賦，輸賨布。魏晋時，邊郡夷人輸布，户一匹，謂之賨。」○《韻會》曰：「徂宗切。南蠻賦也。徐曰：『賨，總率其所有，不切責之也。』《後漢・南蠻傳》：『歲令大人輸布一匹，小口二丈，謂之賨布。』」

註　**《漢書》曰云云**　《後漢書・南蠻傳》曰：「秦昭王使白起伐楚，略取蠻夷，始置黔中郡。漢興，改爲武陵。歲令大人輸布一疋，小口二丈，是曰賨布。」

《十六國春秋》　《要玄・事集》卷一曰：「《考索》：『魏世黄門侍郎崔鴻乃考覈衆家，辨其同異，除煩補闕，錯綜綱紀，易其國書曰録，主紀曰傳，都謂之《十六國春秋》。先是，前趙有《漢趙記》，平輿子和苞撰。漢有《漢書》《華陽國志》，二書并常璩撰。前涼有[二]《涼國春秋》云云。或當代所書，或他邦所録，五胡各有書。至崔鴻乃著《十六國春秋》。』」

常據志　唐本「據」作「璩」音渠。

蜀卓氏　《史記・貨殖傳》：「蜀卓氏曰：『吾聞汶山之下沃野，下有蹲鴟，至死不飢[三]。』乃求遠遷[四]。致之臨邛，大喜，即鐵山鼓鑄[五]，富至僮千人。」注：「蹲鴟，芋也。」

漢文翁云云 《前漢・循吏傳》五十九：「文翁，廬江舒人。少好學，通《春秋》。景帝末，爲蜀郡守。見蜀地辟陋，有蠻夷風，欲誘進之，乃選郡縣小吏開敏有材者親自飭厉，遣詣京師，受業博士。數歲，蜀生皆成就還歸，爲右職官，有至郡守刺史者。又修起學官於成都市中，招下縣子弟爲學官弟子，爲除更繇，高者以補郡縣吏，次爲孝弟力田。每行縣，益從學官諸生明經飭行者與俱，使傳教令，出入閨閤。吏民見而榮之，争欲爲学官弟子，富人至出錢以求之。繇是大化，蜀地學於京師者比齊魯焉。武帝乃令天下郡國皆立學校官[六]，自文翁始。文翁終於蜀，吏民爲立祠堂，歲時祭祀不絶。至今巴蜀好文雅，文翁之化也。」〇《西溪叢語》云：「張崇文《歷代小志》：『文翁，姓文，名黨，字仲翁，景帝時爲蜀郡太守。』今《漢書》不載其名，始録于此。」

諸京 唐本「諸」作「詣」。

增註　《詩》云云註云云 愚按古註無此注。

橦 《字彙》曰：「徒紅切，音同。木名。花可爲布。」

木綿 《丹鉛録》二十一曰：「木綿。唐李商隱詩：『木綿花暖鷓鴣飛[七]。』又王叡詩：『紙錢飛出木綿花。』南中木綿，樹大如抱，花紅似山茶而蕊黃[八]，花片極厚，非江南所藝者。張勃《吴録》曰：『交趾安定縣有木綿，樹實如酒杯[九]，口有綿，可作布[一〇]。』按此即今之斑枝花，雲南阿迷州有之[一一]，嶺南尤多。」

【校勘記】

［一］送東川李使君：《全唐詩》卷一百二十六作《送梓州李使君》。

［二］涼有：底本脱，據《群書考索》卷六補。

［三］飢：底本訛作「餓」，據《史記·貨殖傳》改。

［四］遠：底本脱，據《史記·貨殖傳》補。

［五］鼓鑄：底本脱，據《史記·貨殖傳》補。

［六］官：底本脱，據《漢書·循吏傳》補。

［七］暖：底本誤作「飛」，據《李義山詩集》改。

［八］花、似：底本脱，據《丹鉛總録》卷二十一補。

［九］實：底本脱，據《丹鉛總録》卷二十一補。

［一〇］布：底本脱，據《丹鉛總録》卷二十一補。

［一一］有：底本脱，據《丹鉛總録》卷二十一補。

送楊長史赴果州　王維

今順慶府。

增註 長史，今治中即其官也。

備考 季本註云：「漢邊郡有長史，掌兵馬。隋改別駕爲長史司馬，今治中即其官也。」○唐果州南充郡屬山南道，秦、漢巴郡，宋爲順慶府，今大元屬潼川府路。

長史 《紀原》卷六曰：「《漢・百官表》曰：『秦置郡丞，其郡當邊戍者，丞爲長史。』則長史爲秦所置官也[二]。《通典》曰：『唐五府長史理府事，餘府州通判而已。』」

褒斜不容幰，劉良曰：「幰，車網也。」**之子去何之**？**鳥道一千里**，《南中八志》曰：「鳥道四百里，以其險絕，獸猶無蹊，特上有飛鳥之道耳。」**猿聲十二時**。**官橋祭酒客**，**山木女郎祠**。漢法，上客曰祭酒。果州金華山中有觀，乃神女謝自然祠。**別後同明月**，**君應聽子規**。

增註 褒斜，谷名，南曰斜，在興元府，出秦鳳路；北曰褒，在利州，出長安路，相去二百餘里。○《宜都山川記》：「巴東三峽猿鳴悲，猿鳴三声淚沾衣。」○《漢書》：「祭酒皆以位之元長。古者賓客得主人饌，則老者一人舉酒以祭祀，故以爲稱。」○女郎，古者婦女通稱。如馬明先生謂「與女郎遊安息西海」及古樂府

「木蘭是女郎」之類是也。

備考 賦也。問答正格。第一、二句問處，述情思而虚。中間四句答處。第三、四句，途中實景。第五、六句，送別實事。末二句虚也。〇《唐詩歸》卷九載此詩，「譚云：『「君應」二字，吞吐難言。』」

幰 「㦗」，一本作「幰」，是也，《字彙》無「㦗」字。「幰」字註曰：「呼典切，音顯，車幔。」〇《韻書》曰：「幰，許偃切。車上張繒也。《唐・車服志》云：『親王及武職一品象輅，青油纁朱裏，通幰；二品、三品革輅，朱裏青，通幰；四品木輅，五品軺車，皆碧青，偏幰；六品以下，去通幰及珂。』」

祭酒 韋昭《辨釋名》曰：「祭酒者，謂祭六神以酒酹之也。凡會同享燕，必尊長先用酒以祭地，故曰祭酒。」

增註　馬明云云 《一統志》曰：「山東青州府馬明生，臨淄人，姓和，字君實。少爲賊傷，殆死，忽遇一女子，乃太真夫人也，與藥一丸，服訖即愈，乃自號馬明生，隨夫人入岱山石室。試以鬼怪狼虎不懼，挑以美女不動，夫人曰：『可教。』有安期生至，夫人以明生付之。後得安期生丹經神方，入華陰山脩煉，白日昇天。」

古樂府木蘭云云 《詩林廣記》前集六曰：「杜牧之《木蘭廟》詩：『彎弓征戰作男兒，夢裡曾經與畫眉。幾度思歸還把酒，拂雲堆上祝明妃。』」〇「程泰之《演繁露》云：『樂府有《木蘭詞》，乃女子代父征戍，十年而歸，不受爵賞，人爲作詩，然不著何代人[三]，獨詩中有「可汗大點兵」語，知其生世非隋即唐也。女子能爲許事，其義且武，在緹縈之上。或者疑爲寓言，然白樂天《題木蘭花》云：「怪得獨饒脂粉態，木蘭曾作女郎來。」又觀杜牧此詩，則既有廟貌，又曾作女郎，則誠有其人矣。異哉！』」○「樂府《木蘭詞》：『促織何唧唧，木蘭當户織。云云十三年，不知木蘭是女郎云云。』」○「劉次莊《樂府集》云：『木蘭，孝義女也，勇不足以言之。世之女子，有所感激憤励，或果於殺身而不能以成事者，古蓋有之[三]。至於去就終始，皆得其道，求如木蘭者鮮矣。是詩辭意高古，殆與其人相當。』」○「《隱居詩話》云：『古樂府中，《木蘭詩》有高致，蓋世傳爲曹子建作，似矣。然其中云「可汗大點兵」，漢、魏時，夷狄未有「可汗」之名，不知果誰之詞也[四]。』」○「劉後村云：『《木蘭詩[五]》，唐人所作也。樂府中，惟此詩與《焦仲卿妻詩》作叙事體[六]，有始有卒，雖辭多質俚，然有古意。』」

【校勘記】

［一］爲：底本誤作「宜」，據《事物紀原》卷六改。

［二］代：底本脱，據《詩林廣記》前集卷六補。

［三］古：底本脱，據《詩林廣記》前集卷六補。

［四］之詞也：底本脱，據《詩林廣記》前集卷六補。

［五］詩：底本脱，據《詩林廣記》前集卷六補。

［六］此：底本脱，據《詩林廣記》前集卷六補。

赴京途中遇雪　　孟浩然

備考《唐詩解》三十五載，前載《途次》詩，次載此詩，同時作也，詩中「沙渚」作「寒渚」。○按京，長安也。此詩自襄陽赴京師時作。

孟浩然

備考《才子傳》云：「孟浩然，襄陽人。少好節義，詩工五言。隱鹿門山。四十遊京師。諸名士間嘗集秘省聯句，浩然曰：『微雲淡河漢，疏雨滴梧桐。』衆欽服云云。開元末，王昌齡游襄陽，時新病起，相見甚歡，浪情宴謔云云。」

迢遞秦京道，蒼茫歲暮天。窮陰連晦朔，積雪遍山川。落雁迷沙渚，飢烏噪野田。客愁空佇立，不見有人煙。

備考 賦也。歸題變格。一、二句虛，中間四句途中實景，末二句虛也。○《唐詩解》曰：「上詩言『雪深迷郢路』，此專賦雪景，蓋同時作也。言京路既遠，歲暮已迫，因窮陰而有此積雪，於是雁欲宿而迷，烏思食而噪，我亦悵然獨立，未見人煙之可投，雪中之落莫如此。」

迢遞《吴都賦》云：「曠瞻迢遞。」

蒼茫 梁元帝詩：「秋氣蒼茫結孟津。」○陰鏗詩：「蒼茫歲欲晚。」

窮陰 《舞鶴賦》云：「窮陰殺節。」

晦朔 《參同契》云：「晦朔薄蝕。」

積雪 謝靈運詩云：「明月照積雪。」

落雁 江總詩云：「落雁不勝彈。」○《埤雅》曰：「雁愛陽而惡陰，夜泊洲渚，令雁奴圍而警察。」

佇立 《詩·國風》曰：「佇立以泣。」

人煙 周弘讓曰：「曖曖有人煙。」

早行　　郭良

備考 《律髓》十四載此，詩中「流水」作「風水」。○此詩全述亂後體也。

郭良

備考 《履歷》《才子傳》等不載傳。

早行星尚在，數里未天明。不辨雲林色，空聞流水聲［二］。**月從山上落，河入斗間横。漸至重門外，依稀見洛城。**

備考 賦而比也。中間互鎖格。一、二句虛，「星尚在」比餘賊。中間四句，途中實事。三、四句比天下暗昧，五句比君威風衰，六句比君德澤薄。末二句虛，比天下漸將平也。○《律髓》云：「第六句新。」

【校勘記】

[一]流：《全唐詩》卷二百三作「風」。

宿荆溪館呈丘義興　嚴維

常州義興，今宜興縣。太宗舊諱，改義曰宜。

增註 荆溪在唐常州義興縣，其縣宰姓丘也。

嚴維 見前。

失路荆溪上，荆溪在宜興南二十里。**依仁忽暝投。長橋今夜月，陽羨古時州。野燒明山郭，寒更出縣樓。先生能館我，何事五湖遊**？

增註 陽羨，屬義興。《輿地志》：「吴越間謂荆爲楚，秦以子楚改爲陽羨。」○劉向《列仙傳》：「范蠡，字少伯，徐人，爲越大夫，佐越主勾踐滅吴。反至五湖，辭曰：『君王勉之，臣不復入越國云云。』乃乘舟泛五湖不返。」

備考 賦也。歸題變格。一、二句虛，三、四句荆溪實景，五、六句荆溪所見聞之實象，末二句虛也。

五湖 《事文類聚》前集十七云：「《周官》：『揚州其浸五湖。』按張勃《吴録》：『五湖者，太湖之别名。以其周行五百餘里，故以五湖爲名。或説以太湖、射陽湖、上湖、洮湖、滆湖爲五湖。』按《國語》，吴、越戰於五湖，直在笠澤一湖中戰耳，則知或説非也。」○「《揚州記》云：『太湖一名震澤，一名洞庭。即彭蠡澤也。洞庭一名青草。雲夢一名巴丘湖。』水發湖州長興縣界，入常州晋陵縣界，又入無錫界晋陵之東，入蘇州吴縣界，廣三萬六千里。」○《韻府》曰：「《蘇州圖經》：『太湖接蘇、常、湖、秀四州界，范蠡泛五湖，當在此。』一説洞庭、應澤、青草、雲夢、巴丘亦曰五湖。」○季昌注云：「五湖謂貢湖、遊湖、胥湖、梁湖、余鼎湖也。」

增註　**陽羨** 《通鑑綱目》十五「蜀後主建興六年」：「《集覧》：『陽羨即毗陵也，秦屬會稽。《太康記》：「陽羨縣，本名荆溪。」吴越間謂荆爲楚，秦以子楚故改爲陽羨。羨，于泉反。』」

漂母墓　　劉長卿

增註 在淮安軍淮陰縣北，唐屬楚州。○漂，匹妙切，水中擊絮也。

備考《律髓》卷二十八載此，詩中「年年」作「綿綿」。又《唐詩解》三十八載，題作《經漂母墓》。○詩中「年年」作「茫茫」。○《一統志》曰：「漂母墓在淮安府城西四十里，舊淮陰縣北。」

劉長卿 見前。

昔賢懷一飯，韓信貧，漂母飯之。信後爲楚王，賜母千金。**茲事已千秋。古墓樵人識，**東、西冢在淮陰縣北八里莊。東冢，韓信母墓；西冢，漂母墓。**前朝楚水流。渚蘋行客薦，山木杜鵑愁。春草年年綠，王孫舊此遊。**芳草、王孫，見前注。漂母呼信爲「王孫」。

增註《左傳》：「蘋、蘩、蕰、藻之菜，可薦於鬼神。」薦，薄祭也。

備考 賦也。中間互鎖格。一、二句虛，三、四句墓邊實事，五、六句墓上所見聞之實事，末二句虛也。○《律髓》云：「長卿意深不露。第四句，蓋謂楚亡漢亡，今惟有流水耳。一漂母之墓，樵人猶能識之，亦以其有一飯之德於時耳。」○《唐詩解》曰：「此吊古而思漂母之賢也。言淮陰懷漂母之一飯，其事已千秋矣，樵人猶能識其墓。漢王忌信而取其國，宜長享天下也，然前朝惡在乎？惟餘楚水之流耳。是漢祖不如漂母之憐才也。今其墓間行客採蘋以薦，杜宇繞水而愁薦者，思母之賢。愁者，寫信之怨也。吾想茫茫荒草之處，即王孫舊遊地耳。何千載難其人，豈世無淮陰耶？」

昔賢 沈約詩：「昔賢侔時雨。」

一飯《范雎傳》曰：「一飯之德必償。」

千秋《戰國策》曰：「寡人千秋萬歲之後，誰與樂此矣？」

古墓 古詩：「古墓犁爲田。」

樵人 虞騫詩：「遠望樵人細。」

前朝《漢書·谷永傳》曰：「許、班之貴，傾動前朝。」

楚水 沈約詩：「葉浮楚水。」

行客 班婕妤《擣素賦》云：「慚行客而無言。」

山木《莊子》曰：「山木自寇也。」

杜鵑《寰宇記》曰：「望帝以德不如鱉靈，因禪位於鱉靈，號開明，遂自亡去，化爲杜鵑。」詳見上備考。

王孫《楚辭》曰：「王孫遊兮不歸，春草生兮萋萋。」

註　**千金**《史記》卷七《項羽本紀》曰：「項王乃曰：『吾聞漢購我頭千金。』」《正義》曰：「漢以一斤金爲千金，當一萬錢。」

東西塚云云《寰宇記》曰：「信爲楚王，立塚以報漂母，即此。韓信母墓與漂母墓相對，俗呼東西塚。」

韓信云云《史記》列三十二曰：「淮陰侯韓信者，淮陰人也。始爲布衣時，貧無行，不得推擇爲吏，又不能治生商賈，常從人寄食飲，人多厭之者。常數從其下鄉南昌亭長寄食，數月，亭長妻患之，乃晨炊蓐食。時信往，不爲具食。信亦知其意，怒，竟絶去。信釣於城下，諸母漂，有一母見信飢，飯信，竟漂數十日。信喜，謂漂母曰：『吾必有以重報母。』母怒曰：『大丈夫不能自食，吾哀王孫而進食，王孫如言公子，尊之也。豈望報乎？』漢五年，徙齊王信爲楚王，都下邳。信至國，召所從食漂母，賜千金。及下鄉南昌亭長，賜百錢，曰：『公，小人也云云。』」

湖中閑夜[一]　朱慶餘

備考《唐詩歸》卷三十三載此，題作《湖中閑夜遺興》，詩中「湘雲」作「湘煙」。○湖中，洞庭湖也。

朱慶餘

備考《唐書》作「朱慶」，名可久，以字行。又字慶緒，越州人，登寶曆二年進士第。

釣艇同琴酒，良宵背水濱。風波不起處，星月盡隨身。浦迴湘雲卷[二]**，林香嶽氣春。誰知此中興，寧羨五湖人。**

備考 賦也。雙蹄格。一、二句虛，中間四句湖中實景，末二句虛也。○《唐詩歸》曰：「一句，鍾云：『趣事。』三、四句，又云：『偶獲奇語，作者不知。』」

【校勘記】

［一］湖中閑夜：《全唐詩》卷五百十五作《湖中閑夜遣興》。

［二］雲：《全唐詩》卷五百十五作「煙」。

已前共八首

備考　按已上五、六一聯句法相類，腰聯相似也。

三體詩五言備考卷二

五言律詩三體家法備考大成卷之三

四虚 周弼曰：「謂中四句皆情思而虚也。不以虚爲虚，以實爲虚，自首至尾，如行雲流水，此其難也。」

增註 元和已後用此體者，骨格雖存，氣象頓殊。向後則偏於枯瘠，流於輕俗，不足採矣。

備考 **增註** **元和** 唐第十二主憲宗年號。

此體 指四虚。

氣象 《小學大全》曰：「辭氣容象也。」

向後 指晚唐末。

陸渾山莊 宋之問

河南府伊陽縣，即漢陸渾縣。

增註 春秋，陸渾戎徙洛山，因名。

備考 《唐詩歸》三載。又《唐詩解》三十二載。○或説云：「宋之問以此詩得罪，而睿宗徙配欽州。」

陸渾 《左傳・僖公二十二年》曰：「初，辛有適伊川，見被髮于野而祭者，曰：『不及百年，此其戎乎。』竟爲陸渾氏焉。」注：「陸渾，允姓之戎，本在秦、晉西北，二國誘而徙之伊川，遂從戎號。」○《一統志》二十九曰：「河南府陸渾廢縣在嵩縣北三十里，秦置，即秦、晉遷戎之地。」

宋之問

備考 《履歷》曰：「字延清，一名少連，汾州人。越州長史。神龍初少府監。與弟之遜皆諂事張易之。貶嶺南瀧州參軍事，逃歸，匿駙馬都尉王同皎家。聞同皎疾武三思及韋后之言，之遜密令子曇與甥李悛告同皎，欲殺三思及廢后事以自贖。同皎等皆坐斬。之問、之遜并除京官，遷考功員外郎。中宗時，諂事太平公主，復結安樂公主，太平深疾之[二]。中宗將用爲中書舍人，太平公主發其贓，下遷汴州長史，又改越州。睿宗立，以狡險過惡流欽州，賜死。」

歸來物外情，負杖閲巖耕。源水看華入，幽林採藥行。野人相問姓，山鳥自呼名。去去獨吾樂，無能愧此生。

增註 《莊子》：「南伯子葵言曰：『吾守道七日而後能外物。』」○鄭子真躬耕巖石之下，名震京師。○《詩話總龜》云：「宋之問詩：『山鳥自呼名。』又『鳥不知名声自呼』。蓋《古今注》『南方有鳥，名鷓鴣，自呼其名』。此詩作於洛地，如子規呼謝豹，亦自呼名，恐不必拘説鷓鴣。」

備考 賦而比也。首聯互鎖格。一、二句，山莊實事，「物外」指万物之外。中間四句虛。末二句，之問情實也。○《唐詩歸》曰：「三句，鍾云：『入得有景。』」○「譚云：『用事清逸而不覺。』」○「譚云：『「相問姓」妙，人只知賞「自呼名」耳。』」○「鍾云：『玩「野人相問姓」，有老死不相往來意。』」○《唐詩解》曰：「此罷官而飯也。物外之情，惟巖耕堪閲、源花堪看、林藥堪採，而與野人、山鳥爲群，樂亦甚矣，獨恨素無才能，無他表樹，足愧此生耳。雖然，身隱焉，文又奚愧哉？此君必非真隱者矣。」○《千古詩集》卷四載此詩曰：「『源水看花入』，花隨流水之景也。」○笠叟云：「『野人問姓』『山鳥呼名』，尚何必鹿苑、雁塔乎？只是未曾識得此味也。果識得，天地之間，一笑呵呵，有何介意？」

歸來 陶潛賦《歸去來辭》。

物外 《天台賦》曰：「散以物外之説。」

負杖 《禮記》曰：「孔子蚤作，負手曳杖。」

巖耕 顔延之詩：「反税自巖耕。」

源水云云 此句暗用桃源事。

幽林 《西都賦》：「幽林空谷。」

採藥行 《後漢書・逸民傳》云：「襄陽龐德公携妻子登鹿門山，採藥不返。」○《神仙傳》云：「吕恭入太行山採藥不還。」○《抱朴子》云：「入水掏金，登山採藥。」

問姓《史記·郭解傳》曰：「有一人箕倨視之[二]，解遣人問其名姓。」

自呼名《異物記》云：「鷓鴣黑白成文，其名自呼。」

去去 曹植詩：「去去莫復道。」

此生 陶潛詩：「聊復得此生。」

增註 《**莊子**》**云云**《大宗師篇》。

【校勘記】

[一]平：底本誤作「宗」，據《新唐書·文藝傳中》改。

[二]視：底本誤作「俟」，據《史記·游俠列傳》改。

新年作

宋之問

備考《唐詩歸》二十五載此詩，作者爲劉長卿。○愚按依《歸》説，則天隱爲之問作，誤也。○此詩謫欽州時作也。

鄉心新歲切，天畔獨潸然。老至居人下，春歸在客先。嶺猿同旦暮，江柳共風煙。已似長沙傅，賈誼謫爲長沙王太傅。**從今又幾年。**之問得罪，睿宗配徙欽州。

增註 《詩》：「潸焉出涕。」注：「潸，淚流貌。」〇老居人下，崔寔《四民月令》：「元日進椒柏酒，次第從少至老。今屠蘇，其遺意也。以少者得歲，先以賀之；老者失歲，故後飲。」

備考 賦也。交股格。一、二句，新年實事。中間二聯，實事而含情思處。末二句情實也。

天畔 杜甫詩：「天畔登樓眼。」

註 **睿宗** 唐第六主，諱旦，高宗第八子。在位二年，壽五十五。

增註 **《詩》云云** 《詩·小雅·大東篇》云：「睠言顧之，潸焉出涕。」

《四民月令》《書言故事》卷十云：「崔寔《月令》：『元日進椒柏酒。椒是玉衡星精[一]，服之令人却老；柏是仙藥。尊卑次列，以年少者爲先，各進此酒於尊長，稱觴舉壽，欣欣如也。』」〇《容齋隨筆》云：「今人元日飲屠蘇酒，自小者起，相傳已久，然固有來處。後漢李膺、杜密以黨人同繫獄，值元日，於獄中飲酒，曰：『正旦從小起云云。』」〇《歲華記》云：「昔有人居草庵中，每歲除夕，遺里閭藥一帖，令囊浸井中。至元日取水注酒尊，名屠蘇酒。合家飲之，不病瘟疫。」注：「即菖蒲酒也。」

【校勘記】

[一]玉：底本脱，據《荆楚歲時記》和《太平御覽》卷二十九補。

喜鮑禪師自龍山至　劉長卿

《九域志》：「太平州有龍山，桓温遊其上。」

備考　季註云：「潭州龍山，一名隱山，又福州龍山，并《傳燈録》載。」

劉長卿　見前。

故居何日下，春草欲芊芊。猶對山中月，誰聽石上泉？猿聲知後夜，初夜，中夜，後夜。**華發見流年。杖錫閑來往，無心到處禪。**

增註　芊芊，草盛貌。〇佛告比丘曰：「汝等應受持錫杖。所以者何？過去、未來、現在諸佛皆執錫杖。」又名智杖、德杖。

備考　賦也。問答疊格。一、二句實事。中二聯虚，言禪師曾在龍山對山月，聽石泉，或因猿聲知後夜，逢花發見流年，今下山至劉家，故山無人對月聽泉、聞猿見花。末二句情實也。

春草　湯惠休詩云：「垂情向春草。」〇《楚詞》云：「春草生兮萋萋。」

來往　梁昭明太子詩云：「雖居李城下，來往朱家東。」〔二〕〇徐伯陽詩：「即今來往專城裏。」

增註　**佛告云云**《錫杖經》云：「佛告比丘云：『汝等應受持錫杖。所以者何？過去、未來、現在諸佛皆執故。』又名智杖，又名德杖。」

【校勘記】

［一］梁昭明太子詩云：「雖居李城下，來往朱家東。」按《玉臺新咏》卷七作「雖居李城北，住在宋家東」，爲梁簡文帝詩；《藝文類聚》卷十八作「經居李城北，來往宋家東」，爲梁昭明太子詩，「下」作「北」，「朱」作「宋」。

酬秦系　　劉長卿

備考 秦系故隱者，有故出舊山，欲歸，未遂其志。時作詩寄長卿，長卿作此詩以酬系也。〇《才子傳》曰：「秦系，字公緒，會稽人。天寶末，避亂剡溪，自稱『東海釣客』。北都留守薛兼訓奏爲倉曹參軍，不就。客泉州，南安九日山中有大松百餘章，系結廬其上，穴石爲研，註《老子》，彌年不出。年八十餘卒。南安人思之，號其山爲『高士峰』。」

劉長卿 見前。

鶴書猶未至， 蕭子良《古今篆隸文體》曰：「鶴頭書與偃波書俱詔板所用，漢謂之尺一簡。」**那出白**

雲來。自注云：「秦系頃以家事獲謗，因出舊山，欲歸未遂。」**舊路經年別，寒潮每日回。家空歸海燕，人老發江梅。最憶門前柳，閑居手自栽**。

增註《北山移文》：「鶴書赴隴。」〇陶弘景辭官入蜀，梁武帝問曰：「山中何所有？」答曰：「隴上多白雲，只可自怡悅，不堪持贈君。」

備考 賦也。一意格。一、二句情實。三、四句實事而深含情思，故虛。五、六句，「歸海燕」「發江梅」實事，以家空人去爲虛。末二句，以虛爲實事，長卿推秦系情實言之耳。

江梅 杜詩：「欲發照江梅。」〇《本草綱目》二十九《果部》「梅」條下曰：「《梅譜》云：『江梅，野生者不經栽接，花小而香，子小而硬。』」

註　**蕭云云**《焦氏筆乘》曰：「蕭子良《古今篆隸文體》曰：『鶴頭書與偃波書俱詔板所用，漢謂之尺一簡。』唐詩：『鶴書猶未至，那出白雲來。』」〇《文選》四十三《北山移文》註：「善曰：『蕭子良《古今篆隸文體》曰：「鶴頭書云云尺一簡，髣髴鵠頭，故有其稱。」』向曰：『鶴頭書，古者用之以招隱士也。』」

隸文《西溪叢語》云：「東魏大覺寺碑陰題『銀青光禄大夫臣韓毅隸書』，蓋今楷字也。庾肩吾曰：『隸書，今之正書也。』《六體書論》亦云：『隸書，程邈造，字皆真正，亦曰真書。』自唐以前皆謂楷字爲隸[二]，歐公《集古録》誤以八分爲隸書也。」

鶴頭書《尋到源頭》三云：「鶴頭書，古者用之以招隱士。又蚊脚書，亦所以招隱士者。始作于漢。」

○《韻府》曰：「鍾繇善爲楷，法鶴頭、偃波二書。」

尺一簡 《陳蕃傳》云：「以尺一板寫詔書。」○《要玄》曰：「史佚因赤雀、丹烏二祥作鵠頭書，漢家尺一之簡如鵠首。」

【校勘記】

[一]楷：底本脱，據《西溪叢語》卷下和《金石録》卷二十一補。

送朱放賊退後往山陰[一]

劉長卿

朱放，襄陽人，字長通。

增註 山陰，越州郡名。始皇移會稽郡於會稽之北，故曰山陰。

備考 按賊指永王璘。此詩長卿永王璘亂後送朱放行越山陰之作也。○季註曰：「賊退後，以詩人劉長卿之時考之，肅宗至德間，永王璘反漢中，復撓江淮浙右，吴越盜賊乘之而起。杜詩『安得鞭雷公，滂沱洗吴越』，正謂是也。又寶應元年，台州袁晁反，代宗廣德二年伏誅，免越州今歲田租半。」

增註 **朱放云云** 《訓解・履歷》曰：「字長通，襄州人，隱於越之剡溪。貞元初，召爲拾遺，不就。

詩一卷。」

越中初罷戰，江上送歸橈。南渡無來客，西陵自落潮。「西陵」見前注。**空城垂故柳，舊業廢春苗。閭里稀相見，鶯華共寂寥。**

備考　賦也。交股格。一、二句實事，三、四句虛，五、六句長卿推朱放赴山陰時象言之虛，末二句亂後實事也。

來客　謝靈運詩云：「登樓爲誰思，臨江遲來客。」

空城　鄭公超詩：「空城落日影。」

鶯華　杜詩：「鶯花隨世界。」《集註》：「鶯花，黄鳥春花也。」

寂寥　《訓解》卷一杜甫詩曰：「令嚴夜寂寥。」註：「《楚詞》：『宋廖兮收潦而水清。』宋，無人聲。廖，空虛也。與『寂寥』同。」〇《老子》曰：「寂兮寥兮，獨立而不改。」

【校勘記】

［一］送朱放賊退後往山陰：《全唐詩》卷一百四十七作《送朱山人放越州賊退後歸山陰別業》。

尋南溪常道人隱居[一]　劉長卿

備考《唐詩解》三十八載，題作《尋南溪常道士》。

一路經行處，莓苔見履痕。白雲依静渚，青草閉閑門。過雨看松色，隨山到水源。溪華與禪意，相對亦忘言。

備考 賦也。歸題正格。一、二句，隱居路上實事。三、四句，含情思而虚。五、六句，「松色」「水源」實景，以「過雨」「隨山」爲虚。末二句實，以褒道人也。○《唐詩解》曰：「觀苔間履痕而知經行者稀，觀停雲幽草而知所居之僻。過雨看松，新而且潔；隨山尋源，趣不外求。惟其深悟禪意，故對花而忘言也。襄陽以談玄許僧，文房以禪意稱道，唐人固自不拘，藉令後人倣之，吴子輩便當磨舌相待。」

一路 江總詩：「孤關一路平。」徐悱詩：「無如一路阻。」

經行《大寶積經》曰：「相見如來，向經行處，是第二地。」

莓苔 孫綽《天台山賦》云：「踐莓苔之滑石。」○張正見詩：「春苔封履迹。」

白雲 謝靈運詩：「白雲抱幽石。」

青草《國語》曰：「野無青草。」

松色　鮑照詩：「松色隨野深。」

隨山　《書・禹貢》曰：「隨山刋木。」○范曄詩：「隨山上嶇嶔。」

水源　陶潛《桃花源記》云：「林盡水源，便得一山。」

忘言　陶潛詩：「此中有真意，欲辨已忘言。」○《莊子》曰：「言者所以在意也[二]，得意而忘言。」

【校勘記】

[一]尋南溪常道人隱居：《全唐詩》卷一百四十八作《尋南溪常山道人隱居》。

[二]以：底本脱，據《莊子・外物》補。

題元録事所居[一]　　劉長卿

增註　後漢有郡主簿官，晋爲督郵，隋録事參軍，唐録事，開元改司隸參軍，宋沿於唐制，今各路録事司有録事。

備考　元氏初爲新安郡録事，後辭録事，幽居新安郡内。長卿過其隱居作也。

增註　**各路**　指河東路、四川路、浙江路等。

幽居蘿薜情，高卧紀綱行。送録事詩多稱「紀綱」者，蓋喬琳歷四州刺史，嘗謂録事任紹業曰[二]：「子紀綱一州，能劾刺史乎？」唐録事亦以糾察爲職，故《六帖》曰：「録事名糾司。」**鳥散秋鷹下，人閑春草生。冒嵐歸野寺，收印出山城。今日新安郡，因君水更清。**

增註 杜工部《送韋録事》詩：「操持紀綱地。」注：「紀綱，録事參軍也。」

備考 賦也。歸題正格。一、二句，幽居實事。三、四句，「秋鷹」「春草」實事，以「鳥散」「人閑」爲虚。五、六句，「野寺」「山城」實事，以「冒嵐」「收印」爲虚。七、八句，實事也。

紀綱 《字彙》曰：「大曰綱，小曰紀，總之曰綱，周之曰紀。」

註 喬琳云云 《要玄・人集》七曰：「喬琳歷果[三]、綿、遂、懷四州刺史，嘗謂録事參軍任紹業曰：『子紀綱一州，能劾刺史乎？』紹業出條所失示之，驚曰：『能知吾失，御史材也。』」

【校勘記】

[一]題元録事所居：《全唐詩》卷一百四十七作《題元録事開元所居》。

[二]任紹業：底本誤作「任沼」，據《新唐書・叛臣傳》改。

[三]果：底本誤作「梁」，據《新唐書・叛臣傳》改。

寄靈一上人　劉長卿

增註《般若經》："佛言：『若菩薩一心行阿耨菩提，心不散亂，是名上人。』"

備考《律髓》四十七載之。○此詩長卿蒙召欲上京寄上人作。

靈一《才子傳》曰："道人靈一，剡中人。童子出家，瓶鉢之外，餘無有。隱麻源第三谷中，結茅讀書。後白業精進，居若耶溪雲門寺，從學者四方而至矣。尤工詩，氣質淳和，格律清暢。兩浙名山，暨衡、廬諸甲剎，悉所經行。"○《唐詩選》曰："中唐作者。"

高僧本姓竺，生法師姓竺。**開士舊名林。**佛經有十六開士。支遁字道林。**一去春山裏，千峰不可尋。新年芳草遍，終日白雲深。欲徇微官去，懸知訝此心。**

備考　賦也。一意格。一、二句實事，以生、支兩僧比靈一上人。中二聯含情思而虛。末二句情實也。○《律髓》云："劉號五言長城，細味其詩，思致幽緩，不及賈島之深峭，又不似張籍之明白，蓋頗欠骨力，而有委曲之意耳。"○"郎士元集亦有此詩，題云《赴無錫別雲一上人》，『終』作『度』，『徇』作『問』。"

開士　釋氏《名義》云："有大心入佛道，曰開士、始士，以心初開始發心。"○《六帖》云："僧稱開士。"○《釋氏要覽》云："開，達也，明也，解也。士則士夫也。經中多呼菩薩爲開士。前秦苻堅賜沙門有德解者號開士。」〇愚按菩薩之異名也。

註　**佛經云云**《碧巖録》卷八曰：「古有十六開士，於浴僧時隨例入浴，忽悟水因。」〇《首楞嚴經》五曰：「跋陀婆羅并其同伴十六開士，即從座起頂禮佛足。」

支遁《氏族大全》云：「支遁，字道林，天竺人，與許詢講《維摩經》。杜詩云：『空忝許詢輩，難酬支遁詞。』」

已前共八首

備考　已上四虚近實者也。

除夜宿石頭驛　戴叔倫

在洪州。

備考《唐詩解》三十八載。〇《石頭驛記》云：「阻江負城，十里而近。」

戴叔倫　見前。

旅館誰相問，寒燈獨可親。一年將盡夜，萬里未歸人。寥落悲前事，支離笑此身。《莊子》

有支離疏。**愁顔與衰鬢，明日又逢春。**

備考　賦也。聯珠變格也。一、二句實事，中二聯虚，末二句實事也。○《唐詩解》曰：「人之興感莫過於除夕，除夕之感莫甚於客中。今旅館悄然，獨寒燈可親耳。此夜此人，殆難爲懷。况万事零落，一身支離，衰謝逢春，愈難堪矣。按幼公家於潤，去石頭不遠，而曰『万里未歸』，詩人多誣，不虚哉！」

旅館　謝靈運詩：「旅館眺郊岐。」

一年云云　梁武帝詩云：「一年漏將盡，萬里人未歸。」○愚按叔倫踏襲此句。

寥落　《世説》曰：「江山寥落。」

前事　《史記·武安侯傳》曰：「丞相按灌夫前事。」

註　**《莊子》云云**　《莊子·人間世篇》曰：「支離疏者。」希逸註：「支離，身體無收拾貌。」○楊子《法言》曰：「五經之支離。」注：「支離，言分散也。」

汝南别董校書[一]　　戴叔倫

汝南，今蔡州。

增註　唐蔡州汝南郡屬河南道，古州來國。周武王封弟叔度於蔡，在淮、汝間，今屬中京路。○校書，漢有藏書之室，使文學之士讎校其中，故有其職，已後往往以它官典校。至後魏始置秘書省校書郎，今秘書監校書郎。

備考 此詩叔倫同校書旅行汝南驛亭，相遇又相別時作也。

增註 **讎校** 《西溪叢語》曰：「劉向《別録》云：『讎校書，一人持本，一人讀，對若怨家，故曰讎校。』」

秘書省 《要玄·人集》卷四：「唐官制曰：秘書省監一人，少監二人，丞一人，監掌經籍圖書之事，領著作局，少監爲之貳。秘書郎三人，掌四部圖籍。校書郎十人，正字四人，掌校讎典籍，刊正文章。」〇《初學記》十二曰：「秘書監，後漢桓帝置也，掌圖書秘記，故曰秘書。」

擾擾倦行役，相逢陳蔡間。如何百年内，不見一人閑。對酒惜餘景，問程愁亂山。秋風萬里道，又出穆陵關。《表海圖》：「穆陵關在淄州兩山間，所謂南至于穆陵者也。」

增註 陳即古陳國，嬀姓，周武王所封胡公滿宛丘之地，與蔡州鄰。

備考 賦也。交股格。一、二句實事，中間四句虚，末句情實也。

擾擾 《文選》註：「善曰：『《廣雅》：「擾擾，亂也。」』」

穆陵關 季註云：「穆陵關在沂州沂水縣龍山北，亦屬唐河南道。」

註 **所謂南至云云** 《左傳·僖公四年》曰：「齊侯伐楚。楚子使與師言曰：『君處北海，寡人處南海，風馬牛不相及。不虞君之涉吾地也，何故？』管仲對曰：『昔召公命先君大公曰：「五侯九伯，女實征之[二]。東至於海，西至於河，南至於穆陵，北至於無棣云云。」』」

【校勘記】

[一]汝南别董校書：《全唐詩》卷二百七十三作《别友人》。

[二]女：底本脱，據《左傳·僖公四年》補。

江上别張勸　戴叔倫

備考　此詩叔倫避禄山亂行鄱陽，張勸亦避亂之他時相别作也。

年年五湖上，厭見五湖春。長醉非關酒，多愁不爲貧。山川迷道路，伊洛暗風塵。伊水、洛水在河南府。**今日扁舟别，俱爲滄海人。**

增註　杜詩注：「兵戈謂之風塵，言風動塵起也。」「伊洛風塵」，指安禄山、史思明反陷東都也。

備考　賦也。接項格。一、二句，江上實事，三、四句虚。五、六句，「山川」「伊洛」實景，「迷道路」「暗風塵」虚。七、八句，實事也。

伊洛 季註云：「伊出陸渾，洛出上谷。二水通在豫州河南界，屬唐東都。」

風塵 吴邁遠詩云[一]：「人馬風塵色。」

扁舟 楊慎《丹鉛録》曰：「或問予：『詩人多用「扁舟」，何處爲始？』予按《南史》，天淵池新製鯿魚舟，形甚狹，故小舟爲扁舟。六朝詩惟王由禮有『扁舟夜向江頭泊』之句，至唐人則多用之。」〇又《唐詩解》引之曰：「今按《史記・貨殖傳》：『范蠡既雪會稽之耻，乃乘扁舟浮於江湖。』則扁舟非始於《南史》也，豈用修考閲未徧耶？」

增註 **伊洛云云** 此詩所謂「伊洛風塵」，以叔倫之時考之，天寶十四年安禄山反，陷東都，至德二年克復；乾元二年史思明反，陷東都，寶應元年克復。

安禄山、史思明 《新唐書》列傳一百五十有禄山、史思明傳。

【校勘記】

［一］遠：底本脱，據《藝文類聚》卷四十二和《玉臺新詠》卷四補。

送丘爲落第歸江東 王維

增註 《唐書》：「丘爲，蘇州嘉興人，事繼母孝。」

備考《唐詩歸》卷九載此詩。又《唐詩解》三十六載，注：「江東，江左也。大江之東皆稱江東。」○《唐書》云：「丘爲，蘇州嘉興人，事繼母孝。嘗有靈芝生堂下。累官太子右庶子。卒，年九十六。有集行世。」

王維 見前。

憐君不得意，況復柳條春。爲客黃金盡，還家白髮新。五湖三畝宅，爲吴郡人。**萬里一歸人。知爾** 一作「知禰」，謂孔融薦禰衡。**不能薦，羞稱獻納臣。**

增註 武后置銅匭，受四方告事之書[二]，置理匭使。玄宗改獻納使。按王維嘗歷尚書右丞，實納言官。

備考 賦也。結上生下格。一、二句實事，中二聯虛，末二句實事也。○《唐詩歸》曰：「五、六句，鍾云：『似劉長卿句。』七、八句，又云：『此語人不肯説，虛心實情。』」○「譚云：『好心腸。』」○「鍾云：『此二語出先達口則爲自責，出貧士口則爲尤人。易地則失之矣。』」○《唐詩解》曰：「失意而逢春色已自足悲，又況客久金盡，資用乏絶乎？愁令人老，意君還家必且白髮生鬢矣。五湖三畝，生理既微；萬里一身，飄泊殆甚。我既知君而不能薦，安用獻納爲也。」

不得意 《史記·灌夫傳》曰：「鬱鬱不得意。」

柳條 庾肩吾詩：「葉破柳條空。」

爲客《史記・主父偃傳》曰：「偃爲客甚困。」

黄金盡《戰國策》曰：「蘇秦説秦王書十上，而説不行。黄金百斤盡，資用乏絶，去秦而歸。」

還家 陰鏗詩：「還家何意晚。」

白髮新 荀濟詩云：「白髮朝朝新。」

五湖《義興記》曰：「五湖，太湖、射湖、貴湖、陽湖、洮湖爲五湖。」

三畝宅《淮南子》曰：「任一人之能，不足以治三畝之宅。」〇《列子》曰：「三畝之園而不能芸。」

歸人 江淹詩：「歸人望煙火。」

獻納《兩都賦》序云：「朝夕論思，日月獻納。」〇杜工部詩云：「獻納司存雨露邊。」

增註 **尚書右丞**《要玄・人集》五曰：「《類聚》：『成帝建始四年，置尚書員五人，四丞。光武始減其二，唯置左右丞，掌録文書期會。唐龍朔改左右丞曰左右肅機。』」〇同《人集》四曰：「六部尚書皆總於尚書令，左、右僕射爲之貳。又有左、右丞各一人，吏、户、禮左丞總焉，兵、刑、工右丞總焉。」

【校勘記】

［一］方：底本訛作「萬」，據附訓本和增註本改。

岳州逢司空曙[一]　李端

備考《律髓》二十九載此詩，題作《江上逢司空曙》，詩中「涔陽」作「潯陽」。○端本集題作《逢司空曙得家書》。○此詩端在岳州，曙謫長沙時到岳州作也。○《才子傳》曰：「司空曙，字文明，廣平人也。累官左拾遺。自流寓長沙，遷謫江右，多結契雙林，暗傷流景云云。」

李端

備考《才子傳》曰：「李端，趙州人，嘉祐之侄也。少時居廬山，依皓然讀書，意況清虛，酷慕禪侶云云。」

共有髫年故，劉良云：「髫，總髮。」**相逢萬里餘。新春兩行淚，故國一封書。**本集題云《逢司空曙得家書》。**夏口帆初落，**夏口，故屬鄂州。**涔陽雁正疏。**《楚詞》注：「涔陽浦接楚郡。」**唯應執杯酒，暫食漢江魚。**《襄陽耆舊傳》：「漢水中鯿魚甚美。」

增註髫，音條，童髮。又小兒垂髻。○涔陽屬澧州。○漢江屬鄂州。

備考賦也。歸題格。一、二句實事，中間四句述情思而虛，末句實事也。○《律髓》云：「詩律明瑩。」

兩行 江總詩：「玉筯兩行垂。」

註 **夏口云云**《要玄・地集》四曰：「湖廣路武昌府古鄂州有夏口，荊江之中正對沔水口。《書》蔡傳：『水北曰汭。』則夏汭者，江北之夏口。《春秋》謂之夏汭。《左傳》注：『漢水曲入江處。』」

鯿魚《字彙》曰：「與鯾同，畀眼切，音鞭。縮項鯾魚。《説文》：『似鱸而大。』」○《詩》：「汝濆。」《大全》：「陸氏曰：『魴，一名魾，江東呼爲鯿。』」

增註 **潯陽云云**《要玄・地集》六曰：「江西路九江府古潯陽江州府城北有潯陽江源，自岷山至此下流四十里，合彭蠡湖水，東流入海。」○同《地集》四曰：「湖廣路岳州府有澧州縣，無潯陽浦。」

漢江 同《地集》四曰：「湖廣路襄陽府有漢江，源出隴西嶓冢山，至大別山入於江。」

【校勘記】

［一］岳州逢司空曙：《全唐詩》卷二百八十五作《江上逢司空曙》。

洛陽早春 顧況

增註 唐洛陽屬河南道河南府，漢、魏都洛，今屬中京路金昌府。

備考《律髓》二十九載此詩。○此詩泌死後，況在洛陽時作。○季註云：「唐洛陽屬河南道河南府。東漢都洛，火行，忌水字，去水并隹。魏都洛，土行，土乃水之母，去隹并水。」

增註　**河南**　《一統志》二十六曰：「河南，古豫州地。」

顧況

備考《才子傳》曰：「顧況，字逋翁，蘇州人也。德宗時，柳渾輔政，薦爲秘書郎。況素善於李泌。及泌相，自謂當得達官。久之，遷著作郎。及泌卒，作《海鷗咏》嘲誚權貴，大爲所嫉，被憲劾貶饒州司户云云。」

何地避春愁，終年憶舊遊。一家千里外，百舌五更頭。客路偏逢雨，鄉山不入樓。故園桃李月，伊水向東流。

增註　百舌，江東謂之信鳥，春囀夏止。○《顔氏家訓》：「魏、漢以來，謂甲夜、乙夜、丙夜、丁夜、戊夜爲五更。更，歷也，經也。言自夕至旦，經涉五時。」

備考　賦而比也。單蹄格。一、二句實事，三、四句情思而虚，「一家」指蘇州故家，以「百舌」比小人辯口。○愚按古人多以「百舌」喻讒佞。杜甫《百舌》詩曰：「百舌來何處，重重秖報春。知音兼衆語，整翮豈多身。花密藏難見，枝高聽轉新。過時如發口，君側有讒人。」況詩可并考。況亦不得志于時，爲讒邪被害，故比「百舌」。五、六句虚，「逢雨」比小人，「不入樓」比君子不得位。末二句，實景也。○《律髓》云：「三、四妝砌甚佳，不覺爲俳。第五句尤可喜。」

春愁 梁元帝詩：「春愁空自結。」

百舌 《禮・月令》云：「仲夏，小暑至，螳螂生，鵙始鳴，反舌無聲。」注：「反舌，百舌鳥。《大全》：『反舌，蓋百舌也。以能反覆其舌而爲百鳥語，故謂之反舌。』」〇《要玄》引《僉載》一曰：「百舌轉，夏止，惟食丘蚓云云。」〇《太平御覽》曰：「《雜説》曰：『百舌鳥，一名反舌。春至則囀，夏至則止，惟食蚯蚓。正月以後，凍開則來，蚯蚓出故也。十月以後則藏，蚯蚓蟄故也。物之相感，不知所由。』」

註 《顏氏家訓》凡二卷，散騎侍郎顏之推著。

送陸羽[一]

皇甫曾

增註 陸羽，字鴻漸，一名疾，字季疵，復州竟陵人。舊傳：竟陵龍蓋寺僧初見群雁覆小兒於下，僧史種師得而育之，欲爲弟子。稍長自筮，遇《蹇》之《漸》，繇曰：「鴻漸于陸，羽可用爲儀。」乃姓陸名羽，字鴻漸。有文學，詔拜太子文學，徙太常寺太祝，不就。

備考 《律髓》十八載此詩。〇《唐詩歸》二十五載，題作《送陸鴻漸山人採茶迴》。〇舊解云：「此詩送陸羽歸吳興妙喜寺詩。」〇《才子傳・僧皎然傳》云：「皎然，字清晝，吳興人。與靈徹、陸羽同居妙喜寺。

羽於寺傍創亭，以癸丑歲癸卯朔癸亥日落成，湖州刺史顔真卿名以『三癸』，皎然賦詩，時稱『三絶』云云。」

增註　**竟陵云云**《才子傳》三曰：「初，竟陵禪師智積得嬰兒於水濱，育爲弟子。及長，耻從削髮，以《易》自筮云云。」

鴻漸云云《易・漸・上九》曰：「鴻漸于陸，其羽可用爲儀。」《本義》：「胡氏、程氏皆曰：『「陸」當作「逵」，謂雲路也。』今以韻讀之，良是[二]。儀，羽旄旌纛之飾也。上九至高，出乎人位之外，而其羽毛可用以爲儀飾。位雖極高，不爲無用之象，故其占爲如是則吉也。」

太常寺太祝　詳見絶句李涉《過員太祝林園》詩備考。

皇甫曾　見前。

千峰待逋客，《北山移文》曰：「爲君謝逋客。」**香茗復叢生。**羽嗜茶，有茶山在顧渚，嘗著《茶經》。**採摘知深處，煙霞羨獨行。幽期山寺遠，野飯石泉清。寂寂然燈夜，相思磬一聲。**

增註《維摩經》云：「一燈然千萬燈。」

備考　賦也。歸題正格。一、二句實事，「千峰」指吴興顧渚山。中二聯虚。末二句實事也。○《唐詩歸》曰：「三、四句，譚云：『妙在十字中一氣清轉無尋處。』」○「末句，鍾云：『微。』」

逋客　季註云：「逋客，隱者之稱。《北山移文》曰：『請迴俗士駕，爲君謝逋客。』」

叢生《列子・湯問篇》曰：「珠玕之樹皆叢生。」○《莊子・天運篇》曰：「若混逐叢生。」

【校勘記】

［一］送陸羽：《全唐詩》卷二百十作《送陸鴻漸山人採茶回》。

［二］是：底本脱，據《周易本義》卷二補。

贈喬尊師　張鴻

備考　尊師，道士號也。

張鴻　《履歷》不載傳。

長忌時人識，有家雲澗深。性惟耽嗜酒，貧不破除琴。静鼓三通齒，《酉陽雜俎》曰：「學道須鳴天鼓以召衆神。左齒相扣爲天鐘，右齒相扣爲天磬，中央上下相扣爲天鼓。」**頻湯一味參。**《本草》：「人參上品，食之長年。」**知師最知我，相引坐檉陰。**

增註　《黄庭經》：「叩齒謂鳴法鼓，一叩爲一通。吞日氣法，日出叩九通。吞月氣法，月入叩十通。」

○檉，丑成切，河旁赤莖小楊也。

備考　賦也。歸題正格。一、二句實事，中二聯虚，末句實事也。

人參《本草》云：「人參，主補五藏，安精神，定魂魄。」

檉陰　檉，《字彙》曰：「丑成切，音稱。河柳，似楊，赤色。《詩·大雅》：『其檉其椐。』陸氏曰：『生水傍，皮正赤如絳。一名雨師。』《爾雅翼》：『天將雨，檉先起氣應之，故名雨師，而字从聖。』」

增註　**檉云云**《爾雅》註。

客中　于武陵

備考《律髓》二十九載此詩。○于武陵，本杜曲人，久客居楚國，欲之巴蜀時作也。

于武陵

備考《才子傳》曰：「于武陵，名鄴，以字行，杜曲人也。大中時，嘗舉進士，不稱意，携書與琴，往來商、洛、巴、蜀間，或隱於卜中，存獨醒之意。避地嘿嘿，語不及榮貴。嘗南來至瀟湘，愛汀洲芳草，况是古騷人舊國，風景不殊。欲卜居未果，歸老嵩陽别墅。詩多五言，每終篇一意，策名當時。」

楚人歌竹枝，游子淚沾衣。異國久爲客，寒宵頻夢歸。一封書未返，千樹葉皆飛。南過洞庭水，更應消息稀。

增註《竹枝歌》，蜀開州男女并歌之，峽人亦善唱，巴渝遺音本楚聲，幽愁惻怛之音也。

備考 賦也。歸題正格。一、二句實事，中間四句虛，末句述情實，言我今將去楚國，南行巴、蜀間路，經洞庭湖時，愈可遠京，然則杜曲消息更應稀也。○《律髓》云：「久客而夢歸家，人情之常，愈遠則愈難得家書，尾句意似又高也。」

消息 《要玄·事集》三曰：「涉筆音問之謂消息，猶言安否善惡。消，耗也。息，生息也。《後漢書·竇后紀》：『數呼相工問息耗。』息耗即消息也。今或顚言息，或顚言耗，浸失其義。」

增註 **巴渝** 《要玄·地集》曰：「四川路重慶府周巴子國有永州古榆州，又渝水在府城下[一]。」○《大明一統志》六十九曰：「重慶府巴江在府城東北，與閬水、白水合流，曲折三回，如巴字，因名。渝水在府城下，自閬中來，流至城東與涪宕渠水合云云[二]。」

【校勘記】

[一]渝水在：底本誤作「在渝水社」，據《明一统志》卷六十九改。

[二]宕：底本脱，據《大明一統志》卷六十九補。

長安春日 曹松

增註 《西都賦》注：「秦地跨梁、雍二州。漢興立都，稱長安者，言可安子孫也。」唐亦都長安，屬關內道京兆府。今屬陝西東路。

備考　**增註**　**立都**　指長安。

曹松　見前。

浩浩看華晨，六街揚遠塵。塵中一丈日，誰是晏眠人？御柳著着水，野鶯啼破春。徒云多失意，猶自惜離秦。

備考　賦而比也。一意格而蜂腰體。一、二句實事，全比黃巢亂裹體。三、四句虛，「一丈日」比天子，「晏眠人」比供奉人。五、六句，所見聞之實事，然「著水」「破春」情思而虛，上句比君子失位，下句比賊黨亂天下。七、八句，語虛而意實，以比天子行幸蜀，無供奉人也。

浩浩　何晏《景福殿賦》曰：「淥水浩浩。」〇《字彙》曰：「大水貌。又廣大貌。」

已前共十首

備考　已上三、四句專言情，且對而如不對也。

題破山寺後院[一]　常建

在常熟縣。

增註 蘄州黃梅有破頭山，五祖、六祖傳衣處。

備考 《唐詩選》卷三并《訓解》三載此詩，題作《破山寺後禪院》，題注：「今常熟縣虞山興福寺。」○《唐詩歸》十二載。○又《唐詩解》三十七載。

增註 **五祖** 《傳燈録》卷三曰：「弘忍大師者，蘄州黃梅人也，姓周氏，生而岐嶷，童遊時逢一智者，嘆曰：『此子闕七種相，不逮如來。』後遇信大師，得法嗣，化於破頭山。咸亨中，有一居士姓盧名慧能，自新州來參謁云云。」

六祖 同卷五曰：「祖慧能大師者，俗姓盧氏，其先范陽人。父行瑫，武德中左宦于南海之新州，遂占籍焉。三歲喪父，其母守志鞠養。及長，家尤貧窶，師樵采以給云云。」

常建

備考 《履歷》曰：「肅、代時人。殷璠《河岳英靈集》云：『常建，淪於尉。』按《王荆公詩選》載：『常建，大曆中盱眙尉。』」

清晨入古寺，初日照高林。曲徑通幽處，禪房華木深。山光悅鳥性，潭影空人心。萬籟此俱寂，惟聞鐘磬音[二]。

增註 萬籟，《莊子》：「子游曰：『地籟則衆竅是已，人籟則比竹是已，敢問天籟？』子綦曰：『夫吹萬不同，而使其自己也。』」

備考 賦也。歸題正格而蜂腰體。起句一聯實景，中四句虛，末句實事也。○《唐詩選》注曰：「三、四不必遇，自是一體，蓋亦古詩、律詩之間也。」○《玉屑》十五引《洪駒父詩話》曰：「丹陽殷璠撰《河嶽英靈集》，首列常建詩，愛其『山光悅鳥性，潭影空人心』之句，以爲警策。歐陽公又愛建『竹徑通幽處，禪房花木深』，欲效建數語，竟不能得，以爲恨。予謂建此詩全篇皆工，不獨此兩聯。而其詩曰：『清晨入古寺，初日照高林云云。但聞鐘磬音。』」○《訓解》曰：「此見禪院之絶塵也。當林日初照之時，而我從曲徑以入僧房，花木欝然可觀也。鳥性因山光而悅，人心對潭影而空，觸機而悟矣。萬籟俱寂，惟聞鐘磬之音，非六塵無染之時乎？」○歐陽永叔曰：「嘗愛建『曲徑通幽處，禪房花木深』，欲效其語作一首，竟不可得，始知造意者難爲工也。」○胡元瑞曰：「孟詩淡而不幽，時雜流麗，間而匪遠，頗爲輕揚，可取者一味自然。常建『清晨入古寺』『松際露微月』，幽矣。王維『晴川帶長薄』『中歲頗好道』，遠矣。」又曰：「建詩『曲徑通幽處，禪房花木深。山光悅鳥性，潭影空人心』，五言律之入禪者。右丞『木末芙蓉花，山中發紅萼。磵户寂無人，紛紛開且落』，五言絶之入禪者。」○《唐詩歸》曰：「鍾云：『無象有影，無影有光，是何物參之？』」○「譚云：『清境幻思，千古不磨。』」○「鍾云：『「悅」字禪理。』又云：『「餘」字好。』」○方萬里曰：「全篇自然。」

清晨 潘岳詩：「夜愁極清晨。」○曹植詩：「清晨發皇邑。」

初日 江總詩：「初日照紅妝。」

高林　張華詩：「仰蔭高林茂。」

曲徑　梁元帝詩：「入林迷曲徑。」

花木　鮑照詩：「花木亂平原。」葛洪詩：「花木長榮。」

空人心　《訓解》曰：「空，去聲，與『天空霜無影』同。」

萬籟　姚察詩：「含風萬籟響。」

鐘磬　左思詩：「南鄰擊鐘磬。」

增註　**萬籟云云**　《莊子·齊物論》云：「南郭子綦謂子游曰：『汝聞人籟而未聞地籟，汝聞地籟而未聞天籟夫。』子游曰：『敢問其方。』子綦曰：『夫大塊噫氣，其名爲風。是唯無作，作則萬竅怒號云云。』子游曰：『地籟則衆竅是已，人籟則比竹是已，敢問天籟？』子綦曰：『吹萬不同，而使其自己，咸其自取，怒者其誰耶？』」希逸注：「比竹，笙簧之類也。人籟豈特比竹，金、石、絲[三]、匏之類皆是也，其特舉其一耳。吹萬，萬物之有聲者也。方萬物之有聲者，皆造物吹之。吹之者，造物也，而皆使其若自己出。『吹』字、『使』字皆屬造物也。」

【校勘記】

［一］題破山寺後院：《全唐詩》卷一百四十四作《題破山寺後禪院》。

［二］惟聞：《全唐詩》卷一百四十四作「但餘」。

［三］「絲後」底本衍「竹」，據《莊子口義·逍遥遊》删。

暮過山村

賈島

備考《律髓》二十九載此詩。○島出長安過山村時作。

賈島 見前。

數里聞寒水，山家少四鄰。怪禽啼曠野，落日恐行人。初月未終夕，邊烽不過秦。蕭條桑柘外，煙火漸相親。

備考 賦而比也。歸題正格。一、二句，實景。中四句虚，「行人」指島，言當落日之時，怪禽恐行人啼。或説行人恐禽聲，非也。「怪禽」比賊黨，「曠野」比天下荒廢，「落日」比天子威衰，「行人」比人民流落。末二句，實事也。○《律髓》云：「『怪禽』『落日』一聯善言羈旅之味，詩無以復加。『初月未終夕』，則村落之黑尤早。『邊烽不過秦』，似是西邊寇事始息，初有人煙處。」

行人 李陵詩：「行人難久留。」

初月 謝靈運詩云：「眷西謂初月［二］，顧東疑落日。」

蕭條 曹植詩：「中野何蕭條。」○《楚詞》曰：「山蕭條而無獸。」○《西都賦》曰：「原野蕭條，目極四裔。」

【校勘記】

［一］卷西謂：底本脱，據《古詩紀》卷五十七和《漢魏六朝百三家集》卷六十六補。

山中道士

賈島

增註 道經云：「人行大道號道士。身心順理，從道爲事，故稱道士。」

備考 島行山中，見道士風，作詩寄之。道士隱處在終南山中。

頭髮梳千下，陶弘景《真誥》曰：「清虚真人云：『櫛頭理髮，欲得過多。』」**休糧帶瘦容。養雛成大鶴，種子作高松。白石通宵煮，**《真誥》曰：「斷谷入山，當煮白石。昔白石子以石爲糧。」**寒泉盡日春。不曾離隱處，那得世人逢。**

備考 賦也。歸題正格。一、二句實事，中四句虚，末句實事也。

頭髮 云云《太玄經》云：「髮當數櫛，血液不滯，髮根常堅。」

白石《韻府》曰：「焦先煮白石食之，或與人，味如芋。」○晋鮑靚得道，入海遇風，飢甚，煮白石食之。○《抱朴子内篇》曰：「引石散，以方寸匕投一斗白石子中，水合煮，立熟如芋，食以當穀。」

註　**斷谷**「斷谷」，唐本作「斷穀」。○按「谷」「穀」通用。○季註云：「漢良引導不食穀。又荀壞好道却粒。」

昔白石子《列仙傳》卷二曰：「白石生，中黄丈人弟子。云彭祖時已二千餘歲。不修飛昇，但以長生爲貴，不失人間之樂而已所行者止以金液之藥爲上。嘗煮白石爲糧，因就白石山居，遂號白石生。」

贈山中日南僧[一]　張籍

增註《漢書》「日南」注言：「在日之南。」唐驩州有日南郡。

備考　日南僧來住五祖山，籍作詩贈之。

張籍　見前。

獨向雙峰老，雙峰，五祖山。**松門閉兩涯**。**翻經上蕉葉，掛衲落藤華**。謂看經之久而蕉葉長，掛衲不出山而藤華落，皆形容其久居山中。**甃石新開井，穿林自種茶**。**時逢海南客，蠻語問誰家**。九真、日南皆屬交州郡，故曰「蠻語」。桓温謂郝隆曰：「卿那得作蠻語[二]。」

增註 高適詩：「尋經剩欲翻。」注：「翻，譯也。」僧以百家壞帛合成一衣曰衲。

備考 賦也。歸題正格。一、二句實景，中間四句虛，末二句實事也。

翻經 《尋到源頭》五云：「浮屠之經，中國古未有，惟漢成帝時博士弟子秦景始傳有浮屠經，此佛書入中國之始。」

註 **桓温云云** 《要玄·人集》十四載《世説》云：「郝隆爲桓公南蠻參軍，三月三日會，作詩，不能者罰酒三升。隆初以不能辭受罰，既飲，攬筆便作一句云：『娵隅躍清池[三]。』桓問：『娵隅是何物？』答曰：『蠻名魚爲娵隅。』桓公曰：『作詩何以作蠻語？』隆曰：『千里投公，始得蠻府參軍，那得不作蠻語也。』」

【校勘記】

[一]贈山中日南僧：《全唐詩》卷三百八十四作《山中贈日南僧》。

[二]卿那：底本誤作「郝隆」，據元刻本、箋註本、附訓本和增註本改。

[三]清：底本訛作「深」，據《世説新語·排調》改。

田家　章孝標

章孝標

備考《履歷》云：「桐廬人。登元和十四年進士第。」

田家無五行，水旱卜蛙聲。牛犢乘春放，兒孫候暖耕。池塘煙未歇[一]**，桑柘雨初晴。歲晚香醪熟，村村自送迎。**

備考 賦也。歸題正格。一、二句田家實事，中聯共虛，末句實事也。

五行《白虎通》曰：「五行者，何謂也？謂金、木、水、火、土。言行者，欲言爲天行氣之義也。地之承天，猶婦之事夫，臣之事君也，其位卑，卑者親視事，故行尊於天也。《尚書》：『一曰水，二曰火，三曰木，四曰金，五曰土。』水位在北方者，陰氣在黄泉之下，任養萬物，水之爲言准也。陰化沾濡任生木，木在東方者，陽氣始動，萬物始生，木之爲言觸也。陽氣動躍，火在南方，陽在上，萬物垂枝，火之爲言委隨也。万物布施，火之爲言化也，陽氣用事，萬物變化也。金在西方者，陰氣始起，万物禁止，金之爲言禁也。土在中央，中央者土，土主吐万物，土之爲言吐也。」

卜蛙聲《本草綱目》四十二《蟲部》「鼃」下：「時珍曰：田鷄、水鷄、土鴨，形稱雖異，功用則一也。四月食之最美，五月漸老，可採入藥。《考工記》云：『以脰鳴者，鼃黽之屬。農人占其聲之早晚大小，以卜豐歉。』故唐人章孝標詩云：『田家無五行，水旱卜蛙聲。』蛙亦能化爲駕，見《列子》。」

犢 《字彙》曰：「杜谷切，音讀，牛子。」

醪 又曰：「郎刀切，音窂，汁滓合之酒也。」

【校勘記】

〔一〕歇：《全唐詩》卷五百六作「起」。

秦原早望〔一〕　章孝標

備考 《律髓》二十九載此，作者爲李頻。○此詩長安作也。

一忝鄉書薦，謂鄉貢也。《周禮》：「鄉大夫、郡吏獻賢能之書于王。」**長安未得回。年光逐渭水，春色上秦臺。**《輿地廣記》：「天興縣鳳臺，秦穆公所築。」**燕掠平蕪去，人銜細雨來。東風生故里，又過幾華開。**

備考 賦也。前開後合格。一、二句旅行情實，中四句共虛，末句實也。○《律髓》云：「其思優游而不深怨。可取。」

細雨 杜甫詩云：「細雨魚兒出。」

註 **鄉貢** 唐史云：「唐貢士之科，有秀才，有明經，有進士，有明法，有書，有算。每歲仲冬，郡縣館監課試其成者，長吏會屬僚，設賓主，陳俎豆，備管弦，牲用少牢，行鄉飲酒禮，歌《鹿鳴》之詩，召耆老，叙少長而觀焉。既餞，而與計偕。其不在館學而舉者，謂之鄉貢。」

《周禮》 《周禮・地官》云：「鄉大夫三年則大比，考其德行、道藝而興賢者、能者。鄉老及鄉大夫、群吏獻賢能之書于王，王再拜受之。退而以鄉射之禮五物詢衆庶，一曰和，二曰容，三曰主皮，四曰和容，五曰興舞。此謂使民興賢，出使長之；使民興能，入使治之[二]。」

鳳臺云云 《列仙傳》二曰：「簫史得道，好吹簫，秦繆公以女弄玉妻之，遂教弄玉吹簫作鳳鳴，有鳳來止其屋，公爲作鳳臺。後弄玉乘鳳、簫史乘龍，共昇去云。」

【校勘記】

[一]秦原早望：《全唐詩》卷五百六作《春原早望》。

[二]入：底本脱，據《周禮・地官・鄉大夫》補。

已前共六首

備考 句法與右十首大抵相似，中四句雖虛而以實事景氣言情思，情景相雜也。

前虛後實 周弼曰：「謂前聯情而虛，後聯景而實。實則氣勢雄健，虛則態度諧婉。輕前重後，劑量適均，無窒塞輕俗之患。大中以後多此體，至今宗唐詩者尚之。然終未及前兩體渾厚，故以其法居三，善者不拘也。」

備考 註 **大中** 唐第十七主宣宗年號。大中以後，指晚唐末。

前兩體 四實四虛。

雲陽館與韓升卿宿別　司空曙

雲陽縣在京兆。

備考《律髓》二十四載此。○《唐詩解》三十八載，題作《雲陽館與韓紳宿別》，詩中「江」作「滄」。○《舊唐·地理志》曰：「京兆府領雲陽縣。貞觀元年，改雲陽爲池陽。」今陝西三原縣是其地。

題註　雲陽縣《杜詩集註》曰：「雲安，今雲陽縣，屬夔州，在府城西一百七十里。」

司空曙

故人江海別，幾度隔山川。乍見翻疑夢，相悲各問年。孤燈寒照雨，深竹暗浮煙。更有明朝恨，離杯惜共傳。

備考 賦也。歸題正格。一、二句虚，三、四句前虚，五、六句後實，末二句虚也。〇《律髓》云：「三、四一聯，乃久别忽逢之絶唱也。」〇《唐詩解》曰：「館中不期而遇，故有『如夢』『問年』之語，所以狀其别之久也。况旅景既凄絶矣，明旦之恨更自難勝，離杯共傳，深可惜也。蓋彼客我主，則傳杯勸别。今爾我俱客，所謂『共傳』也。此詩本中唐絶唱，然『江海』『山川』未免重疊。」

故人 任昉詩：「一朝萬化盡，猶我故人情。」吴筠詩：「故人杯酒别。」

江海 鮑照詩：「已經江海别。」

隔山川 朱超詩：「莫論行近遠，終是隔山川。」

相悲 魯本詩：「相悲不相見。」

問年 《左傳》曰：「晋侯問公年。」

孤燈 江淹詩：「孤燈損玉顔。」

浮煙 《吴都賦》云：「飛燭浮煙，載霞載陰。」

酬暢當　耿湋

耿湋 見前。

同游漆沮後，《輿地廣記》曰：「漆、沮不一，惟雍州富平縣石川河乃《禹貢》『漆、沮』。」**已是十年餘。幾度曾相夢，何時定得書。月高城影盡，霜重柳條疏。且對樽前酒**[一]**，千般想未如。**

備考 賦也。前開後合格。前四句虚，五、六句實景，末二句情思而虚也。

註　**富平縣**《一統志》三十二曰：「西安府富平縣在州城東南七十五里。」

《禹貢》云云《書·禹貢》云：「東會漆、沮。」孔氏云：「在涇水東，一名洛。《周禮·職方氏》：『雍州，其浸渭、洛是也。』」《漢志》云：「右扶風有漆縣，漆水在縣西東入渭。沮，一名洛，亦在岐周。」〇《一統志》曰：「沮河，西北來，自延安府宜君縣至耀州富平縣合漆河。」

【校勘記】

[一]樽前：《全唐詩》卷二百六十八作「尊中」。

寄友人　張蠙

備考 此詩張蠙避亂在蜀時，友人亦避亂在蜀，故作詩寄之。蓋蠙在西川，友人在東川也。

張蠙

備考 《履歷》云：「張蠙，字象文，乾寧進士第，尉櫟陽，避亂入蜀。蜀王時爲金堂令，進詩二百首，召知制誥。宋光嗣以蠙輕忽傲物，止之。卒於官。蠙，音平，又蒲邊切。」

世道復何如，東西遠索居。《檀弓》註：「索，猶散也。」**長疑即見面，翻致久無書。甸麥深藏雉，淮苔淺露魚。相思不我會，明月幾盈虛。**

增註 月盈虛，《禮記》：「三五而盈，三五而缺。」日月朔則同度，望則對度。月借日之明，故望夜員，朔日滅。

備考 賦也。歇上續下格。一、二句實事，「東西」指東川、西川。三、四句虛，五、六句所見之實景，末句情思而虛也。

甸麥 《左傳》曰：「晉侯欲麥，使甸人獻麥。」○《禮・王制》曰：「千里之内曰甸。」注：「治田出穀税曰甸服，主治王田以供祭祀。」○《韻會》曰：「甸，天子五百里地。甸之爲言治也。《記・大司馬》：『方千里曰國畿，其外方五百里曰侯畿，又其外方五百里甸畿。』」

註　**《檀弓》云云**《禮記・檀弓》曰：「子夏曰：『吾離群索居。』」

增註　**《禮記》云云**《禮記・禮運篇》。

月借日云云《性理大全》十二《皇極經世書》云：「月體本黑，受日之光而白。」注：「沈括曰：『月本無光，猶一銀丸，日耀之乃光耳[一]。光之初生，日在其旁，故光側而所見纔如鈎；日漸遠，則斜照[二]，光稍滿。大抵如彈丸，以粉塗其半，側視之，則粉處如鈎，對視之，則正圓也。』」

【校勘記】

[一]光耳：底本脱，據《性理大全書》卷二十七補。

[二]斜：底本脱，據《性理大全書》卷二十七補。

送喻坦之歸睦州　李頻

增註　李頻，睦州人，故此詩有「歸路不相隨」之句。

備考　李頻、喻坦之共睦州人而同在長安，李頻及第仕朝，喻坦之下第歸睦州，故作此詩送之。

李頻

歸心常共知，歸路不相隨。彼此無依倚，東西又別離。山雲含雨潤[一]**，江樹逆潮攲。莫戀漁樵興，人生各有爲。**

備考　賦兼興之格。前四句賦，後四句興。一、二句情思而虚，三、四句虚。五、六句，預推坦之歸睦州故鄉所可見之實景言之，末二句虚也。

歸心　《史記·魯仲連傳》曰：「民無所歸心。」

漁樵　劉孝威詩：「散步咏漁樵。」

【校勘記】

［一］潤：《全唐詩》卷五百八十九作「溼」。

已前共四首

備考　舊解曰：「已上從腰聯至結句之句法大抵相同也。」

送李給事歸徐州覲省　　孫逖

增註《漢書》：「給事中掌左右顧問應對，以有事殿中，故名。」隋於吏部置，唐改給事郎，今有給事中。○唐徐州屬河南道，今屬山東西路。

備考　**覲省**　覲，《字彙》曰：「具吝切，音僅，見也。」

增註　**《漢書》云云**《後漢書·百官志》注。

給事中《紀原》五曰：「給事，秦置。《通典》云：『加官也。初秦、漢別有給事黄門之職，後漢有給事黄門侍郎、左右給事中，以有事殿中，故曰給事中。』」○杜氏《通典》曰：「給事中，掌顧問應對。」

孫逖

備考《履歷》曰：「孫逖，博州武水人，一云河南人。開元十年舉賢良方正，擢左拾遺。李暠鎮太原，表置幕府，以起居舍人入爲集賢院修撰，改考功員外郎，遷中書舍人。居職八年，判刑部侍郎，以風疾徙太子左庶子，累年徙少詹事。上元中卒，贈尚書右僕射，謚曰文。」

列位登青瑣，《漢書》：「給事中黄門侍郎，日暮入對青瑣門拜。」**還鄉服綵衣。**《列女傳》：「老萊子奉親，身著五色班闌之衣。」**共言晨省日，**《記》：「爲人子，昏定晨省。」**便是晝游歸。**張士貴，號人，唐初授虢州，帝曰：「令卿衣錦晝遊。」**春水經梁宋，晴山入海沂。莫愁東路遠，四牡正騑騑。**

《詩》：「四牡騑騑。」

增註 中宗朝，魏元忠右僕射兼中書令，請拜掃，手勑曰：「衣錦晝遊，在乎茲日。散金敷惠，諒屬斯辰。」○唐宋州睢陽郡，本梁郡海州，東海郡沂州，琅邪郡并屬河南道。

備考 賦也。兩重格。從第一句至第四句一重，是謂在長安之時。從第五至結處句一重，是謂給事在途中之時。一、二句虛，三、四句虛，五、六句途中實景，末句情思而虛也。

註 **《漢書》云云**《後漢書·百官志》注。○季註曰：「《漢志》云：『黃門侍郎，每日暮，入對青瑣門拜，謂之夕郎。』青瑣，户邊刻爲瑣文，以青飾之也。」○《書言故事》卷一曰：「《漢官儀》：『黃門令日暮入對青瑣門拜，名曰夕郎。』注：『青瑣，以青塗户邊，鏤中刻爲青瑣文，故云青瑣。』」○《要玄·人集》卷五曰：「《初學記》：『董巴《漢書》：「禁門曰黃闥，中人主之，故號黃門令。然則黃門郎給事於黃闥之内，入侍禁中，故曰黃門侍郎。」《齊職儀》曰：「初，秦有給事黃門之職，漢因之。自魏及晋置給事黃門侍郎四人〔二〕，與侍中俱管門下衆事，與散騎常侍并清華，代謂之『黃散』焉。」』」○又曰：「《漢官儀》：『尚書郎伏奏事，黃門郎對揖跪受云云。黃門郎日夕入對青鎖門拜。』」○又《人集》卷四曰：「門下省侍中二人，掌出納帝命，相禮義，凡國家之務，與中書令參總而專判省事。黃門侍郎二人，掌貳侍中之職。給事中四人，掌侍左右分判省事。」

老萊云云《寰宇記》云：「老萊子孝養二親。行年七十，著五色采衣，作嬰兒戲，自娱親側。」〇按「班闌」，《小學》作「班斕」。《韻會》：「斕，又作闌。」

《記》爲云云《禮記·曲禮上》曰：「凡爲人子之禮，冬温而夏清，昏定而晨省。」

張士貴云云《唐書·張士貴傳》曰：「虢州盧人，本名忽峍。授虢州刺史。高祖曰：『顧令卿衣錦書游耳。』」

《詩》四云云《詩·小雅·四牡篇》曰：「四牡騑騑。」注：「行不止之貌。」

增註　**中宗**　唐第五主，諱顯，高宗第七子。母曰則天順聖皇后。在位六年，壽五十五。

魏元忠云云《詩學》十六《送人部》曰：「唐魏元忠还宋州拜掃，上幸白馬寺以送之，制曰：『衣錦書遊，在乎此日。』」

僕射《要玄》曰：「唐制，尚書省尚書令掌領百官。龍朔改曰中臺，左、右僕射爲之貳。」〇《初學記》十一曰：「僕射，秦官。僕，主也。古重武，故官曹之長主領其屬而習於射事也[二]。《漢書·百官表》曰：「自侍中、尚書、博士、郎、軍屯吏、騶宰、永巷，皆有僕射，隨所領之事以爲號。」若尚書則名曰尚書僕射。漢因秦，本置一人。至獻帝，以執金吾榮郃爲尚書左僕射。分置左、右，蓋始於此。」

中書令《要玄》曰：「門下省二人，龍朔改東臺左相。中書省中書令二人，掌佐天子執大政而總判省事，龍朔改西臺令爲右相。」

拜掃《類聚》前集八曰：「唐侍御鄭正則《祠享儀》云：『漢光武初纂大業，諸將出征有經鄉里者，詔有司給少牢，令拜掃，以爲榮。曹公過喬玄墓致祭，其文悽愴。寒食墓祭蓋出於此。』」

【校勘記】

[一]侍郎：底本脱，據《初學記》卷十二補。

[二]故官：底本脱，據《初學記》卷十一補。

送溧水唐明府[一]　韋應物

增註　唐昇州江寧郡溧水縣，今屬建康。

備考　《律髓》二十四載此詩。

明府　見絶句《和孫明府懷舊山》題雍陶詩備考。

韋應物　見前。

三爲百里宰，《漢書》：「郎官出宰百里。」**已過十餘年。祇嘆官如舊，旋聞邑屢遷。魚鹽濱海利，桑柘傍湖田**[二]。**到此安民俗**[三]，**琴堂又晏然。**《呂氏春秋》：「宓子賤治單父，彈琴，身不下堂而治。」

備考 賦也。議論格。一、二句，語實而意含情思而虛。三、四句虛，五、六句溧水實事，末句虛也。○《律髓》云：「蘇州五言古體最佳，律詩亦雅潔如此。」

註 **《漢書》云云** 《後漢書·明帝紀》曰：「永平十八年，明帝謂群臣曰：『郎官上應列宿，出宰百里，太微宮後二十五星，郎位也。苟非其人，則民受其殃。』」○季註云：「周千里有縣，縣邑之長曰宰。」

《呂氏春秋》云云 《呂氏春秋》曰：「宓子賤彈鳴琴而單父治，巫馬期戴星出入而單父亦治。巫馬期問其故，宓曰：『我之謂任人，子之謂任力。』」

【校勘記】

[一]送溧水唐明府：《全唐詩》卷一百八十九作《送唐明府赴溧水》。

[二]桑柘：《全唐詩》卷一百八十九作「薑蔗」。

[三]民：《全唐詩》卷一百八十九作「甿」。

送王録事赴虢州 岑參

增註 唐虢州弘農郡屬河南道。○長河、岳祠并屬華陰，天授析置虢之潼津縣，在關口，故此詩云云。

今虢州屬中京路。

備考 此詩長安作。

增註 **天授** 唐第四主則天皇后之年號。

岑參 見前。

早歲即相知，嗟君最後時。青雲仍未達，須賈曰：「不意君致身青雲之上。」**黑髮欲成絲**[一]。**小店關門樹，**函谷關也。**長河華嶽祠。弘農民吏待，**虢州靈寶縣，弘農故地也。**莫遣馬行遲。**

備考 賦也。兩重格。又前用後體格。一、二句虛實相兼，三、四句虛，五、六句赴虢州路中實景，末二句虛也。

青雲 張說詩[二]：「宿昔青雲志。」○《小學・嘉言篇》曰：「范質《戒子》詩：『青雲難力致。』」注：「青雲，比名位之高顯也。」○李卓吾《續升庵集》十九云：「《史記》『青雲之士』，謂聖賢立言傳世者。後世謂登仕路爲『青雲』，謬矣。試用數條證之。《京房易占》：『青雲所覆，其下有賢人隱。』《續逸民傳》：『嵇康早有青雲之志。』《南史》：『陶弘景年四五歲，見葛洪方書，便有養生之志，曰仰青雲，睹白日，不爲遠矣。』梁孔稚圭隱居，多構山泉，衡陽王鈞往遊之。珪曰：『殿下處朱門，遊紫闥，詎得與山人交耶？』鈞曰：『身處朱門而情遊滄海，形入紫闥而意在青雲。』又袁彖《贈隱士庾易》詩曰：『白日清明，青雲遼亮。昔聞巢許，今睹臺尚。』阮籍詩：『抗身青雲中，網羅孰能施。』李太白詩：『獵客張兔罝，不能掛龍虎。所以青雲人，高歌在巖户。』合而觀之，『青雲』豈仕進之謂乎？王勃文『窮且益堅，不墜青雲之志』，即《論語》『視富貴如浮雲』文旨。自宋人用『青雲』字于登科，詩中遂誤，至今不改。」

吏待　《説文》云：「吏，治人者也。」〇《前漢書[三]》師古注云：「吏，理也，理其縣内。」

註　**須賈云云**　《史記·范雎傳》。

【校勘記】

[一]黑：《全唐詩》卷二百作「白」。

[二]張説：《曲江集》卷五、《萬首唐人絶句》卷八和《唐詩品彙》卷三十八均作「張九齡」。

[三]漢：底本脱，據文意補。

別鄭蟻[一]　郎士元

或作「礒」。

備考　此詩鄭礒與郎士元同時被移，從長安相伴至九江郡，鄭礒從此赴蜀國，士元從此赴郢州，故題「別鄭礒」。

郎士元

備考《才子傳》曰：「郎士元，字君冑，中山人也。天寶十五載盧庚榜進士[二]。寶應初，選京畿縣官，詔試政事中書，補渭南尉。歷左拾遺，出爲郢州刺史。與員外郎錢起齊名。時朝廷自丞相以下，出牧奉使，無兩君詩文祖餞，人以爲愧，其珍重如此。」

暮蟬不可聽，落葉豈堪聞。共是悲秋客，那知此路分。荒城背流水，遠雁入寒雲。陶令門前菊，餘華可贈君。

備考 賦也。一意格。一、二句實，三、四句虛，五、六句九江郡所見之實事，末句虛實相兼也。

荒城 陰鏗詩云：「荒城高仞落。」

【校勘記】

[一]別鄭蟻：《全唐詩》卷二百四十八作《盩厔縣鄭礒宅送錢大》。

[二]載：底本訛作「歲」，據《唐才子傳》卷三改。盧庚：底本脱，據《唐才子傳》卷三補。

送韓司直[一]　皇甫冉

增註《職林》：「大理司直，後魏置。唐掌承制，不署曹事，惟覆理御史檢校事，出使候覆。若疑獄則參議之。今仍舊，置大理司直。」

備考 司直欲遊吴越之間，冉作詩送之。○《唐詩解》三十八載。

司直《唐・百官志》曰：「司直掌糾劾官僚。」○《舊唐・職官志》曰：「東宮官屬有司直一人，正九品。司直掌彈劾官寮糾舉職事。」

增註 **大理司直**《要玄・人集》六曰：「《類聚》：『大理，古司刑官也。舜命臯陶作士，正五刑。秦置廷尉，掌刑辟，有正[二]、左右監。漢因之。景帝更名大理，取《天官》「貴人之牢曰大理」之義。梁爲秋卿。唐因之，卿一人，少卿二人[三]。』魏永安三年，高穆奏置司直十人，位在正監上，不署曹事，惟覆理御史檢劾事。唐置六人，掌承制出使推覆，若寺有疑獄則參議之。大元仍唐、宋舊，置大理司直。」

皇甫冉 見前。

遊吴還適越[四]**，來往任風波。復送王孫去，其如芳草何**[五]。見前注。**山明殘雪在**[六]**，潮滿夕陽多。季子留遺廟，**《皇覽》：「《冢墓記》：『季子冢在毗陵縣暨陽鄉，至今吏民祀事。』」**停舟試一過。**

備考 賦也。接項格。一、二句虚，三、四句虚，五、六句吴越所可見之實景，末二句虚也。○《唐詩解》曰：「司直之往來吴越舊矣，今復遊吴而我送之，奈此芳草乎哉？惜其別也。復寫道中之景，因言季子之廟在吴，君當停舟訪之，以致慕古之意云。」

適越《竹書紀年》云：「太伯適越不反。」

來往《後漢・王昌傳》曰：「昌來往燕趙。」

風波 陶潛詩：「風波阻中途。」

王孫 見上劉長卿詩註。

芳草《西都賦》云：「芳草甘木。」

夕陽《爾雅》曰：「山西曰夕陽。」

註　**季子云云** 季註云：「季子即季札，吴王餘昧之子。兄弟四人，季札賢，吴人欲立之，季札逃去，以國讓王僚。其廟在蘇州。按武后垂拱四年，河南巡撫使狄仁傑奏焚吴楚淫祠一千七百餘處，獨留夏禹、吴太伯、季札、伍員四祠也。」○《一統志》曰：「季子廟在常州府治東南。又無錫縣西三十里亦有廟。」

【校勘記】

［一］送韓司直：此詩在《全唐詩》中分别收入劉長卿和郎士元名下，卷一百四十八「劉長卿」下作《送韓司直》，卷二百四十八「郎士元」下作《送韓司直路出延陵》。

［二］正：底本脱，據《古今事文類聚》新集卷二十七補。

［三］卿一人，少：底本脱，據《古今事文類聚》新集卷二十七補。

［四］適：《全唐詩》卷一百四十八作「入」。

[五]芳：《全唐詩》卷一百四十八和卷二百四十八均作「春」。

[六]山：《全唐詩》卷一百四十八和卷二百四十八均作「岸」。

途中送權曙[一]

皇甫曾

備考《極玄集》題作《送權曙二兄》，作者爲皇甫冉。

皇甫曾 見前。

淮海風濤起，江關幽思長[二]。**同悲鵲繞樹**，曹孟德云：「月明星稀，烏鵲南飛。繞樹三匝，無枝可依。」**獨作雁隨陽**。《尚書》注云：「隨陽之鳥，鴻雁之屬。」**山晚雲和雪**[三]，**天寒月照霜**[四]。**由來濯纓處，漁父愛滄浪**。《楚詞》：「漁父歌曰：『滄浪之水清兮，可濯我纓。』」

增註 劉澄《山水記》：「漢陽軍沔口，古以爲滄浪水，即屈原遇漁父作歌處。」

備考 賦也。歸題正格。一、二句虛實相兼，三、四句虛，五、六句途中所可見實景，末二句虛也。

註　**曹孟德云云**《魏志》曰：「太祖武帝，姓曹氏，諱操，字孟德，追謚爲武皇帝。」○《文選》二十七魏武帝《短歌行》注：「以喻大賢出而小人削，而忠信之士遊行，當擇其栖託之便矣。若不得其所依，則患害之必至，亦如烏鵲匝樹，求其可託之枝。」

《尚書》云云　《書·禹貢》云：「陽鳥攸居。」註云：「陽，日也。日之行，夏至漸南，冬至漸北。此鳥南北隨日，九月而南，正月而北。」〇《升庵文集》八十一曰：「鶴愛陰而惡陽，雁愛陽而惡陰。《易》曰：『鳴鶴在陰。』《傳》曰：『鴻雁隨陽。』故《汲冢書》目鶴曰陰羽，《禹貢》名雁曰陽鳥。」

《楚詞》云云　《楚辭》第五載《漁父辭》，又《文選》三十三載之，李周翰云：「漁父，避世而隱於漁者也。」〇《楚辭》朱熹註云：「《漁父》者，屈原之所作也。漁父蓋亦當時隱遁之士，或曰亦原之設詞。」

滄浪　《楚辭集註》云：「滄浪即漢水下流，見《禹貢》：『嶓冢導漾，東流爲漢。又東流爲滄浪之水。』」〇《荆州圖經》云：「武當縣西北有滄浪洲，長四里，廣十三里。《禹貢》稱漢水東爲滄浪之水，疑此洲是也。」〇《勝覧》二十七曰：「滄浪水在常德府龍陽縣二十里，浪水與滄水合，故號滄浪水。《寰宇記》云：『在武陵縣，二水合流。』《禹貢》：『東爲滄浪之水。』乃漁父濯纓之處。」〇李廷機《秦漢殊言》曰：「滄浪水歌意喻隨其清濁而善用之，亦淈泥揚波等意。清喻世昭明，濁喻世昏暗。」

【校勘記】

［一］途中送權曙：此詩在《全唐詩》中分别收入皇甫冉和张南史名下，卷二百四十九「皇甫冉」下作《途中送權三兄弟》，卷二百九十六「张南史」下作《西陵懷靈一上人兼寄朱放》。

［二］幽：《全唐詩》卷二百四十九和卷二百九十六均作「憂」。

[三]和：《全唐詩》卷二百四十九作「初」，《全唐詩》卷二百九十六作「藏」，小字註：「一作『和』。」

[四]天：《全唐詩》卷二百四十九和卷二百九十六均作「汀」。

酬普選二上人[一]　嚴維

備考 此詩，維崔渙幕下爲諸暨尉時作。

嚴維 見前。

本意宿東林，因聽子賤琴。遙知大小朗，《傳燈録》：「惠朗禪師號大朗，振朗禪師號小朗。」**已斷去來心。**佛經：「過去、未來、現在心不可得。」**夜静溪聲近，庭寒月色深。寧知塵外意，定後更成吟。**

備考 賦也。前多後少格。一、二句虚，東林在廬山，遠法師始開基廬山，三百六十寺中第一勝境也。三、四句虚，五、六句二上人於東林所見聞之實景，末二句虚也。

大小朗 季註云：「大、小朗，古名僧有大朗公、小朗公，詩借以比普、選。」

寧知 寧，徐曰：「人言寧可如此，是願如此也，古云『寧飲建業水』『寧食五斗艾』是也。《論語》：『禮，與其奢，寧儉。』」

註　佛經 出《金剛經》。

【校勘記】

［一］酬普選二上人：《全唐詩》卷二百六十三作《酬普選二上人期相會見寄》。

送鄭宥入蜀［一］

李端［二］

備考 此詩季昌本作者爲李端。○送鄭宥下第歸覲蜀故鄉之詩也。

寧親西陟險，君去異王陽。 漢王陽爲益州刺史，至九折坂嘆曰：「奈何奉先人遺體乘此險。」因而回車。**在世誰非客，還家即是鄉。** **劍門千轉盡，** 大劍山，即劍門也。**巴水一支長。** 嘉陵江、潼江、小劍水，皆巴水也。**請語愁猿道，無煩促淚行。**

增註 利州路劍門關、劍門縣并唐置。閣道至險，以其有隘束之路，故曰劍門。

備考 賦也。前多後少格。一、二句虛實相兼，「陟險」二字，篇中主意。三、四句虛，五、六句路中實景，末二句虛也。

寧親 季註云：「寧親，《詩》所謂『歸寧父母』。」

註　**漢王陽云云** 在《漢書》七十六《王尊傳》。

九折坂《要玄・地集》四曰：「四川路雅州榮經縣東邛崍山有九折坂，曲曲九折。」

大劍山 同《地集》四曰：「保寧府有梓潼縣（即潼州）。又劍州北有小劍山，與大劍山相屬。秦欲伐蜀而道不通，乃作五石牛，以金置尾下，言能糞金，欲以遺蜀。蜀王負力而貪，乃令五丁開道引之，秦因滅蜀。大劍雖號天險而路徑頗夷，小劍則鑿石架閣有不容越者。」

嘉陵江云云《一統志》六十八曰：「四川路保寧府有嘉陵江，源出陝西鳳縣嘉陵谷，經廣元、昭化，過劍州至保寧府，其曰閬水、巴水、渝水、漢水，皆此江之異名。」

增註　**劍門**《一統志》曰：「保寧府大劍山在劍州北二十五里，又名劍門山。」〇杜甫詩：「劍門猶阻北人來。」《分類》云：「劍門，劍州劍門縣有梁山，一名劍山，自蜀出漢中道皆繇此，以門名。」

【校勘記】

[一]送鄭宥入蜀：《全唐詩》卷二百八十五作《送鄭宥入蜀迎覲》。

[二]李端：底本脱，附訓本、增註本亦脱，據元刻本和箋註本補。

三體詩五言備考卷三終

五言律句三體家法備考大成卷之四

杭州郡齋南亭　姚合

增註 杭州，春秋初屬越，又屬吴、屬楚。秦、漢屬會稽郡，陳錢塘郡，隋杭州，唐杭州餘杭郡屬江南道，宋臨安，今屬浙西道杭州路。

備考 姚合爲杭州守護時，郡中構小齋，當其南池上營亭，爲憩息之所，寫其佳趣作也。

姚合

備考《才子傳》曰：「姚合，陜州人。元和十一年及第。寶應中，除監察御史，遷户部員外郎，出爲金、杭二州刺史。」

符印懸腰下，漢文帝初與郡守爲銅虎符、竹使符。銅符以發兵，竹符以竹箭五枚鎸刻篆書。**東山不得歸**。謝安初隱東山。**獨行南北近，漸老往還稀**。**进笋侵窗長，驚蟬出樹飛**。**田田池上葉，長是

使君衣。《楚詞》：「製芰荷以爲衣。」

增註 東山在越州上虞县，谢安石携妓遊處。後登台輔，於建康土山遊集，擬會稽之東山，亦號東山。○《選》詩：「雖無田田葉。」田田，蓮葉貌。

備考 賦也。一意格。一、二句虛實相兼，三、四句虛，五、六句南亭所見之實事，七、八句虛也。

符印 季註云：「符，信也，扶也。兩相符合而不差也。一曰，符，輔也，所以輔信。漢制以竹，長六寸，分而相合。《唐・輿服志》：『高祖入長安，罷隋竹使符，用銀菟符。其後改爲銅魚符。』」○「印，刻文合信。《漢舊儀》：『諸侯王印黄金，橐駝鈕，文曰璽；列侯黄金印，龜鈕，文曰印；丞相、将軍黄金印[二]，龜鈕，文曰章；中二千石銀印，龜鈕，文曰章；千石、六百石、四百石銅印，鼻鈕，文曰印[三]。』」

往還 顔延之詩云：「萬古陳往還。」

註 **漢文帝云云** 《史記・文帝紀》曰：「二年九月，初與郡國守相爲銅虎符、竹使符。」應劭曰：「銅虎符第一至第五，國家當發兵，遣使者至郡合符，符合乃聽受之。竹使符皆以竹箭五枚，長五寸，鐫刻篆書，第一至第五。」張晏曰：「符以代古之珪璋，從簡易也。」○《漢舊儀》：「銅虎符發兵，長六寸，竹使符出入徵發。」《說文》云：「分符而合之。」小顔云：「右留京師，左與之。」○《古今註》云：「銅虎符銀錯書之。」張晏曰：「銅取其同心也。」○《三才圖會・地理部》曰：「按銅虎符，五兩五錢，長二寸四分，高八分，闊八分，剖而爲二片相合，内左有三筭隆起，右有三孔凹以受筭，商銀三行，凡十八字。漢文帝初與郡守銅虎符，國家當發兵，遣使者至郡，合乃受之，有不合者刻奏。師古曰：『與郡守爲符者，各分半，右留京師，左以與之。』」

《楚辭》云云 《離騷》云：「製芰荷以爲衣兮，集芙蓉以爲裳。」註：「芰，蔆也；荷，蓮葉也；芙蓉，蓮花也。言被服益潔，脩善益明也。」〇芰，《字彙》曰：「音忌，水果。兩角爲菱，四角爲芰。」〇《本草綱目》三十三「芰實」條下：「時珍曰：楊氏《丹鉛録》以芰爲鷄頭，引《離騷》『緝芰荷以爲衣』，言蔆不可緝衣，誤矣。《埤雅》云：『芰荷乃藕上出水生花之莖，非鷄頭也。與蔆同名異物。』」〇又「蓮藕」條下曰：「生二莖：一爲藕荷，其葉貼水，其下旁行生藕也；一爲芰荷，其葉出水，其旁莖生花也。其葉清明後生。六七月開花，云云。又云：『荷葉嫩者荷錢 象形，貼水者藕荷 生藕者，出水者芰荷 生花者。』」

增註　**台輔** 《天文志》曰：「三台六星，兩兩而比，西近文昌二星曰上台，次二星曰中台，東二星曰下台，在人爲三公位。」〇《杜詩分類》曰：「三台星近北極，上台司命、太尉，中台司中、司徒，下台司禄、司空，三公之象也。」〇《紀原》曰：「《傅子》曰：『黄帝以風后配上台，后土配中台，五聖配下台。故後世由此以三公爲三台。』」

土山 《要玄》五曰：「南京路應天府 古建業。東有東山，一名土山，謝安築，擬會稽東山。」

【校勘記】

[一]丞相、将軍黄金印：底本誤作「丞相金」，據《初學記》卷二十六補正。

［二］中二千石銀印，龜鈕，文曰章；千石、六百石、四百石銅印，鼻鈕，文曰印：底本誤作「二千石至六百石銀印，鼻鈕，文曰印」，據《初學記》卷二十六改。

日東病僧　項斯

增註　日東，即日本國，又名倭國。

備考　《律髓》三十八載此詩。

增註　**倭國**　《字彙》曰：「倭，烏禾切，音窩。東海日本倭奴國。《唐·東夷傳》：『倭奴去京師万四千里。其俗多女少男。小島五十餘，皆自名國而臣附之。』」○《蓬窗日録》二曰：「日本國，古倭奴國也。天御中主都築紫日向宮，主邪摩維國，尹都、投馬種類，百有餘，奄爲所屬，號大倭王，傳三十三世，彦瀲尊第四子神武天皇，自築紫入都大和州疆原宮，仍以倭爲號。迄漢桓、靈間，倭奴作亂，互相攻伐，歷年無主。有一女子，名卑彌呼者，年長不嫁，以妖惑衆，乃共立爲王。法甚嚴峻，在位數年死。宗男嗣，國人不服，更相誅殺，立卑彌呼宗女臺與，國遂定，時稱女王國。逮唐咸亨初，賀平高麗。稍習夏音，惡其名不善，乃更號曰日本，蓋取近日始升之義也。先秦時，遣方士徐福將童男女數千人入海求蓬萊仙，不得，懼誅，止夷、澶二州，號秦王國，屬倭奴，故中國總呼之曰徐倭，非日本正號也。」○《留青日札》十曰：「倭國，吴自泰伯至夫差二十五世，勾踐滅吴，其子孫支庶入海爲倭，故《通鑑前編》注云：『今日本國，吴泰伯之後。』余以爲當由『吴』『倭』聲相近，故轉『吴』爲『倭』也。今但曰『徐倭』，以爲徐福之後，是亡其先矣。」〇《兩山墨談》曰：「史傳多言日本國乃徐福之後。福誘秦皇請童男、女各五百人入海求神仙，久之莫得，恐歸則被誅，遂止而不返。今倭之兆京有徐福祠，雖倭人，亦謂福爲其始祖也。偶閲金仁山《通鑑前編》，於『句踐滅吴』之下注云：『吴自太伯之後，蓋吴亡，其子孫支庶入海爲倭也。』金氏博綜群書，其言當必有據。是徐福未止之前，倭固有開先者矣。予意倭之先不起於福，而倭之後風氣日開，種類日滋，則福之衆實遺育焉，然則福乃再基之祖也。」

項斯 見前。

雲水絶歸路，來時風送船。不言身後事，猶坐病中禪。深壁藏燈影，空窗出艾煙。已無鄉士夢[一]**，起塔寺門前。**

增註 《南史》：「阿育王滅度後，取佛舍利，役鬼神，碎七寶末，一日一夜，造八萬四千塔。」

備考 賦也。歸題正格。一、二句虚實相兼，三、四句虚，五、六句病僧所居實事，七、八句兼虚實也。

增註 **《南史》云云** 《南史》六十八《夷貊傳》曰：「武帝改造阿育王佛塔[二]，出舊塔下舍利及佛爪髮，髮青紺色，衆僧以手伸之，隨手長短，放之則旋屈爲蠡形。按《楞枷經》：『佛髮青而細，猶如藕莖絲。』《佛三昧經》曰：『我昔在宫沐頭，以尺量髮，長一丈二尺。放已右旋，還成蠡文。』則與帝所得同也。

阿育王即鐵輪王，王閻浮提一天下。佛滅度後，一日一夜，役鬼神造八萬四千塔，是其一也。」○《佛祖統紀》云：「佛入滅，帝釋於善見大城起四塔。」

阿育王云云　《阿育王傳》曰：「於是王言：『多一億處莫與舍利，少一億處亦莫與之。』作此語已，向鷄頭摩寺。到於上座夜舍之前，合掌而言之：『我今欲於閻浮提内造立八万四千寶塔。』上座答言：『善哉善哉！若欲得一時作塔，我於大王作塔之時，以手障日，遍勑國界，手障日時盡仰立塔。』於是後即以手障日，閻浮提内一時造塔。」

舍利　《霏雪録》云：「舍利，按佛書云室利羅，或設利羅。此云骨身，又云靈骨。即所遺骨分，通名舍利。《光明經》云：『此舍利者，是戒、定、惠之所熏修，甚難可得，最上福田。』《大論》云：『碎骨是生身舍利，經卷是發身舍利。』」○《劉氏鴻書》二十九云：「舍利有三種色，白骨舍利，黑色髮舍利，赤色肉舍利。菩薩、羅漢皆有三種。佛舍利椎擊不碎，弟子舍利椎試即碎。」

七寶　張九韶《群書拾唾》云：「七寶，金、銀、琉璃、車渠、碼碯、玻瓈、真珠。」

【校勘記】

[一]夢：《全唐詩》卷五百五十四作「信」。

[二]改：底本誤作「遐」，據《南史·夷貊傳上》改。

送友人下第歸覲　劉得仁

備考《唐詩歸》二十四載，「歸覲」作「歸省」，作者爲殷遥。

劉得仁 見前。

君此卜行日，高堂應夢歸。高堂，母也。丘遲《與陳伯之書》云：「高堂未傾，愛妾尚存。」**莫將和氏淚，**卞和三獻璞玉，王刖其足，和淚[一]，後果爲國寶。**滴著老萊衣。**見前注。**嶽雨連河細，田禽出麥飛。到家調膳後，吟好送斜暉。**

備考 賦也。歸題變格。一、二句兼虚實，「此」指長安。三、四句虚，五、六句友人故鄉所可見實景，七、八句虚也。〇《唐詩歸》曰：「鍾云：『風騷筆舌，仁孝心腸。』」〇一、二句，「鍾云：『千真万真，工拙不論。』」〇「又云：『「和氏淚」「老萊衣」，濫極矣，如此說，何嘗不妙？大抵用事有意極真者，有筆極妙者，有一於此無事不可用，不必避其套也。』」

註　**丘遲云云**《文選》四十三丘遲《與陳伯之書》曰：「高臺未傾，愛妾尚在。」注：「善曰：桓子《新論》：『雍門周説孟嘗君曰：「千秋万歲後，高臺既已傾，曲池又已平[二]。」』」〇《韻府》引《南史》曰：「丘遲，字希範，辭采麗逸，似落花依草[三]，拜中書侍郎。」

卞和云云《韓非子》第四《和氏篇》曰：「楚人和氏得玉璞楚山中，奉獻厉王。王使玉人相之，曰：『石也。』王以和爲詐，而刖其左足。及武王即位，和又獻之。王使玉人相之，又曰：『石也。』王又以和爲詐，而刖其右足。文王即位，和乃抱其璞而哭於楚山之下，三日三夜，泣盡而繼之以血。王聞之，使人問其故，曰：『天下之刖者多矣，子奚哭之悲？』和曰：『吾非悲刖也，悲夫寶玉而題之以石，貞士而名之以詐，此吾所以悲也。』王乃使玉人理其璞而得寶焉，遂命曰『和氏之璧』。」

【校勘記】

[一]淚：附訓本同此，元刻本、箋註本和增註本均作「玉」。

[二]曲：底本脱，據《文選註》卷二十一補。

[三]花：底本脱，據《南史·文學傳》補。

南游有感　于武陵

備考　《律髓》三載此詩。

于武陵

備考《才子傳》曰：「于武陵，名鄴，以字行，杜曲人也。大中時，嘗舉進士，不稱意，携書與琴，往來商、洛、巴、蜀間。嘗南來至瀟湘，愛汀洲芳草，况是古騷人舊國，風景不殊，欲卜居未果，歸老嵩陽別墅。詩多五言，興趣飄逸多感，每終篇一意，策名當時。」

杜陵無厚業，不得駐車輪。重到曾遊處，多非舊主人。東風千里樹，西日一洲蘋。又渡湘江去，湘江水復春。

備考　賦也。一意格。趙瞻民評藏頭格。一、二句虚，三、四句虚，五、六句瀟湘所見之實景，七、八句虚實相兼也。

早春寄華下同志　裴説

備考《律髓》十載此。○「華下」指京師，一説指華山下。「同志」謂友人也。此詩説時在桂嶺值早春，故作詩寄京師同志也。

裴説

備考《才子傳》曰：「説工詩，得盛名。天祐三年，狀元及第。仕終桂嶺假官宰。」

正是華時節，思君寢復興。市沽終不醉，春夢亦無憑。嶽面懸清雨，河心走濁冰。東門一

條路，離恨正相仍。劉良曰：「東門，長安城門，別離之地。」

增註 東門即青門。

備考 賦也。兩重格。自一、二句至三、四句，謂夜景。自五、六句至結句，謂晝景。一、二句虛實相兼，三、四句虛，五、六句桂嶺所見之實景，末句虛也。

市沽 市，《字彙》曰：「買賣之所。」〇《韻會》「市」字注曰：「買也。《論語》：『沽酒市脯。』又凡貿易賣買皆曰市。」〇沽，《字彙》曰：「買也。又賣也。《尸子》曰：『沽者，知酒之多少也。』」又「酤」字註曰：「與『沽』同。賣酒、買酒均曰酤。又酒造一宿者曰酤。」

途中別孫璐　方干

備考 孫璐，剡溪人也。初從方干於台州白雲村受詩法，未熟成去。〇此詩，干往來兩浙間時，途中逢璐送之作也。

方干

備考 《才子傳》曰：「方干，字雄飛，桐廬人。幼有清才，散拙無營務。大中中，舉進士不第，隱居鏡湖中，湖北有茅齋，湖西有松島，每風清月明，攜稚子鄰叟，輕棹往返，甚愜素心。早歲往兩京，公卿好事者爭延納，名竟不入手，遂歸，無復榮辱之念。浙間凡有園林名勝，輒造主人，留題幾遍。」

道路本無限，又應何處逢？流年莫虛擲，華髮不相容。野渡波搖月，寒城雨翳鐘。此心隨去馬，迢遞過重峰。

備考 賦也。一意格。前四句虛，五、六句別時實景，末句虛也。

寒城 謝朓詩：「寒城一以眺。」

送友及第歸浙東　方干

備考 季註本作《送王翁信及第歸浙東》。○浙東，杭州錢塘浙江東，漢分浙東爲會稽郡，分浙西爲吳郡。○按「浙東」，一本作「淛東」。○《字彙》「浙」字註曰：「與『淛』同，之列切，江名。在錢塘，出歙縣玉山，因水勢曲折激起潮頭，故曰浙江。」

南行無俗侶，秋雁與寒雲。野趣自多愜，名香 本集作「鄉名」。**人共聞。吳山中路斷，淛水半江分。此地登臨慣，攄情一送君。**

備考 賦也。兩重格。自篇首至第四句一重，從第五至篇末一重。前四句虛，五、六句淛東實景，末句虛。「此地」，指淛東及吳山也。

春宫[一]　杜荀鶴

備考　季昌本題作《春宫怨》。○《唐詩歸》三十四載此，題同。○季註曰：「《周禮》注：『皇后正寢一，燕寢五，是爲六宫。夫人已下分居焉。』帝王立適后、三夫人、九嬪、二十七世婦、八十一女御。《職林》載：『自漢武、元之後，世增淫費，乃至掖庭三千，增級十四，謂昭儀、婕妤、娙娥、傛華、美人、八子、充衣、七子、良人、長使、少使、五官、順常、無涓、共和、娱靈、保林、良使、夜者。』《西都賦》注：『自昭儀至無涓十四位，爵秩不同。自無涓至夜者凡六，同百石秩。』魏置貴嬪、淑媛、昭華、脩容、脩儀。宋置貴妃、貴嬪、貴人，又昭儀、昭容、昭華、中才人。齊貴淑如唐置惠妃[二]、麗妃、華妃、淑儀、德儀、順儀、賢儀、婉儀、美人、才人也。」

杜荀鶴　見前。

早被嬋娟誤，《西京賦》：「增嬋娟以此豸。」注曰：「姿態妖蠱也。」**欲妝臨鏡慵**。**承恩不在貌**，**教妾若爲容**。**風暖鳥聲碎**，**日高華影重**。**年年越溪女**，**相憶採芙蓉**。劉良曰：「芙蓉，美華，思婦盛年採此，自傷也。」

增註　越溪即若耶溪，在越州會稽縣東南，一名苧溪，西施所居處。○《漁隱詩話》云：「杜詩三百首，惟在一聯中。」指此第五、第六句。

備考　賦也。議論格。前四句虚，五、六句春宫實景，末句虚也。

註　**西京云云**　《文選》卷二張平子《西京賦》曰：「增嬋娟以此豸。」注：「綜曰：『嬋娟此豸，姿態妖蠱也。』濟曰：『姿媚妖麗也。』」○蚍音比，豸音雉。

蠱　《左傳》注：「女惑男曰蠱，惑於女色，如彼惑蠱之疾也。」

增註　**苧溪云云**　《吴越春秋》曰：「西施，苧羅山採薪女也。今諸暨有浣浦，俗傳西子浣紗于此。」

【校勘記】

[一]春宫：元刻本、箋註本和《全唐詩》卷六百九十一作《春宫怨》。

[二]齊貴淑如：疑有誤。

辭崔尚書[一]　李頻

增註　尚書，周爲内史，秦世少府遣吏四人在殿中，主發書。漢掌圖書、秘記、章奏。至後漢，出納王命，敷奏萬機。唐吏、户、禮、刑、兵、工六部尚書，宋因之。今以尚書爲長。

備考 此詩，頻末及第時依從尚書半年餘，後欲去，作此詩辭之。

尚书 《要玄・人集》五曰：「《类聚》：『尚书省，唐虞大麓之職也。』注：『大録，万機之政。』《周官》『司書』，鄭玄云：『若今尚書。秦時少府遣吏四人在殿中主發書，故謂之尚書。尚猶主也。』」〇「王世貞曰：『尚書非周官也。自秦寄國事於丞相，而内庭有尚書，俱其職，僅以通章奏而已。漢興，至武帝而始削丞相權，躬自攬斷，而設中書令以參尚書，至臨崩，而始命大將軍霍光領尚書事，裁斷万機可否，保護万乘。後漢光武不以政委三公，天下章疏皆尚書與人主參決，乃下三府。晋分尚書爲六，曰吏部、五兵、客曹、駕部、屯田、度支，而尚書始以其職入銜也。』」

増註 **少府** 《要玄》六曰：「秦有將作少府，掌山海池澤之税以給共養。」

出納 二字出《論語・泰伯篇》。

敷奏 《文選》李善註曰：「表者，明也，標也，如物之標表也云云。三王以前謂之敷奏，故《尚書》『敷奏以言』。」〇《紀原》卷二曰：「堯咨四嶽，舜命九官，并陳詞不假書翰，則敷奏以言，章表之義也。」

萬機 《資暇集》曰：「『萬幾』字出於《尚書・皋陶謨》『兢兢業業，一日二日萬幾』也。案孔安國云：『幾，微也。言當戒萬事之微也。』史以晋太宗爲丞相時，於事動每經年。桓温患其稽遅而問，對之曰：『萬幾那得速耶？』斯對真得《書》義。近者改爲『樞機』之『機』，豈《尚書》之前別有所見？始未聞也，當由漢王嘉奏封事，引用誤從木旁也。顏氏不引孔注以證，又後人不根其本，遂相承錯謬，且曰《漢書》尚爾，曾不知班、顏亦自誤後學也。」○《書・皋陶謨》曰：「一日二日萬幾。」蔡註：「萬幾者，言其幾事之至多也。」○《易・繫辭》曰：「幾者動之微，吉之先見者也。」

李頻 見前。

一飯仍難受，淹留已半年。終期身可報，不擬骨空鐫。鐫骨以感恩也。**城晚風高角，江春浪起船。曾同棲止地，獨去塞鴻前。**

備考 賦也。歸題正格。前四句虛，五、六句別時實象，末二句虛也。

一飯云云 季註：「《漢書・李固傳》云：『切感古人一飯之報。』註引靈輒感趙宣子翳桑一飯之恩，倒戈禦公徒以報事，見《左傳・宣公二年》。」○《史記・范睢傳》曰：「一飯之德必償。」

塞鴻 季註云：「塞上有雁池，鴻雁所聚，故曰塞鴻。」

【校勘記】

[一]辭崔尚書：《全唐詩》卷五百八十八作《辭夏口崔尚書》。

下方　司空圖

備考《才子傳》曰：「司空圖，河中人也。家本中條山王官谷，有先人田廬云云。」〇按「下方」指中條山歟？

司空圖 見前。

三十年來往，中間京洛塵。倦行今白首，歸卧已清晨[一]。**坡暖冬生**一作「抽」。**笋，松凉夏健人。更慚徵詔起，避世迹非真。** 按舊史，巢賊亂，圖還河中。王徽表爲副使，不起，召爲知制誥乃起。此詩起赴召時作邪？

增註《論語》：「賢者避世。」〇「迹非真」，如杜淹之隱嵩山，徵求利禄，所謂仕途之捷徑；周顒隱鍾山，後應詔爲海鹽令，皆非真也。

備考 賦也。歸題正格。前四句虚，五、六句中條山下實景，七、八句虚也。

中間 杜甫詩：「中間消息兩茫然。」

白首《漢書》曰：「馮唐白首，屈于郎署。」〇陳子昂詩：「白首爲誰雄？」

註　舊史《舊唐書》。

增註　**《論語》云云**《論語・憲問篇》曰：「賢者避世。」注：「若伯夷、太公是也。」

杜淹《萬姓統譜》曰：「唐杜淹，字執禮云云。」

嵩山《一統志》二十九曰：「河南府嵩山在登封縣北一十里，五岳之中岳也。」

所謂仕云云《韻府》曰：「唐盧藏用始隱終南山，晚乃徇權利。司馬承禎曰：『終南山乃仕宦之捷徑也。』」

鍾山《一統志》六曰：「南京應天府有鍾山。」

海鹽令《一統志》三十八曰：「嘉興府有海鹽縣。」

【校勘記】

[一]晨：元刻本、箋註本和《全唐詩》卷六百三十二均作「神」，當以「神」爲是。

華下送文涓[二]

司空圖

備考　華下，指華陰。○季昌本云：「或作文浦。」

郊居謝名利，舊史云：「河北亂，圖寓華陰。」**何事最相親？漸與論詩久，皆知得句新。川明

虹照雨，樹密鳥銜人。應念從今去，還來獄下頻。

備考 賦也。前用後體格。前四句虚，五、六句華下實景，末二句虚也。

【校勘記】

［一］文涓：元刻本、箋註本和《全唐詩》卷六百三十二均作「文浦」，《全唐詩》有小字註云：「一作『涓』」。

游東林寺　黄滔

增註 在江州。晋武帝時，慧遠法師見廬山愛之，於山東建此寺。

備考《律髓》四十七載此詩。

增註　晋武帝 愚按「晋」字當作「宋」字，遠法師，南朝宋武帝時人也。

慧遠云云廬山《一統志》五十二《九江府》曰：「慧遠，姓賈氏，雁門樓煩人。晋時隨沙門道安南遊，遠見廬山清浄，乃以杖扣地，曰：『若此中可栖，當使朽壤抽泉。』言畢，清流涌出，遂建龍泉寺。有阿育王像云云。遠居廬阜，三十餘年不出，送客以虎溪爲界。與慧永等十八人結爲蓮社。年八十三，無疾而逝。」

黃滔

備考《履歷》曰：「字文江，興化軍人。光化中御史。《唐書》云：『光化四門博士。』」

平生愛山水，下馬虎溪時。已到終嫌晚，重游預作期。寺寒三伏雨，松偃數朝枝。翻譯如曾見，白蓮開滿池。《廬山記》：「謝靈運即東林翻《涅槃經》，因鑿臺，植蓮池中。」詩意謂見白蓮猶見靈運。

增註 虎溪在江州彭澤縣南。惠遠居廬山，送客至虎溪，虎輒鳴號。○《陰陽書》：「夏至後第三庚日爲初伏，第四庚爲中伏，秋第一庚爲末伏。」○數朝，宋、齊、梁、陳、隋、唐也。

備考 賦也。一意格。前四句虛，五、六句寺中實景，末二句虛也。○《律髓》云：「黃滔何人？此詩三、四，舉唐人無此淡而有味之作，五、六佳。」

平生《論語・憲問篇》曰：「久要不忘平生之言。」

註　**謝靈云云**《釋氏通鑑》載：「謝靈運恃其材高，骯髒傲物，與世少諧。初入廬山，一見遠公，肅然心服，即寺觀《涅槃經》，求入净社。遠以心雜止之。今東、西二池，乃靈運所鑿，常有紅白蓮華，光華殊特。又有臺，曰翻經臺。翻，譯也。譯，通夷夏之言也。」

增註　**虎溪**《唐詩選》卷七注云：「廬山東林三門内有小渠，名曰虎溪，遠公居東林，送客未嘗過溪。陶淵明、陸修静訪之，與語道合，及送二人，不覺過溪。」

夏至云云《書言故事》十曰：「夏至後第三庚爲初伏，第四庚爲中伏，立秋後初庚爲末伏。《曆忌》云：『立秋，以金代火，金畏火，故至庚日必伏，庚者，金也，故曰伏日。』」〇《五雜俎》二曰：「伏者何也？凡四時之相禪皆相生者也，獨夏禪於秋，以火剋金，金所畏也，故謂之伏。然歲時伏臘，亦人强爲之名耳。豈金氣至是而真伏耶？《史記》：『秦德公二年，初伏，以狗禦蠱。』則是西戎之俗所名，三代無之也，乃相承至今用之，何耶？然漢制至伏閉盡日，故東方朔謂伏日當蚤皈，是猶避蠱之意。今不復然，但曆家尚存其名耳。至於人家造作飲食、藥餌之類，動稱三伏，亦不知其解也。」〇《事文類聚》前集十引《曆忌釋》曰：「伏者何也，金氣伏藏之日也。四時代謝，皆以相生。立春，木代水，水生木；立夏，火代木，木生火；立冬，水代金，金生水；至於立秋，以金代火，金畏於火。故至庚日必伏，庚者，金故也。」

已前共二十首

備考 已上二十首，七、八句承中二聯格也。

送僧還嶽[一]

周賀

周賀

備考《履歷》曰：「周賀初爲僧，曰清塞。唐人詩云：『兔滿期姚監，蟬稀别塞公。』想姚合同時人也。」

辭僧下水棚，因聽嶽鐘聲。遠路獨歸寺，幾時重到城？風高寒木落[二]，雨絶夜堂清。自説深居後，鄰州亦不行。

備考 賦也。叠意格兼問答體。前四句虚，五、六句南嶽實景，末句虚也。

【校勘記】

[一]送僧還嶽：《全唐詩》卷五百三作《送僧還南岳》。

[二]木：《全唐詩》卷五百三作「葉」。

送人歸蜀[一]　馬戴

備考《唐詩歸》三十四載之，題作《送人遊蜀》。○此詩長安作。

馬戴

備考《履歷》曰：「馬戴，字虞臣，會昌中進士第，太學博士。大中初，爲太原李司空幕下掌書記，以正言被斥，貶朗州龍陽尉。」

別離楊柳陌，迢遞蜀門行。若聽清猿後，應多白髮生。虹蜺侵棧道，大安軍棧道連空，天下至險。又利州至三泉橋，棧閣共一万九千三百十八間，護險偏闌共四萬七千七百三十四間。此詩下句言雨雪，不應有虹蜺。然杜公《石龕》詩亦曰：「仲冬見虹蜺。」蓋蜀土之候也。**雨雪雜江聲。過盡愁人處，煙華是錦城。**《益州記》：「錦城在州南，笮橋東，江南岸。」

增註 虹蜺，雄曰虹，雌曰蜺，即《詩》之「蝃蝀」，注：「陰陽之氣交，映日而見，故朝西而暮東。」○棧道，編竹爲閣道也。○錦城，成都府西城，江山明媚，錯華如錦，故曰錦城。

備考 賦也。歇上續下格。前四句虛，五、六句蜀道實景，末句虛也。○《唐詩歸》曰：「『過盡』二字愴然，末五字遂成悲響。」

棧道《訓解》注云：「路險不容行，架木而渡，名曰棧道。在漢中。」

註 **利州云云**《一統志》曰：「四川廣元縣，唐爲利州。」○《方輿勝覽》曰：「利州東路興元府褒斜谷高峻，有棧閣二千九百八十九間，板閣二千八百九十二間。漢張良說高祖燒棧道，即此。」○《一統志》六十八曰：「保寧府形勝，棧道千里，通蜀漢云云。」

杜公云云《杜詩千家注》六《石龕》詩曰：「驅車石龕下，仲冬見虹霓。」夢弼曰：「仲冬見虹霓，紀異也。」

錦城《成都記》曰：「孟後主于成都城上種芙蓉如錦，因名錦官城。」

增註　**虹蜺云云**《要玄・天集》二曰：「《説文》：『雄曰虹，雌曰霓。』一曰攻也，陽氣攻陰之氣雙出，色鮮盛者爲雄，闇者爲雌。」○又曰：「《侯鯖録》：『先儒以爲雲薄漏日，日照雨滴則虹生。今以水噀日，自側視之，則暈爲虹霓。然則虹雖天地淫氣，不暈於日不成也。故今雨氣成虹霓，朝陽射之則在西，夕陽射之則在東。』」○《事文玉屑》卷一曰：「《埤雅》：『雄曰虹，雌曰蜺，常雙見。赤白色謂之虹，青白色謂之蜺。』」

錦城云云 杜詩：「錦官城外柏森森。」《千家註》：「孫季昭曰：『按蜀本杜詩并作「錦官城」』。注云：「成都府城亦呼爲錦官城，以江山明麗，錯雜如錦也。」趙云：「或以其有錦官，如銅官、鹽官之類。」其説亦是，不然，止取「錦」而已，何以更有「官」字乎？』」○《一統志》六十七曰：「成都府錦官城，在萬里橋南，因其有錦官，故名錦官，猶合浦之珠官。」○《文苑彙雋》引《成都記》曰：「孟後主於成都羅城上種芙蓉，每至秋，四十里皆如錦綉，高下相照，因名錦城。」

成都府《一統志》六十七曰：「成都府，天寶初改爲蜀郡，至德初改爲成都府，又陞爲南京。」

【校勘記】

[一]送人歸蜀：《全唐詩》卷五百五十五作《送人遊蜀》。

經周處士故居　方干

方干　見前。

愁吟與獨行，何事不關情。久立釣魚處，惟聞啼鳥聲。山蔬和雨歇，海樹入籬生。吾在茲溪上，懷君恨不平。

備考　賦也。一意格。前四句虛，五、六句故居實事，末句虛。溪上，故居溪上。君指處士也。

送人歸山　石召

石召　《才子傳》《履歷》等不載傳。

相逢惟道在，誰不共知貧。歸路分殘雨，停舟別故人。霜明松嶺曉，華暗竹房春。亦有棲

閑意，何年可寄身。

備考　賦也。一意格。前四句虚，五、六句山人隱居之實景，末二句虚也。

送友人歸宜春　　張喬

增註　宜春，春秋屬吴，戰國屬楚，秦九江郡，漢宜春縣，晋宜陽，隋爲袁州，唐袁州宜春郡屬江南道，今屬江西道。

張喬　見前。

落華兼柳絮，無處不紛紛。遠道空歸去，流鶯獨自聞。野橋喧碓水，山郭入樓雲。故里南陵曲，秋期更送君。南陵屬宣州。喬初隱九華，後寓居長安延興門外。詩意謂我亦思故里，况復送君。喬居延興門，見鄭谷詩集。

增註　碓，舂具。伏羲制杵臼之利，後世加巧，借身踐碓而利十倍，則碓起于杵臼之遺法也。

備考　賦也。一意格。前四句虚，五、六句路中實事，末句虚也。○季註云：「『碓』元作『磑』，『南陵』作『南陔』。」

流鶯　沈約詩：「流鶯復滿枝。」

故里 顔延之詩：「去國還故里。」

南陵 《要玄》曰：「南京路寧國府古宣州。有南陵縣。」

註　九華 《九華山録》曰：「青陽縣埤隅一舍有山奇秀，其數有九，故號九子山。李白更其號曰九華山。」

增註　伏羲云云 桓譚《新論》曰：「伏羲制杵臼之利，後世加巧，借身踐碓而利十倍，則碓起于杵臼之遺法也。」〇《易·繫辭下》曰：「神農氏没，黄帝、堯、舜氏作。斷木爲杵，掘地爲臼，臼杵之利，萬民以濟，蓋取諸《小過》。」〇《尋到源頭》曰：「舂臼之器，乃黄帝之臣雍父作舂，赤冀作臼。」

已前共五首

備考 已上五首，三、四句意語相接續，七、八句相似也。

秋日别王長史　王勃

備考 此詩，王勃於長安依從叔父王長史，欲覲省父王福時，辭長史館赴交趾時作也。

王勃

備考《尚友録》曰：「王勃，字子安，爲文磨墨數升，酣飲，引被覆面卧，及寤，援筆成篇，不易一字，時謂腹藁。請爲文者日衆，金帛豐積，人謂勃心織筆耕。後渡海，溺水死，時年二十九。有集三十卷，行于世。」

別路千餘里[一]**，深恩重百年。正悲西候日**，西候，秋日也。杜公云：「西候別君初。」**更動北梁篇**。江淹《別賦》曰：「訣北梁兮永辭。」張銑曰：「北梁，分別之地。」**野色籠寒霧，山光斂暮煙。終知難再奉，懷德自潸然**。

備考　賦也。一意格。前四句虚，別路，自長安到交趾之路。五、六句別時實景，七、八句虚也。

別路　張正見詩：「別路已驚秋。」

西候《唐詩解》曰：「張九齡詩：『離亭西候春。』」注：「王勃詩：『正悲西候春。』杜甫詩：『南征爲客久，西候別君初。』按杜註及《三體詩》注，并解『西候』爲秋日，此以春爲『西候』，未詳。或云：『西候春，謂將盡之春，如日之西下也。』不載篇籍，未敢爲是。」

註　**江淹云云**《文選》十六江文通《別賦》曰：「視喬木兮故里，訣北梁兮永辭。」注：「銑曰：『故里有喬木，故視而識之。北梁，分別之地。訣，別。永，長也。』」〇《卓氏藻林》四曰：「《別賦》，江文通作，叙別離之情也。」

【校勘記】

［一］千餘里：《全唐詩》卷五十六作「餘千里」。

汝墳别業　祖咏

汝墳，今潁州。

增註　汝，水名。墳，水厓也。漢汝陰縣，王莽改汝墳，唐汝陰屬潁州，褒信屬蔡州。

備考　**汝墳**　季註云：「《詩》：『遵彼汝濆。』『濆』作『墳』。注：『水出汝陽縣大孟山，至汝陽褒信入睢。墳謂涯岸狀如墳墓，漢汝云云。』」〇《要玄》云：「河南路汝寧府，春秋蔡、沈二國，古汝南。」

别業　《訓解》三李嶠詩曰：「别業臨青甸。」注：「别業，别居也。」

祖咏

備考　《才子傳》曰：「祖咏，洛陽人。開元十二年杜綰榜進士。少與王維爲吟侶，維在濟州，寓官舍，贈祖三詩，有云：『結交二十載，不得一日展。貧病子既深，契闊余不淺。』蓋亦流落不偶，極可傷也。後移家歸汝墳間别業，以漁樵自終。」

失路農爲業，移家到汝墳。獨愁常廢卷，多病久離群。烏雀垂窗柳，虹蜺出澗雲。《筆談》曰：「世傳虹蜺入溪澗飲水，信然。」**山中無外事，樵唱有時聞。**

備考　賦也。交股格。前四句虛，五、六句別業所見之實事，末二句虛也。

失路　阮籍詩：「失路將如何。」○柳宗元詩：「失路少所宜。」○王勃《滕王閣序》：「誰悲失路人。」

註　**《筆談》云云**　《事文類聚》前集卷四引《筆談》曰：「世傳虹能入溪澗飲水，信然。嘗見夕虹下澗中飲者，兩頭皆垂澗中。使人過澗，隔虹對立，相去數丈之間，如隔綃縠，自西望東則見，立澗之東向西，則爲日光所爍。」○《要玄》引《鑑戒録》云：「侯弘實嘗寐於簷下，天將大雨，有虹自河飲水，俄貫於弘實之口。良久，虹自天没于弘實之口，不復出焉。及覺，曰：『適夢入河飲水，飽足而歸。』」○《升庵文集》五十六曰：「余嘗登眺山寺，見雨霽虹蜺下飲澗水，明若刻畫，近如咫尺，日射其傍如盼睞，得句云：『渴虹下飲玉池水，斜日横分蒼嶺霞。』」

宣州使院别韋應物[一]　　劉長卿

增註　宣州，春秋屬吳，後屬越，戰國屬楚，秦置彰郡，漢改丹陽郡，東漢宣城郡，隋改宣州，宣城郡屬江南道，宋寧國府，今屬江東道。

備考 此詩韋應物爲宣州守護時，長卿在應物幕府，長卿受天子命出陣時作詩留别應物也。

劉長卿

白雲乖始願，滄海有微波。戀舊争趍府[二]**，臨危欲負戈。春歸華殿暗，秋傍竹房多。耐可機心息，** 本集題云「宣州使院夜宴寂上人留别韋使君」，故詩首有「白雲」之語及「息機」之句，皆對寂公發也。**其如羽檄何。** 魏武帝奏事曰：「若有急，則將羽加於檄。」謂之羽檄。

增註 馬援回首往事，甘自息機。杜詩：「回首風塵甘息機。」○檄，《漢書》：「以木簡爲書以徵召也。」

備考 賦也。接項格。前四句虚，一、二句對寂上人言，三、四句對應物言，五、六句使院實景，末二句虚也。

羽檄 檄，《事物紀原》二曰：「《文心》曰：『始於周穆王令祭公謀父爲威讓之辭以責狄人也。』《戰國策》謂始於張儀檄楚，誤矣。《蘇氏演義》曰：『顔師古注《急就章》云：檄，激也。以辭旨慷慨發動之意。又曰：檄，邀也。』」○《説文》曰：「檄，二尺書也。」《釋文》：「檄，激也。下官所以邀其上之書也。」○《卓氏藻林》六曰：「羽檄，徵兵之書也。」○《漢書》云：「以木簡爲書，長二寸，以徵召也。其有急事，則插以鳥羽，示其疾速。」

增註 **杜詩云云** 杜甫《寄嚴鄭公》詩曰：「側身天地更懷古，回首風塵甘息機。」

【校勘記】

［一］宣州使院别韋應物：《全唐詩》卷一百四十八作《赴宣州使院夜宴寂上人房留辭前蘇州韋使君》。

［二］趍：《全唐詩》卷一百四十八作「趨」。

送陸潛夫延陵尋友［一］　皇甫冉

增註　唐潤州延陵郡，本吴季子采邑。

備考　**增註**　**采邑**《詩經大全》：「顔氏曰：『采，官也。因官食地，故曰采地。』」

皇甫冉　見前。

登山自補屐，謝靈運著木屐登山。**訪友不賫糧。坐歇青松晚，行吟白日長。人煙隔水見，草氣入林香。誰作招尋侣，清齋宿紫陽。**紫陽觀在延陵。按劉長卿亦有《同李延陵宿紫陽觀侯尊師草堂》詩。

備考　賦也。雙蹄格。前四句虚，五、六句延陵友人居處之實景，末二句虚也。

白日《楚詞》曰：「願及白日之未暮。」

【校勘記】

[一]送陸潛夫延陵尋友：《全唐詩》卷二百五十作《又送陸潛夫茅山尋友》。

夏夜西亭即事[一]　耿湋

備考 本集題作《夏夜江淮西亭會錢員外》。

耿湋 見前。

高亭賓客散，暑夜最相和[二]。**細汗凝衣集，微涼待扇過。風還池色定，月晚樹陰多。遙想隨行者，**隨行，隨朝行者。**珊珊動曉珂。**

備考 賦也。交股格。前四句虛，賓客指錢起。五、六句，西亭實景。末句虛也。

賓客散 《資暇集》曰：「今見賓旅出主人之門，必曰『客散孟嘗門』。但風聞便用，不尋其源，使主人知其源，必惡而不樂矣。寔爲客去就，不可不知也。此是王右丞維悲府主已没之句，上句云『秋風正蕭索』，蓋痛其主人歿後同僚皆散，其可用乎？」

珊珊 《字彙》曰：「師姦切，音山。珊珊，珮聲。」

【校勘記】

［一］夏夜西亭即事：《全唐詩》卷二百六十八作《夏夜西亭即事寄錢員外》。

［二］最：《全唐詩》卷二百六十八作「醉」。

庭春［一］　姚合

備考 本集題作《遊春》，《遊春》詩十五首，此詩其一首，合爲萬年縣尉時作也。

姚合

備考《才子傳》曰：「姚合，陝州人。元和十一年，李逢吉知貢舉，有夙好，因拔泥塗，鄭解榜及第。歷武功主簿，富平、萬年尉。」

塵中主印吏，誰遣有高情。趁暖簷前坐，尋芳樹底行。土融凝野色，冰敗滿池聲。漸覺春相泥，朝來睡不輕。

備考 賦也。一意格。前四句虛，五、六句庭中所見聞之實事，末二句虛也。

【校勘記】

［一］庭春：《全唐詩》卷四百九十八作《遊春十二首》，此爲其四。

新春［一］　姚合

官卑長少事，縣僻又無城。未曉銜寒起，迎春忍病行。樹枝風掉軟，菜甲土浮輕。最好林間鵲，今朝足喜聲。

備考　賦也。一意格。自一、二至三、四虚也。五、六句眼前實景，末句虚而賀新春也。

縣僻　僻，《字彙》曰：「陋也。」

【校勘記】

［一］新春：《全唐詩》卷四百九十八作《遊春十二首》，此爲其二。

已前共七首

備考 已上七首，中四句對偶切也。

晚春答嚴少尹諸公見過[一]　王維

備考《唐詩歸》卷九載此詩，「少尹」之下有「與」字，詩中「雀」作「鵲」。晚春諸公過嚴少尹宿處，少尹作詩謝之，王維和其詩作也。

少尹《新唐書·百官志》三十九下曰：「西都、東都、北都、鳳翔、成都、河中、江陵、興元、興德府尹各一人，從三品，掌宣德化，歲巡屬縣，觀風俗、録囚、恤鰥寡。親王典州，則歲以上佐巡縣。少尹二人，從四品下，掌貳府州之事，歲終則更次入計。」〇季註云：「唐以少尹爲行軍長史，有節度使謂之行軍司馬。」

王維

松菊荒三徑，陶淵明：「三徑就荒，松菊猶存。」**圖書共五車。**《莊子》曰：「惠施多方，其書五車。」**烹葵邀上客，看竹到貧家。雀乳先春草，鶯啼過落華。自憐黃髮暮，一倍惜年華。**

增註 葵，菜也。〇《詩》：「黃髮台背。」注：「老人髮白而黃。」

備考 賦也。歸題正格。前四句虛，五、六句隱處實景，末二句虛也。〇《唐詩歸》云：「鍾云：『「先」字、「過」字，幻妙之甚。』」〇「譚云：『「過」字尤不可思議。』」

三徑《詩格》十三陳自齋《寄雁》詩曰：「吾廬松徑小柴扉。」注：「淵明三徑：松徑，竹徑，菊徑。」

上客 謝朓詩云：「清歌留上客，妙舞送將歸。」

年華 謝朓詩：「年華豫已滁。」

註　**陶淵云云** 見《文選》四十五《歸去來辭》。

增註　**葵菜**《本草綱目》十六《隰草部》曰：「葵，一名露葵，一名滑菜。時珍曰：葵菜，古人種爲常食，今之種者頗鮮。有紫莖、白莖二種，以白莖爲勝云云。六七月種者爲秋葵；八九月種者爲冬葵，經年收採；正月復種者爲春葵云云。王禎《農書》云：『葵，陽草也。其菜易生，郊野甚多，不拘肥瘠，地皆有之。爲百菜之主，備四時之饌云云。』」

《詩》云云《魯頌・閟宮篇》曰：「黄髮台背。」朱註：「台，鮐也。背有鮐文。孔氏曰：『老人氣衰消瘠，背如鮐魚膚也。』」

【校勘記】

［一］晚春答嚴少尹諸公見過：《全唐詩》卷一百二十六作《晚春嚴少尹與諸公見過》。

送王正字山寺讀書　李嘉祐

增註　正字，刋正文字。後漢初置秘書監，掌文字考合同異。至齊集書省有正書，秘書省有正字，隋、唐因之。

備考　**正字**　《要玄》四曰：「唐官制，秘書省監一人，少監二人，秘書郎三人，校書郎十人，正字四人。」

李嘉祐　見前。

欲究先儒教，還過支遁居。晋高僧支遁，字道林。**篠階閑聽法，竹寺獨看書。向日荷新卷，迎秋柳半疏。風流有佳句，不似帶經鋤。**漢兒寬貧無資，傭作，帶經而鋤。

增註　《魏志》：「常林性好學，漢末爲諸生，帶經而鋤。」

備考　賦也。一意格。前四句虛，五、六句山中所可見實景，末句虛也。

先儒　《漢書總評》：「徐中行曰：『古通天地人曰儒。』」

風流　王粲詩云：「風流雲散，一别如雨。」○《晋書・樂廣傳》曰：「天下言風流者，以王、樂爲稱首。」○《後漢・樊英傳論》曰：「世之所謂名士者，其風流可知矣。」○《山谷詩集》二曰：「好事風流有涇渭。」

注：「風流，謂得前賢之流風遺俗，故《前漢書・趙充國贊》曰：『風聲氣俗，自古而然。今之歌謠，慷慨風流猶存耳。』嵇康《琴賦》亦曰：『體制風流，莫不相襲。』而李善註引《淮南子》及仲長統《昌言》，似非佳語。善又註沈休文所作《謝靈運傳論》曰：『在下祖習，如風之散，如水之流。』蓋此兩字或美或惡，隨所用之意何如耳。」

佳句 杜甫詩：「李侯有佳句。」〇《晉書・孫綽傳》曰：「作《天台賦》示范榮期。每至佳句，輒云：『應是我輩語。』」

註 **支遁云云** 《漁隱詩話》云：「晉初學佛者從其師姓，如支遁本姓關，從支謙學，故爲支遁。」《會稽志》云：「安帝時人。一曰支公，一曰林公。」〇《排韻》曰：「支遁，字道林，天竺人，與許詢講《維摩經》。」

秋日過徐氏園林　包佶

備考 徐氏園林在潤州。

包佶 字幼正，延陵人。天寶六年楊護榜進士。

備考 《履歷》云：「字幼正，潤州延陵人。集賢院大理司直包融之子。擢進士第，累官諫議大夫，坐善元載貶嶺南。劉晏起爲汴東兩税使，晏罷，以佶充諸道鹽鐵輕貨錢物使，遷刑部侍郎，改秘書監，封丹陽公。與兄包何齊名，世稱『二包』。」

註　**榜**《韻會》曰：「補曩切，木片。《廣韻》：『題榜。』」

回塘分越水，吕延濟曰：「回塘，曲堤也。」**古樹積吴煙。掃竹催鋪席，垂蘿待繫船。鳥窺新罅栗，龜上半欹蓮。屢入忘歸地，長嗟俗事牽。**

備考　賦也。歸題正格。前四句虚，後一聯園林實事，七、八句虚也。

龜上云云《史記·龜策傳》曰：「龜千歲乃游蓮葉之上。」

灞東司馬郊園　　許渾

許渾　見前。

楚翁秦塞住，昔事李輕車。李廣弟蔡，爲輕車都尉。**白社貧思橘，**晋董京常宿白社中。《襄陽記》：「李衡種橘千樹，臨死勑兒曰：『木奴千頭，亦足用矣。』」**青門老種瓜。讀書三徑草，**蔣詡於竹下開三徑。**沽酒一籬華。**陶淵明事。**更欲尋芝朮，商山便寄家。**四皓隱商山採芝。

增註　李輕車，李蔡常從大將軍衛青擊左賢王，爲輕車將軍。○白社在洪州，西接武陵縣龍陽州，周回三十里。其地因白將軍築圃，遂以名社。○青門瓜，咸陽第三門，民見其門色青，故名青門。《史記》：「邵平，秦東陵侯，布衣種瓜於此，故世謂東陵瓜，又曰青門瓜。」阮籍詩：「昔聞東陵瓜，近在青門外。」○芝，瑞草。《本草》有赤、白、黑、青、黄等芝。○朮，《本草》：「一名山薊[二]，一名山薑，一名山連。并久服，輕身延年，不飢。」○漢東園公、綺里季、夏黄公、甪里先生，并河内軹人，稱爲四皓，初避秦亂，共入商雒深山。

備考　賦也。叙事格。前四句虚，五、六句郊園實事，末句虚也。

白社　季註云：「白社在洪云云。」按白公勝之族爲楚將。白公欲亂其國，乃召之，將軍曰：『從子而亂其國，則不義於君；背子而發其私，則不仁於族。』遂棄其禄，築圃灌園以終其身，楚人名之曰『白善將軍藥圃』。今其地在澧州東藥圃寺。《唐書》：『白公勝，魯哀公時人。』」

註　**李廣云云**　季註云：「李蔡嘗從大將軍衛青擊左賢王，爲輕車將軍。」○《史記・李廣傳》曰：「廣之從弟李蔡，武帝時爲輕車將軍，從大將軍擊右賢王，有功中率，封爲樂安侯。」

李衡云云　《三國志》曰：「李衡於武陵龍陽泛州上作宅，種柑千株，臨死謂其子曰：『吾州里爲千頭木奴，歲可得絹千疋，足用矣。』」○《要玄・物集》一曰：「《襄陽耆舊傳》：『吴李衡，字叔平，襄陽人。習竺以女英習配之。漢末爲丹陽太守，每以妻計得全。衡每欲治家事，妻不聽。後密遣客十人往武陵龍陽泛州上作宅，種柑橘千株，臨死，敕兒曰：「汝母惡吾治家，故窮如是。然吾州里有千頭木奴，不責汝衣食，歲上千匹絹，亦可足用爾。」衡亡後二十餘日，兒以白母，母曰：「此當是種柑橘也。汝家失十户客來七八年，必汝父遺爲宅。汝父恒稱太史公言：『江陵千樹橘，當封君家。』吾答云：『且人患無德義，不患不富，若貴而能貧，方好爾，用此何爲！』」」

木奴 《韻府》曰：「柑號木奴，橘亦曰木奴。」

蔣詡云云 《前漢書》列四十二曰：「蔣詡字元卿，杜陵人，爲兖州刺史，以廉直爲名。王莽居攝，以病免，歸鄉里。」《三輔決録》曰：「詡舍中竹下開三徑，唯故人求仲、羊仲從之遊。」

增註

邵平云云 《前漢》列九《蕭何傳》云：「陳豨反，上自將至邯鄲。而韓信謀反關中，呂后用何計誅信。語在《信傳》。上已聞誅信，使使拜丞相爲相國，益封五千户，令卒五百人一都尉爲相國衛。諸君皆賀，召平獨吊。師古曰：「召，讀曰邵。」召平者，故秦東陵侯。爲布衣，貧，種瓜長安城東，瓜美，故世謂『東陵瓜』，從召平始也。平謂何曰：『禍自此始矣。上暴露於外，而君守於内，非被矢石之難，而益君封置衛者，以今者淮陰新反於中，有疑君心。夫置衛衛君，非寵君。願君讓封而勿受，悉以家私財佐軍。』何從其計，上悦。」《三輔黄圖》曰：「長安城東出南頭第一門曰霸城門，民見門色青，名曰青城門。」

阮籍云云 《選》二十三阮嗣宗《咏懷》詩云：「昔聞東陵瓜，近在青門外。」

漢東園云云 四皓事在《前漢・王吉傳》，又在《史・留侯世家》注。晋皇甫謐《高士傳》云：「漢興，東園公、綺里季、夏黄公、甪里先生，并河内軹人，稱爲四皓。既避秦亂，則入商雒深山，作歌曰：『漠漠高山，深谷逶迤。曄曄紫芝，可以療飢。唐虞世遠，吾將何歸？駟馬高車，其憂甚大。富貴之畏人，不如貧賤之肆志。』」○《代醉編》十七曰：「四皓之名見於《法言》《漢書》《樂書》，多不同，前輩常辨之。王元之在汝日，以詩寄畢文簡曰：『未必頸如樗里子，定應頭似夏黄公。』文簡謂四皓之名綺里季夏，當爲一人，黄公則别一人也。杜詩云：『黄綺終辭漢。』王逸少有《尚想黄綺帖》。陶詩云：『黄綺之商山。』又云：『且當從黄綺。』《南史》：『阮孝緒辭梁武之召云：「周德雖興，夷、齊不厭薇蕨；漢道方盛，黄、綺無閒山林。」』蓋各以首一字呼之。於是元之遂改此句，後皆以文簡爲據。然漢刻四皓神座，一曰園公，二曰綺里季，三曰夏黄公，四曰甪里先生。按《三輔舊事》云：『漢惠帝爲四皓作碑。』當時所鐫，必無誤書。然則元之所作非誤也。蓋昔人論四皓，或云園、綺，或云綺、夏，亦未必盡舉首一字。或淵明自讀作『綺里季、夏』，不可知。周燮曰：『追綺季之迹。』《世説》曰：『綺季，東園公，夏黄公，甪里先生，謂之四皓。《姓書》有綺里先生，季，其字也。』然則謂夏黄公，益可信矣。按《風俗通》，楚鬻熊之後爲圈，鄭穆公之子圈，其後爲姓。至秦博士逃難，乃改爲園。《陳留風俗記》乃圈稱所撰。蓋圈公自是秦博士。周庚以嘗居園中，故謂之『園公』。《陳留志》謂圈公名秉，字宣明。蔡伯喈集有圈典，魏有圈文生，皆其後也。古字『禄』與『甪』通用，故《樂書》作『觮』。鄭康成於《禮書》，『甪』皆作『禄』。《陳留志》則又作『甪』，李涪嘗辨之矣。然《史記·留侯世家》註云：『東園公姓唐，以居園中，因以爲號。夏黄公姓崔字少通，齊人，隱居夏里，故號夏黄公。甪里先生，河内人，太伯之後，姓周名術字元道，號曰霸上先生，一曰甪里先生。』此又何耶？又《吴俗紀》云：『先生吴人，姓周氏。今太湖中有甪里村、甪頭寨，即先生逃秦聘之地。』《韓詩》：『虎有爪兮牛有角，虎可搏兮牛可觸。』蔡氏注云：『角、觸，協音也。』淳化中，崔偓佺判國子監，有字學。太宗問曰：『李覺嘗言四皓中一人姓角，或云「用」上加一撇，或云「用」上加一點，果何音？』偓佺曰：『臣聞「刀」下「用」乃「榷」音，兩點下「用」乃「鹿」音。一撇一點，俱不成字。』然則『甪里』作『角里』，亦非也。後漢有甪善叔，乃讀作『覺』音，何耶？《齊東野語》」○《資暇集》曰：「禄里，漢四皓，其一號角里。『角』音『禄』，今多以『覺』音呼，乖也。是以《魏子》及孔氏《秘記》、荀氏《漢紀》慮將來之誤，直書『禄里』，可得而明也。案《玉篇》等字書皆云『東方爲角，音觮』。『禄』或作『角』字，亦音『禄』。《魏子》《秘記》《漢紀》不書『觮』而作『禄』者，以其字僻，又慮誤音故也。以愚所見，角是當東方。何者？案《陳留志》稱京師亦號爲灞上儒生，灞既在京之東，則角星爲東方不疑矣。字書言『角』，直宜作『觮』爾。然『觮』字亦音『角』。『角』音『覺』者，樂聲也。或亦通作『腭角』之『角』字。是以今人多亂其音呼之。稍留心爲學者，則妄穿鑿云：『音「禄」之「角」字，與音「覺」之「角」字，點畫有分別處。』又不知『角』『觮』各有二音，字體皆同而其義有異也。又《禮記》：『君夫人鬈爪實于緑中。』鄭司農注云：『「緑」當爲「角」，聲之誤也。』既云聲誤，是鄭讀『角中』爲『禄中』，『禄』與『緑』是雙聲，若讀『角』爲『覺』，『覺』是腭際聲，『緑』是舌頭之聲，何以破聲誤之説也？注復云：『角中，謂棺内曰隅也。』據此則又似音『禄』之『角』與音『覺』之『角』義略同矣。陸氏《釋文》、孔公《正疏》不能窮聲盡義，亦但云：『「緑」當爲「角」。』何忽後學之甚！故愚自讀《漢》之『角里』、《禮》之『緑中』皆作『禄』音，亦豈敢正諸君子耶？然好學者幸試詳之。」

【校勘記】

［一］一名山薊：底本脱，據附訓本和增註本補。

下第寓居崇聖寺　許渾

寺在崇德坊。《長安志》云：「進士櫻桃宴，在此寺佛閣上。」

備考　《律髓》四十七載此，詩中「誰」作「惟」。

註　**櫻桃宴**　《要玄・物集》一曰：「《摭言》：『唐時新進士尤重櫻桃宴。乾符四年，劉鄴第二子覃及第，時狀頭以下，方議醵率。醵，合錢飲酒。覃潛遣人預購數十樹，獨置是宴，大會公卿。時京國櫻桃初出，雖貴達未適口，而覃山積鋪席，後和以糖酪者，人享蠻榼一小盎，亦不啻數升。以至參御輩，靡不霑足。』」〇《尋到源頭》八曰：「櫻桃，一名崖蜜，亦名含桃，以其方熟時爲鸎鳥所含，故名。」〇《詩學》曰：「《景龍記》：『帝命侍臣升殿食櫻桃，并盛以琉璃，和以杏酪，飲荼蘼酒。』」

懷玉泣京華，舊山歸路賒。静依禪客院，幽學野人家。林晚鳥争樹，以喻他人争聲名者。**園春蝶護華。**喻己自護其業。按唐人下第多不歸，寓寺院肄業，以候後舉，謂之過夏。**東門有閑地，誰種**

邵平瓜？

備考 賦也。中間互鎖格。前四句虚，五、六句崇聖寺所見之實事，末句虚也。

京華 郭璞詩：「京華游俠窟。」

寄山中高逸人　孟貫

增註 逸人，如逸民伯夷、叔齊之義。

備考 **逸人** 逸，《字彙》曰：「超也，失也，過也，縱也，奔也，隱也，遁也，放也。又作『佚』。《説文》：『从辵兔。兔謾訑善逃也。』」

增註 **如逸云云** 《論語・微子篇》曰：「逸民：伯夷、叔齊、虞仲、夷逸。」朱註：「逸，遺逸。民，無位之稱。」

孟貫

備考 《才子傳》曰：「孟貫，閩中人。爲性疏野，不以榮宦爲意，喜篇章。周世宗幸廣陵，貫大有詩價，世宗亦聞之，因繕録一卷獻上云云。」

煙霞多放曠，吟嘯是尋常。猿共摘山果，僧鄰住石房。躡雲雙屐冷，採藥一身香。我憶相

逢夜，松潭月色凉。

增註 唐田遊巖隱箕山，高祖幸其門，曰：「先生此佳否？」答曰：「臣泉石膏肓，煙霞痼疾。」〇俗謂庸常爲尋常。

備考 賦也。一意格。前四句虚，五、六句逸人平生實事，末二句虚也。

增註 **唐田云云**《書言故事》四曰：「唐田遊巖隱箕山，高宗幸嵩山，親至其門，遊巖野服出拜，帝曰：『先生此佳否？』答曰：『臣所謂泉石膏肓，煙霞痼疾者。』」心上曰膏，膈下曰肓，皆難療之處也。痼疾，此言愛山水之深，專泉石煙霞以栖隱，中心不改，如疾難療也。

尋常《小爾雅》曰：「四尺爲仞，倍尋爲常。俗謂庸常爲尋常。」

廬嶽隱者　杜荀鶴

增註 廬山在南康軍，其山九疊。

備考 季註曰：「周武王時，有匡裕兄弟七人，皆有道術，結廬此山。仙去廬在，故名。《廬山記》作『周威王時，匡裕廬此山，世稱廬君，山因取號』。」

增註 **廬山云云**《一統志》五十二曰：「九江府，廬山在府城南二十五里云云。同南康府，廬山在府城西北二十里云云。」〇按一山而跨兩府也。

杜荀鶴 見前。

見説來居此[一]**，未嘗離洞門。結茅遮雨露**[二]**，採藥給晨昏。**許畋隱北山，採藥讀《易》，漢武三召而不起。**古樹藤纏殺，春泉鹿過渾。悠悠無一事，不似屬乾坤。**

備考 賦也。一意格。前四句虚，五、六句隱處實事，末二句虚也。

洞門 《董賢傳》註曰：「洞門，謂門之相當。」

【校勘記】

[一]見説來居此：《全唐詩》卷六百九十一作「自見來如此」。

[二]露：《全唐詩》卷六百九十一作「雪」。

寄司空圖[一]

僧虚中

備考 圖隱居中條山之時，虚中作此詩寄之。

僧虚中 見前。

逍遥短褐成，甯戚曰：「短褐單衣適至。」**一劍動精靈。白晝夢仙島，清晨禮道經。黍苗侵野徑，桑椹污閑庭。肯要爲鄰者，西南太華青。**太華山在華陰縣南八十里。

增註 逍遥，翱翔自適貌。○短褐，杜詩：「顛倒在短褐。」○精靈，《大戴禮》：「陽氣爲精，陰氣爲靈。」○仙島，蓬萊、方丈、瀛洲。○桑椹，桑實也。

備考 賦也。一意格。前四句虚，五、六句隱處實事，末句虚也。

逍遥 《禮・檀弓》曰：「逍遥於門。」

精靈 江淹詩云：「精靈歸妙理。」

註 **甯戚云云** 《史記・鄒陽傳》注：「應劭曰：『齊桓公夜出迎客，而甯戚疾擊其牛角，商歌曰：「南山矸，白石爛。生不遭堯與舜禪[三]，短布單衣適至骭。從昏飯牛薄夜半，長夜曼曼何時旦？」公召與語，説之，以爲大夫。』」○《蒙求》引《三齊略記》，亦作「短布單衣適至骭」。○季昌本註云：「杜詩：『顛倒在短褐。』註：『「短」當作「裋」，音「豎」。』張衡曰：『士有解裋褐而襲黼黻。』《方言》：『關西謂襜褕短者爲裋褐。』《漢・貢禹傳》：『裋褐不定。』師古曰：『裋謂童豎所著之襦。褐，毛布也。』《淮南子》：『甯戚飯牛歌曰：「裋褐短衣適上骭。」』又杜詩：『裋褐風霜入。』裋，臣庾切。」○《史記・秦始皇紀》曰：「寒者利短褐，飢者甘糟糠。」○又《孟嘗君傳》曰：「不得短褐。」○《前漢・張良傳》曰：「老父衣褐。」註：「師古曰：『褐制若裘，今道士所服。』」○《五車韻瑞》曰：「《説文》：『編枲韤也。一曰粗衣。』又織毛爲之，賤者所服。」

【校勘記】

［一］寄司空圖：《全唐詩》卷八百四十八作《寄華山司空圖二首》，此爲其二。
［二］禪：底本脱，據《史記·鄒陽傳》卷下補。

已前共八首

備考 已上八首，共言隱逸閑野之態，末二句奇健者也。

送成州程使君［一］　岑參

成州，今同慶府。

增註 成州，古西戎地。戰國羌戎居之，秦隴西郡，漢武都郡，西魏爲成州，唐成州同谷郡屬山南道，宋同慶府，今屬利州西路。

岑參 見前。

程侯新出守，好日發行軍。本集題云《鳳翔府行軍送程使君赴成州》，蓋岑參時爲關西判官。**拜命時人羡，能官聖主聞。江樓暗寒雨**[二]**，山郭冷秋雲。竹馬諸童子，朝朝待使君。**郭伋爲并州刺史，小兒騎竹馬迎之。

備考 賦也。接項格。前四句虚，後一聯使君赴成州途中可見之實景，末二句虚也。

江樓 謝靈運詩云：「繫纜臨江樓。」

註 **郭伋云云** 《後漢書》列傳二十曰：「郭伋，字細侯。少有志行。王莽時爲并州牧。建武中，復爲牧。伋前在并州素結恩德，及入界，老幼相携，逢迎道路。所過問民疾苦，聘求耆德雄俊，設几杖之禮，朝夕與參政事。始到行部，到西河美稷，有童兒數百，各騎竹馬，於道次迎拜。伋問：『兒曹何自遠來？』對曰：『聞使君到，喜，故來奉迎。』伋辭謝之。」

【校勘記】

[一]送成州程使君：《全唐詩》卷二百作《鳳翔府行軍送程使君赴成州》。

[二]暗寒：《全唐詩》卷二百和《岑嘉州詩》卷三均作「黑塞」。

漢陽即事

儲光羲

增註　漢陽，春秋鄖國地，戰國屬楚，秦屬南郡，漢江夏郡，晉沔陽縣，隋沔州，唐江南道鄂州，漢陽縣本沔州，宋漢陽軍，今屬湖北道。

備考《唐詩歸》卷七載之，五、六句，「鍾云：『鮮寒。』」〇按此詩儲光羲歸伏祿山之罪，謫漢陽時作。

註　**沔陽**《一統志》六十曰：「湖廣承天府有沔陽州。」

儲光羲

備考《履歷》曰：「潤州延陵人。天寶末爲監察御史。禄山反，任僞官。賊平，貶死。按《唐書》載，兖州人，開元進士及第，又詔中書試文章，歷監察御史，禄山反，陷賊自歸。」

楚國千里遠，孰知方寸違。春游歡有客，夕寢賦無衣。《詩》：「豈曰無衣，與子同仇。」蓋光羲時以伏禄山而貶，故末句復有「捐珮」之語。**江水帶冰緑，桃華隨雨飛。《九歌》有深意，捐珮乃言歸。**屈原見放而作《九歌》，其詞有云：「捐余玦兮江中，遺余珮兮澧浦。」

增註　楚國，指漢陽。〇《列子》：「吾見子之心矣：方寸之地虚矣。」〇《詩》：「有客有客，亦白其馬。」又「無衣無褐，何以卒歲」。

備考　賦也。歸題正格。前四句虛，後一聯漢陽實象，末二句虛也。

楚國　季註云：「楚國指漢陽。光羲，潤州人，又云兖州人，故曰『千里遠』。」

賦無衣　《漢書》班固曰：「不歌而誦，亦曰賦。」

註

《詩》豈云云　《詩·秦風·無衣篇》云：「豈曰無衣，與子同袍。王于興師，脩我戈矛，與子同仇。」朱註：「『王于興師』，以天子之命而興師也。言其懽愛之心足以相死如此。」

屈原云云　屈原《離騷經》有《九歌》，注云：「昔楚南郢之邑，沅湘之間，其俗信鬼而好祀，其祀必使巫覡作樂，歌舞以娱神。蠻荆陋俗，詞既鄙俚[二]，原頗爲更定，而又因彼事神之心，以寄吾忠君愛國眷戀不忘之意。」○《文選》注：「濟曰：『捐、遺，皆置也。玦、珮，皆朝服之飾。置於江、澧二水之涯者，冀君命己，猶可以用也。』」《楚詞》注曰：「言湘君既不可見，而愛慕之心終不能忘，故猶欲解其玦珮以爲贈，而又不顯然致之以當其身，故但委之於水濱，若捐棄而墜失之者，以陰寄吾意而冀其或將取之。」

增註

《列子》云云　《列子·仲尼篇》。○程大昌《演繁露》曰：「徐庶母爲人所執，曰：『方寸亂矣。』古今謂『方寸』爲心，似始乎此。然而《列子》已嘗曰：『吾見子之心矣，方寸之地虛矣。』」

《詩》有客云云　《詩·周頌·有客篇》曰：「有客有客，亦白其馬。」注：「客，微子也。殷尚白，脩其禮物，仍殷之舊也。此微子來見祖廟之詩。」

無衣無褐　《詩·豳風·七月篇》。

【校勘記】

［一］鄙：底本誤作「宋」，據《楚辭集註·九歌》改。

酬劉員外見寄　嚴維

劉長卿也。

備考 季註云：「即劉長卿，時爲嚴州司馬。」

嚴維 見前。

蘇耽佐郡時，《神仙傳》：「蘇耽，桂陽人。」以比劉長卿。**近出白雲司。**唐裴復除刑部侍郎，制曰：「卑賤白雲之司。」以黃帝時秋官爲白雲也。**藥補清羸疾，**晉樂廣有清羸疾。**窗吟絶妙詞。**見前注。**柳塘春水漫，華塢夕陽遲。欲識懷君意，朝朝訪檝師。**《吴都賦》曰：「篙工檝師。」

備考 賦也。歸題正格。前四句虛，後一聯嚴維桐廬隱處實景，末二句虛也。

註

《神仙傳》 一卷，葛洪著。

以黃帝云云 《史記》曰：「黃帝受命，有景雲之瑞，因以名師與官。春官爲青雲，夏官爲縉雲，秋官爲白雲，冬官爲黑雲，中官爲黄雲。」又《周禮》：「秋官掌刑。」○《升庵文集》五十曰：「古呼治獄參軍爲長流。《帝王世紀》云：『少昊崩，其神降於長流之山，於祀主秋。』秋官主刑罰，故取秋帝所居爲嘉名也，亦猶今稱刑官曰『白雲司』也。」

《吴都賦》云云 《文選》五左太冲《吴都賦》曰：「開軒幌，鏡水區。篙工楫師，選自閩禺。」

三體詩備考五言卷之四終

五言律句三體家法備考大成卷之五

別至弘上人　　嚴維

備考《律髓》四十七載之，詩中「僧律」作「師律」。

最稱弘偃少，早歲草茅居。年老從僧律，生知解佛書。衲衣求壞帛，野飯拾春蔬。章句無求斷，時中學有餘[一]。

增註 惟寬禪師曰：「無上菩提，被於身爲律，説於口爲法，行於心爲禪。」〇佛書，經、律、論也。

備考 賦也。一意格。前四句虛。僧律，戒律也。後一聯上人實事，末句虛也。

生知《中庸》曰：「生知安行。」

衲衣《智度論》曰：「五比丘曰：『佛當著何等衣？』佛言：『應著衲衣。』」

時中《中庸》曰：「君子之中庸也，君子而時中。」

增註　**惟寬云云**《傳燈録》卷七曰：「京兆興善寺惟寬禪師者，衢州信安人也，姓祝氏。年十三，見殺生者，盡然不忍食，乃求出家。初習毗尼，修止觀。後參大寂，乃得心要。唐貞元六年，始行化於吴越間云云。元和四年，憲宗詔至闕下。白居易嘗詣師，問曰：『既曰禪師，何以説法？』師曰：『無上菩提，被於身爲律，説於口爲法，行於心爲禪。應用者三，其致一也。譬如江湖淮漢，在處立名，名雖不一，水性無二。律即是法，法不離禪，云何於中妄起分別。』云云。元和十二年二月晦日，升堂説法訖，就化，壽六十三。」

【校勘記】

[一]時：《全唐詩》卷二百六十三此字下注：「一作『詩』。」增註本作「詩」。

送王牧往吉州謁使君叔[一]　李嘉祐

增註　吉州，春秋屬吴，戰國屬楚，秦屬長沙，漢屬豫章，東漢屬廬陵郡，唐江南道吉州廬陵郡，今屬江西道。

備考　王牧叔父爲吉州使君，牧欲往見，祐作詩送行。

謁《字彙》曰：「訪也，請見也。」

李嘉祐　見前。

細草綠汀洲，王孫耐薄遊。年華初冠帶，文彩舊弓裘[二]。《莊子》：「弓人之子先學爲裘。」**野渡華争發，春塘水亂流。使君憐小阮，**阮咸，阮籍之侄，世謂小阮。**應念倚門愁。**《戰國策》：「王孫賈之母謂賈曰：『汝朝出而晚來，吾則倚門而望汝。』」

增註　弓裘，《禮記》：「良弓之子，必學爲箕；良冶之子，必學爲裘。」

備考　賦也。交股格。前四句虚，後一聯赴吉州途中實象，末句虚也。

細草　杜甫詩：「細草微風岸。」王融詩：「翻階没細草。」

薄遊　李翰曰：「薄遊，猶宦遊也。」

冠帶　《禮記·曲禮篇》曰：「二十曰弱冠。」

文彩　季註曰：「晋羊祜至蜀，謂御者曰：『楊雄、王褒、君平、相如，雖去數百年，想其文采，宛然如在。』」

註　《**莊子**》**云云**　按《莊子》無此文，誤引之。○《列子·湯問篇》曰：「古語言：『良弓之子，必先爲箕；良冶之子，必先爲裘。』」林希逸註：「裘、箕，古語也。已見《學記》，學弓先學箕，皆竹器也。冶，攻金也，與裘何預？此語素難通，然《考工記》有裘氏，不知所主何事，此官既缺，恐當時所職或有近於冶者，今不可知矣。」

世謂小阮《五車韻瑞》云：「唐李嘉祐詩：『使君憐小阮，應念倚門愁。』此李嘉祐送王牧謁其使君叔也，故今人呼侄爲小阮。」○《書言故事》云：「侄曰小阮。陳後山詩：『從昔竹林雖小阮，只今未可棄山王。』」○愚按《書言》引後山詩，恐當誤歟？

《戰國策》云云 《戰國策》曰：「王孫賈事齊閔王。王出走，賈失王之處。其母曰：『女朝出而晚來[三]，則吾倚門而望；女莫出而不還，則吾倚閭而望。女今事王，王出走[四]，女不知其處，女尚何歸？』」

增註 **《禮記》云云** 《禮記·學記》注疏曰：「善治之家，其子弟見其父兄鍮鑄金鐵，使之柔合，以補治破器，故子弟能學爲袍裘，補續獸皮，片片相合，以至完全也。箕，柳箕也。善爲弓之家，使幹角撓屈，調和成弓，故其子弟亦觀其父兄世業，學取柳條和軟，撓之成箕也。言學者亦須先教其小事操縵之屬，然後乃示其業，則易成也。」

【校勘記】

[一]送王牧往吉州謁使君叔：《全唐詩》卷二百六作《送王牧往吉州謁王使君叔》。

[二]彩：《全唐詩》卷二百六作「體」。

[三]出：底本訛作「去」，據《戰國策·齊策六》改。

[四]王：底本脱，據《戰國策・齊策六》補。走：底本訛作「奔」，據《戰國策・齊策六》改。

送章彝下第　綦毋潛

備考《唐詩歸》十四載此詩。

綦毋潛

備考《履歷》曰：「荆南人，字孝通。開元中，由宜壽尉入集賢院待制，遷右拾遺，終著作郎。」

長安渭橋路，秦、漢、唐架渭凡三橋，咸陽縣西十里名便橋者，漢武所造；咸陽東南二十里中渭橋者，始皇所造；萬年縣東四十里名東渭橋者，不知何所作。**行客别時心。獻賦温泉畢，**《開元傳信記》曰：「玄宗在温泉宮，有劉朝霞獻《温泉賦》，帝覽而奇之，命改『五角六張』字，對曰：『臣草此賦時，有神助，不願改。』上顧曰：『真穷薄也。』」**無媒魏闕深。**鄭司農云：「象魏，闕也。」**黄鶯啼就馬，白日暗歸林。**
三十名未立，君還惜寸陰。大禹惜寸陰。

增註 寸陰，《淮南子》云：「聖人不貴尺璧而重尺寸之陰，以時難得而易失也。」

備考 賦也。一意格。前四句虛，後聯途中所見聞之實事，末句虛也。○《唐詩歸》曰：「譚云：『「就」字妙。』鍾云：『好光景只似喜人登第語，對失意人立言只宜如此。』」○末註：「鍾云：『好心好話。』」

行客 班婕妤《擣素賦》云：「慚行客而無言[一]。」

註 五角六張 馬永卿《嬾真子》曰：「世言『五角六張』，此古語也。嘗記開元中有人，忘其姓名，獻俳文於明皇，其略云：『説甚三皇五帝，不如來告三郎。既是千年一遇，且莫五角六張。』『三郎』即明皇也。明皇兄弟六人，一人早亡，故明皇爲太子時號五王宅。寧王、薛王，明皇兄也；申王、岐王，明皇弟也，故謂之『三郎』。『五角六張』，謂五日遇角宿，六日遇張宿，此兩日作事多不成。然一年之中，不過三四日。紹興癸丑歲只三日[二]：四月五日角，七月二十六日張[三]，十月二十五日角。他皆倣此。」

鄭司農云云 《周禮・太宰》：「正月之吉，始和，懸治象之法于象魏。」注：「鄭司農云：『闕也。』」疏：「周公謂之象魏，雉門之外，兩觀闕高巍巍然。」○季註云：「魏闕，《風俗通》云：『魯昭公設兩觀於門。』《爾雅》云：『觀謂之闕。』鄭衆云：『象魏，闕也。』劉熙《釋名》云：『闕在門兩傍，中央缺然爲道。』故謂之闕。上懸法象，其狀魏然。以門相對，因曰双闕，高大曰象魏。使人觀之曰觀，是觀與象魏、闕，一物三名，即天子之門。」○《韻會》曰：「象魏，闕名。象者，法象。魏者，高巍。魯人因謂教令之書爲象魏。《周禮・太宰》：『象魏。』註疏：『周公謂之象魏，雉門之外，兩觀闕高巍巍然，孔子謂之觀。』」○《楊升庵外集》曰：「魏闕者，巍闕也，高大稱。」

大禹云云 《晉書・陶侃傳》云：「大禹惜寸陰，衆人當惜分陰，豈可逸遊荒醉耶？」

【校勘記】

［一］慚：底本脱，據《古文苑》卷三和《文選補遺》卷三十一補。

［二］紹興：底本脱，據《嬾真子》卷一補。

［三］二：底本脱，據《嬾真子》卷一補。

空寂寺悼元上人[一]　錢起

備考《律髓》四十七載之。

錢起見前。

悽然雙樹下，《涅槃經》云：「世尊於拘尸那城雙樹間入滅。」**垂淚遠公房。燈續生前火，爐添没後香。陰階明片雪，寒竹響空廊。寂滅應爲樂，塵心徒自傷。**

增註佛經：「生滅滅已，寂滅爲樂。」

備考賦也。歸題正格。前四句虚，後一聯上人舊房實事，末句虚也。○《律髓》云：「尾句即賈島『不是解空人』。」

註　**世尊**《法華科註》一曰：「世尊者，福惠具足，世出世間，尊無過上者也。」

拘尸那《名義集》三曰：「此云角城。《輔行》云：『其城三角，故云角也。』」

雙樹下 季註云：「釋迦佛以周穆王五十三年二月十五日，於拘尸羅國娑婆雙樹下涅槃。」○《西域記》云：「雙樹，其樹類槲，而皮青白，葉甚光潤，四樹特高大。經云：『東方雙者喻常無常，南方雙者喻樂無樂，西方雙者喻我無我，北方雙者喻净不净。四方各雙，故名雙樹，方面皆悉，一枯一榮。』」

增註　**佛經云云** 見《涅槃經》。

【校勘記】

[一]空寂寺悼元上人：《全唐詩》卷二百三十七作《哭空寂寺玄上人》。

送曹椅[一]　司空曙

備考《律髓》二十四載此詩。○本集題作《送章椅之吴興》。

司空曙 見前。

青春三十餘，衆藝盡無如。中散詩傳畫，《晋書》：「顧愷之每重嵇中散四言詩，因爲之畫。」**將**

軍扇賣書。沈約《晉書》曰：「王右軍在會稽，見老嫗持扇，因書扇，『但云是王右軍書，求百錢』。」**楚田晴下雁，江日暖多魚。惆悵空相送，歡遊自此疏**。

備考　賦也。交股格。前四句虚，後一聯吴興實事，末句虚也。

青春《楚詞》曰：「青春受謝，白日昭只。」王逸曰：「青，東方春位，其色青也。」

註　**嵇中散**《晉書》曰：「嵇康，字叔夜，爲中散大夫。常修養性服食之事，彈琴咏詩，自足於懷。人争寫其詩爲畫圖。」

四言詩《源頭》卷三曰：「四言詩始于夏侯湛。」

王右軍云云《晉書》曰：「王羲之，字逸少，爲右軍將軍，善書。嘗見一姥持六角竹扇，羲之書其扇，爲五字。姥初有愠色，因謂曰：『但言王右軍書。』人競買之。他日，姥又持扇來，羲之笑而不答。」

【校勘記】

［一］送曹椅：《全唐詩》卷二百九十三作《送曹同椅》。

送金華王明府　　韓翃

金華，婺州。

增註 金華縣在婺，以金星、婺女星争華，故名。

備考 **金華**《要玄・地集》曰：「浙江路金華府，元婺州路，左東陽[一]。」

明府《賓退録》曰：「唐人稱縣令曰明府，而漢謂之明廷，見《後漢書・張儉傳》。蓋明府本以稱太守。」

韓翃 見前。

懸舍江雲裏，心閑境自偏[二]。**家資陶令菊，月俸沈郎錢**。沈約嘗官婺州，故曰「月俸沈郎錢」。按晉元帝初過江，吴興沈充鑄小錢，謂之沈郎錢。此豈誤以沈郎爲沈東陽邪？ **黄蘗香山路，青楓暮雨天**。**時聞引車騎，竹外有銅泉**[三]。《異苑》云：「婺州五百人湖者，吴時軍出，破土得銅釜，發之水便瀑出。」

增註 黄蘗，木名。可染黄，入藥。〇香山，在義烏縣界。銅泉，在金華縣。

備考 賦也。歸題正格。一、二句述金華境致，三、四句虚，五、六句路中實景，末二句虚也。

心閑云云 季註云：「陶淵明詩：『心遠地自偏。』又嘗爲彭澤令，宅畔種菊。」

註 **吴興云云**《秘府書林》云：「東晉吴興沈充鑄小錢，謂之沈郎錢。」

沈東陽《要玄・事集》卷二曰：「《金華志》：『沈約齊隆昌元年以吏部郎出爲東陽太守，題《八咏詩》于玄暢樓。』」

五百人湖 同《地集》五曰：「浙江路金華府次下衢州府 共春秋越西都。龍游北有五百人湖，傳昔有五百人於此竭水取魚，得異魚及銅缶，既而水暴漲，五百人皆没。」

【校勘記】

［一］左東陽：此當有誤，「左」疑當作「領」。按婺州路領縣八，東陽爲其中之一。

［二］自：《全唐詩》卷二百四十四作「又」。

［三］有：《全唐詩》卷二百四十四作「到」。

和張侍郎酬馬尚書［一］　韓愈

備考《韓文》題作《奉和兵部張侍郎酬鄆州馬尚書》，詩中「出領」作「再領」，「仍兼」作「仍遷」，註謂張賈、馬總也。

尚書祗召再領鄆州。

韓愈 南陽人。

備考《履歷》曰：「韓愈，字退之，鄧州南陽人。《唐書》載，其先蓋河南人，年二十五，於貞元八年壬申擢進士第。張建封辟府推官，遷監察御史。貞元中貶山陽令。元和初權知國子博士，拜河南令，遷職方員外郎，再貶封溪尉，復爲博士，遷刑部侍郎，貶潮州刺史。又改袁州刺史，召拜國子祭酒。穆宗轉吏部侍郎，又爲京兆尹兼御史大夫，復爲吏部侍郎。《韓文編年》作『長慶四年卒，年五十七，贈禮部尚書，謚曰文』。《唐書》本傳作『元和十四年卒，年四十七』。」

來朝當路日，承詔改轅時。《左傳》：「改乘轅而北次之。」蓋馬時赴召。**出領須句國**[二]，須句城在鄆州須城縣西北，即《地志》所謂句城，在壽昌西北者也。《國名記》曰：「京相璠云：『須、句，一國二城兩名者。』」誤也。蓋句城爲須句故地，而須城者乃秦所置，須昌在須句城北，後唐以諱改曰須城爾。**仍兼少昊司**[三]。時總加刑部尚書。**暖風吹宿麥**[四]，**清雨捲歸旗**。**賴寄新珠玉，長吟慰我思**。

增註《孟子》：「夫子當路於齊。」○少昊，秋官，掌刑。○珠玉，江淹語郭鞏曰：「子之咳唾成珠玉，非碌碌比也。」

備考 賦也。前體後用格。前四句虛，後一聯實事，末二句虛也。○《石林詩話》曰：「蔡天啓言：『嘗與張文潛論韓、柳五字警句，文潛舉退之「暖風吹宿麥，清雨捲歸旗」，子厚「壁空殘月曙，門掩候蟲秋」，集中第一。』」

新珠玉《書言故事》十一曰：「謝人惠詩：『辱貺珠玉。』」杜詩：『詩成珠玉在揮毫。』」《歐公詩話》：『梅聖俞與蘇子美齊名一時，子美始盈前珠玉，不可揀汰。』」○愚按此詩「珠玉」指張、馬詩也。

註　**《左傳》改云云**　《左傳・宣公十二年》曰：「楚子圍鄭，晉師救鄭。楚子欲還，伍參言於王曰：『晉之從政者新，未能行令，晉必敗。』王告令尹，改乘轅而北之，次于管以待之。」

增註　**《孟子》云云**　《孟子・公孫丑篇》註云：「當路，居要地也。」〇《史記・張儀傳》曰：「蘇秦已當路。」

少昊云云　少昊事見《左傳・昭公十七年》。〇《前漢》七十四《魏相傳》曰：「西方之神少昊，乘兑執矩司秋。」注：「張晏曰：『金爲義，義者成，成者方，故爲矩。』」

碌碌　碌，《字彙》曰：「盧谷切。《廣韻》：『多石之貌。』」〇《史記・平原君傳》：「循衆也。」〇《容齋隨筆》曰：「今人用『碌碌』字，本出《老子》云『不欲碌碌如玉，落落如石』。孫愐《唐韻》引此句及王弼別本以爲『琭琭』，然又爲『録録』『娽娽』『鹿鹿』『陸陸』『禄禄』[五]，凡七字。《史記・毛遂傳》云：『公等録録，因人成事。』《唐韻》以爲『娽娽』。《漢書・蕭何贊》云：『録録猶鹿鹿，言在凡庶之中。』《馬援傳》：『今更共陸陸[六]。』」

【校勘記】

[一]和張侍郎酬馬尚書：《全唐詩》卷三百四十四作《奉和兵部張侍郎酬鄆州馬尚書祗召途中見寄開緘之日馬帥已再領鄆州之作》。

［二］出：《全唐詩》卷三百四十四作「再」。

［三］兼：《全唐詩》卷三百四十四作「遷」。

［四］吹：《全唐詩》卷三百四十四作「抽」。

［五］禄禄：底本脱，據《容齋隨筆》三筆卷十三補。

［六］共：底本脱，據《容齋隨筆》三筆卷十三補。

送董卿赴台州　張蠙

增註 唐江南道台州臨海郡，春秋時屬越，秦屬關中郡，漢屬東甌國，梁改赤城郡，隋屬永嘉郡，宋台州，今屬浙東道。

備考 《律髓》四載此詩。

張蠙 見前。

九陌除書出，《黄圖》曰：「長安城中九陌八街。」**尋僧問海城。家從中路挈，吏隔數州迎。夜蚌侵燈影，春禽雜櫓聲。開圖知異迹，思想石橋行。**

增註 除書，拜官曰除。如淳曰：「凡言除者，除故官，受新官也。」〇蚌，蛤屬。

備考 賦也。一意格。前四句虚，後聯赴台州海上實事，末句虚也。○《律髓》云：「第五句極新。」

九陌 季註云：「九陌，九街也。」○陌，《韻會》曰：「阡陌，田間道。又市中街亦曰陌。又南北曰阡，東西曰陌。」

中路 江淹詩：「零落在中路。」

春禽 王褒《洞簫賦》云：「春禽群嬉。」○梁元帝詩：「日日春禽變。」

註　**八街** 街，《字彙》曰：「四通道路。徐曰：『街，猶偕也，并出之意。』《風俗通》：『街，携也，離也，四出之路，携離而别也。』」

增註　**蚌蛤屬** 《要玄》曰：「《彙苑》：『蛤，一名蜃，能吐氣爲樓臺，海中春夏間依約島嶼，常有此氣。』」

已前共十一首

備考 已上，前一聯用故事且近實者也。

過香積寺　王維

增註 長安京西及潼川府，併永康軍青城縣、梓州涪城縣、惠州博羅縣，并有香積寺。○佛書：「香積如來以衆香鉢盛滿香飯，與化菩薩，悉飽衆會，寺取此爲名。」

備考《唐詩歸》卷九載此，詩作《題香積寺》，詩中「古路」作「古木」。○又《唐詩解》三十六載。○《訓解》三載此，詩中「人迹」作「人徑」，注云：「維摩詰往上方有國號香積，以鉢盛滿香飯，悉飽衆僧，寺名香積取此。」

增註　**青城**《一統志》曰：「成都府青城廢縣在灌縣南四十里。南齊置齊基縣，後周改曰清城，唐曰青城，宋因之。」

涪城縣云云 同七十一曰：「潼川州廢涪城縣在州西北六十里云云。又東方四百步有唐涪城縣故城。」○愚按杜甫有《涪城縣香積寺官閣》詩。

佛書云云《東坡詩集》三十曰：「遣化何時取衆香。」縯註云：「維摩詰遣化菩薩往衆香國禮彼佛足，言願得世尊所食之餘，欲於娑婆世界施作佛事。於是香積如來以衆香鉢盛滿香飯，與化菩薩，悉飽衆會。」○《維摩經》第八《香積佛品》曰[二]：「香積如來以衆香鉢盛滿香飯與化菩薩云云。時化菩薩既受鉢飯，與彼九百万菩薩。」

王維 見前。

不知香積寺，香積寺在子午谷正北微西，郭子儀收長安時陣于寺。此寺在豐水之東，交水之西也。**數里入雲峰。古路無人迹，深山何處鐘？泉聲咽危石，日色冷青松。薄暮空潭曲，安禪制**

毒龍。

備考 賦也。一意格。前二句虚，後一聯香積寺實景，末二句虚也。○《訓解》曰：「此極狀山寺之僻，言我初不知其寺深入雲峰如此。今古木深山之中，何處有此鐘聲？始知寺所在耳。泉聲爲石阻而咽，日色因松深而寒，斯固清迥絶塵之地也。故我願安禪于此，以制其心也焉。毒龍，即所謂驚猿害馬，非山中實有是物。」○同評云：「『不知』字玄妙，模寫幽深處，即景襯貼荒深意。」○《唐詩歸》曰：「三、四，鍾云：『幽而渾。中晚人有此法，多失於單。』」○「五、六，譚云：『微。』」○顧與新曰：「一正副幽深本色語，不雜一句，潔浄玄微，無聲無色。」

入雲峰 謝靈運詩曰：「滅迹入雲峰。」

無人徑 沈約詩云：「都令人徑絶。」○孫綽《天台山賦》云：「卒踐無人之境。」

深山 《高士傳》曰：「善卷去，入深山，莫知其處。」

泉聲云云 《北山移文》云：「石泉咽而下愴。」

危石 何尚之賦云：「却倚危石。」

日色 江淹詩：「日色半虧天。」

青松 潘尼詩：「青松蔭修嶺。」

薄暮 魏武帝樂府云：「薄暮無宿栖。」○《文選》二十六范彦龍詩：「薄暮方來歸。」善曰：「《廣雅》

曰：『薄，至也。』」○同三十一劉休玄詩：「願垂薄暮景。」濟曰：「薄暮，謂微光也。」○《聯珠詩格》二方秋厓《梅花》詩：「薄暮詩成天又雪。」增註：「薄暮，迫近於暮也。」○《類聚》前集二引《太平御覽》曰：「日將落曰薄暮。」

安禪 江總詩：「石室乃安禪。」

制毒龍 《太平御覽》云：「五臺山有北臺，冬夏常冰雪，不可居，乃文殊常制毒龍之所。」○《唐詩選》注曰：「毒龍，喻欲心也。《大灌頂神咒經》：『莫令諸小毒龍害於人民。』」○《法苑珠林》曰：「西方有不可依山，甚寒，冬夏積雪，山中有池，毒龍居之。昔五百商人止宿池側，龍怒，泛殺商人。槃陀王聞之，捨位與子，向烏場國學婆羅門咒。四年之中，善得其術，乃復即王位，就池咒龍。龍化爲人，悔過向王，王乃捨之。」○《大灌頂神咒經》曰：「莫令小毒龍害於人民。」○《智度論》曰：「有大力毒龍，以眼視人，弱者即死；以氣噓人，强者亦死。時龍受一日戒，出家入林樹間，疲懈而睡。獵者見之，驚喜曰：『以此皮獻上國王，以爲船飾，不亦可乎？』便以杖案其頭，刀剥其皮。龍自念：『我今持戒故，不計此身。一心受剥，不生悔意。』時日大熱，欲趨大水，見諸小蟲來食其身，爲持戒故，不敢動。畜生尚能堅持禁戒，至死不犯，况復於人。」

【校勘記】

［一］第八：當作「第十」。

送友人尉蜀中　　徐晶

增註　漢縣尉主捕盜。隋改爲正，後復置尉，又分爲户曹、法曹。唐赤縣尉六員。宋每縣一員。今尉在主簿下。

備考《律髓》卷四載此詩。

增註　**漢縣尉云云**《要玄·人集》七曰：「《類聚》：『漢大縣兩尉，小縣一人，長安有四尉，并四百石。隋改爲正，後置尉，又分爲户曹、法曹，唐因隋制云云。』」

户曹云云《百官志》曰：「户曹主民户、祠祀、農桑。法曹主郵驛科程事。」

赤縣《韻府》曰：「中國名赤縣神州。又大縣曰赤縣，又曰畿縣。」

主簿《要玄·人集》四曰：「《類聚》：『主簿，漢、晋有之。唐主簿上轄赤縣置二人，他縣一人。』」

○《書言故事》云：「《通典》：『周稱主簿爲上轄。』」

徐晶

備考《履歷》曰：「開元十七年及第。」

故友漢中尉，請爲西蜀吟。人家多種橘，《蜀都賦》曰：「户有橘柚之園。」**風土愛彈琴。**司馬相如，蜀人，好彈琴。蜀卓氏女亦好琴。**水向昆明闊**，臣瓚曰：「西南夷昆明有滇池。」《異物志》曰：「滇池在建寧界，水周二百餘里。漢武嘗於長安鑿池效之。」**山通大夏深**。張騫嘗使大夏，在蜀漢西南，即中天竺也。以天地之中，故曰大夏。漢地偏東不正，故曰東夏。**理閑無別事，時寄一登臨**。

增註 唐興元府漢中郡，本梁州漢川郡。唐劍南道巂州越巂郡有昆明縣，隴右道河州有大夏縣。

備考 賦也。中引抑揚正格。前四句虛，後聯西蜀實景，末句虛也。○《律髓》云：「『風土愛彈琴』，暗用相如琴心事，善言形勢。五、六佳。」

註 **《蜀都賦》云云** 《文選》四《蜀都賦》曰：「家有鹽泉之井，户有橘柚之園。」

司馬相如云云 《前漢書》五十七曰：「司馬相如字長卿，蜀郡成都人也。相如與臨邛令至卓王孫家。酒酣，臨邛令前奏琴曰：『竊聞長卿好之，願以自娱。』相如辭謝，爲鼓一再行。師古曰：「行，謂曲引也。」是時卓王孫有女文君新寡，好音，故相如以琴心挑之。師古曰：「寄心於琴声，以挑動之。」文君竊從户窺，心説而好之，恐不得當也。夜亡奔相如，相如與馳歸成都。」

臣瓚曰云云 《史記》裴駰序云：「《漢書音義》，稱『臣瓚』者，莫知姓氏。」注：「《索隱》曰：『按即傅瓚。而劉孝標以爲于瓚，非也。據何法盛書，于瓚，穆帝時爲大將軍，誅死，不言有註《漢書》。知是傅瓚者，按《穆天子傳》目録云：「傅瓚爲校書郎，與荀勖同校定《穆天子傳》。」即當西晋之朝，在于之前，尚見《茂陵》等書。又稱「臣」者，以其職典秘書故也。』」○《漢書・武帝紀》曰：「元狩三年，減隴西、北地、上郡戍卒半。發謫吏穿昆明池。」注：「臣瓚曰：『《西南夷傳》有越巂、昆明國，有滇池，方三百里。漢使求身毒國，而爲昆明所閉。今欲伐之，故作昆明池象之，以習水戰，在長安西南，周回四十里。』」

《異物志》 一卷，後漢楊孚著。

大夏 按《漢書》云：「大夏，西戎之國。武帝遣張騫使月氏，歸，言大夏去蜀不遠。」昆明，本西夷名，有滇池，武帝作池象之，習水軍，恐即此。

增註　**越巂郡** 《一統志》曰：「四川行都指揮使司云越巂，漢郡名。」

隴右道 《一統志》三十七曰：「陝西文縣守禦軍民所及行都指揮使司等，唐時屬隴右道。」

與諸子登峴山　　孟浩然

峴山去襄陽十里。

備考 《唐詩歸》十載之，「峴山」下有「作」字。又《唐詩解》三十五載。

峴山 《寰宇記》曰：「峴山在襄陽府漢上，去城七里。」〇《一統志》六十曰：「襄陽府峴山在府城南七里。」

孟浩然 見前。

人事有代謝，高誘曰：「代，更。謝，叙也。」**往來成古今。江山留勝迹，我輩復登臨。水落魚梁淺，天寒夢澤深。羊公碑尚在，讀罷一沾襟。**晋羊祜有惠於襄陽，百姓峴山建碑，望者莫不流涕。

增註 魚梁，劈竹積石，横截中流，以爲聚魚之區也。杜詩：「欲作魚梁雲覆湍。」○夢澤，即雲夢澤。○羊祜，字叔子，太山南城人。百姓爲建碑於峴山，望者皆墮淚，杜預名曰墮淚碑。

備考 賦也。歸題格。前四句虛，後聯山上所見之實景，末句虛也。○《唐詩歸》曰：「鍾云：『「成古今」，曠識妙口。』」○《唐詩解》曰：「此登覽而發吊古之思也。言因人事代謝而成古今，非江山有所變易也。故勝迹猶在，我輩復登臨焉。然魚梁、夢澤之景同一蕭條，惟讀羊公之碑而揮淚耳。水落梁空故曰淺，天寒澤竭故云深。淺以水言，深以地言也。」

人事云云 干寳《晋武帝革命论》云：「帝王之兴，必俟天命。苟有代谢，非人事也。」○潘岳《西征賦》云：「信人事之否泰。」

江山 郭璞《江賦》：「擯落江山。」

勝迹 梁王冏詩：「美景多勝迹。」

登臨 元行恭詩：「樽酒慰登臨。」

水落 陳後主詩：「沙長見水落。」

魚梁 毛萇《詩傳》云：「魚梁，所以捕魚。」

天寒　古樂府云：「海水知天寒。」

沾襟　張衡詩：「側身南望涕沾襟。」

註　**晋羊祜云云**《晋書》列傳四曰：「羊祜，字叔子，泰山南城人。世吏二千石，至祜九世，并以清德聞云云。襄陽百姓於祜平生遊憩之所建碑立廟，歲時享祀。望其碑者莫不流涕，杜預因名爲墮淚碑。荆州人爲祜諱名云。」○《綱鑑》曰：「晋咸寧四年，羊祜每登峴山，嘗置酒，謂從事鄒湛曰：『自有宇宙，便有此山。由來賢哲登此者多矣，皆湮滅無聞。』湛對曰：『公德冠四海，聞望當與此山俱傳。』祜没，襄人感其德，立祠刻碑其上。」

增註　**魚梁**　杜詩：「矖翅滿漁梁。」《集註》：「漁梁，石絶水爲梁，以竹爲笱，承梁之孔，以取魚者也。」

杜詩云云　杜甫《絶句》詩曰：「欲作漁梁雲覆湍，因驚四月雨聲寒。」

雲夢澤　《左傳》杜預注云：「雲夢跨江之南北。」《漢陽圖經》云：「雲在江之北，夢在江之南。」

寄邢逸人　　鄭常

備考　《又玄集》「邢」作「常」，末句作「疇昔江湖意，而今共憶歸」。

鄭常

備考《履歷》曰：「肅宗時人。常有謫居漢陽，至白沙阻雨，題驛亭詩。又高仲武云：『「儒衣荷葉老，野飯藥苗肥。」足見丘園之趣也。』」

羨君無外事，日與世情違。地僻人難到，溪深鳥自飛。儒衣荷葉老，野飯藥苗肥。若問湖邊意，而今憶共歸。

備考 賦也。一意格。前四句虛，五、六句逸人居處實事，末句虛也。

世情 陶潛詩：「園林無世情。」

吴明徹故壘[一]　劉長卿

明徹嘗爲陳將，壽陽之勝，遂擒王琳，有故壘在焉。

備考 季註云：「《四体集》作《登吴公臺上寺遠眺》。坡詩云：『吴公臺下雷塘路。』註：『《地志》云：「吴公臺在揚州江都縣西北四里，以陳將吴明徹得名，臺上有寺。」』按史，明徹字通昭，秦郡人，爲陳鎮前將軍。宣帝五年，統衆十萬伐齊，大敗齊軍，擒王琳等斬之。十年，周人滅齊，詔明徹督軍伐之。周將王軌引兵據淮口結長圍，以鐵鎖貫車沉水。明徹舟潰，爲周所執，憂憤而卒。淮口屬揚州。」○《唐詩歸》二十五載此，題作《今日登吴公臺上寺遠眺》，寺即陳將吴明徹戰場，詩中「人來」作「來人」。○此詩長卿爲淮西觀察使時作也。

註　**明徹云云**　《綱鑑・陳宣帝紀》云：「大建五年十月，陳吴明徹攻壽陽，時齊用琳保壽陽。堰淝水以灌城，乃躬擐甲胄，四面疾攻，一鼓拔之，生擒王琳等送建康，遂取齊昌、徐州等城。」

劉長卿　見前。

古臺摇落後，本集題云《秋日登吴公臺上寺》，乃明徹戰場。**秋日望鄉心。古寺人來少**[二]，**雲峰隔水深。夕陽依舊壘，寒磬滿空林。惆悵南朝事，長江獨至今。**

備考　賦也。互唤格。前四句虚，後聯故壘所見聞之實事，末句虚也。○《唐詩歸》曰：「鍾云：『「獨至今」三字深極，悲感不覺。』」

摇落　《楚辭・九辨》曰：「草木摇落而變衰。」

望鄉　謝朓詩：「有情知望鄉。」

雲峰　謝靈運詩：「滅迹入雲峰。」

空林　江總詩：「空林徹夜鐘。」

惆悵　何劭詩：「惆悵出遊顧。」何遜詩：「一上一惆悵。」

南朝　宋、齊、梁、陳、隋。

長江 阮籍詩：「湛湛長江水。」

【校勘記】

［一］吴明徹故壘：《全唐詩》卷一百四十七作《秋日登吴公臺上寺遠眺寺即陳將吴明徹戰場》。

［二］古：《全唐詩》卷一百四十七作「野」，是。

送樊兵曹謁潭州韋大夫　李嘉祐

增註 潭州，今屬湖南道。○古者，天子三公、九卿、二十七大夫。唐有諫議及御史等大夫，又文散官有光禄金紫、光禄銀青、光禄、正議、通議、太中、中、中散朝議、朝請、朝散等大夫。

備考 **兵曹** 季註云：「兵曹，魏尚書分五曹，内有五兵曹。晋亦有此職。隋改爲六部侍郎，亦有兵曹郎。又漢、魏以下司隸及州郡皆有功、户、兵、賊等曹員。唐在府爲曹，仕州爲司。」

增註 **古者云云** 見《禮記・王制》。

大夫 《白虎通》云：「大夫之爲言大扶，扶進人者也。故《傳》云：『進賢達能，謂之大夫也。』」

李嘉祐 見前。

塞鴻歸欲盡，北客始辭秦。零桂雖逢竹，零陵，八桂。**瀟湘少見人**[二]。**江華鋪淺水，山木暗殘春。修刺轅門裏，**《漢書》注曰：「古未有紙，削竹木書姓名曰刺。穀梁子：『置旃以爲轅門。』」**多憐爾爲親。**

增註　秦，恐指長安。又唐秦州屬隴北道。○零桂，零陵屬永州，桂陽屬林州。○轅門，凡軍行以車爲陳，轅相向爲門，謂之轅門。

備考　賦也。歸題正格。前四句虚，五、六句瀟湘實景，末二句虚也。

註　**零陵八桂**　《初學記》曰：「嶺南道廣州有八桂。《山海經》曰：『桂林有八樹，在番禺東。』」○《要玄》曰：「湖廣路永州府有零陵縣。又有道州。又班竹巖在道州南，傳舜葬九疑，二妃從至此，以手拭淚把竹，遂成班色。又柳州桂東縣東有万王城，未詳其由來，階砌傍有脩竹數竿，日夕自仆，掃其地而復立。內有桃李，實時採食之，味甚甘，只不可取去。」

古云云曰刺《劉氏鴻書》引《袖中錦》曰：「古者未有紙，削竹木以書姓名，故謂之刺。後以紙書，故謂之名紙。」○季註云：「漢禰衡懷刺，無所適，至於字滅。又魏文帝賓客百餘人，人奏一刺，悉書其郡邑名氏，曰爵里刺。」○《翰墨全書》第三曰：「凡名刺，用好門狀紙，闊三四寸，左卷如箸大，用紅線束腰，須真楷細書。或倉卒無絲線，則剪胚紅紙一小條，就名上束定，亦得。」

穀梁子云云《書言故事》九曰：「《穀梁傳・昭公八年》：『蒐于紅以習用武事，置旃以爲轅門。』」

註：「轅門，印車以其轅表門。」○疏云：「謂以車爲營，舉轅爲門。」

【校勘記】

［一］瀟湘：《全唐詩》卷二百六作「湘川」。

西郊蘭若　羊士諤

增註 邑外曰郊。○蘭若，《釋氏要覽》：「梵言阿蘭若，唐言無諍。」因以名寺，又曰：「寺之總名。」若，爾者切。

備考　**增註**　**釋氏云云** 《釋氏要覽》曰：「梵云阿蘭若，或云阿練若，唐言無諍。《四分律》云：『空静處。』《薩婆多論》云：『閑静處。』《智度論》云：『遠離處。』《大悲經》云：『阿蘭若者，離諸忿務故。』」

羊士諤 見前。

雲天宜北户，塔廟似西方。林下僧無事，江清日正長。石泉盈掬冷，山實滿枝香。寂寞傳心印，無言亦已忘。

增註　西方，指西域佛國也。達磨祖師云：「内傳心印，以契澄心。」○文殊云：「無有文字言語，是真入不二法門。」

備考　賦也。互字應正格。第三句與第六句互相應，第四句與第五句互相應。前四句虚，後一聯寺中實景，末句虚也。

西方　陳繼儒《耄餘雜識》曰：「西方，日入之地，主滅，故釋氏言寂滅，而修净土者皈西方。西，金位。金，陰也。故釋氏之教證真空。」

心印　達磨祖師曰：「法以心契，故曰心印。」

增註　**達磨云云**《傳燈録》卷三《達磨傳》曰：「乃顧慧可而告之曰：『昔如來以正法眼付迦葉大士，展轉囑累而至我。我今付汝，汝當護持。并授汝袈裟，以爲法信。各有所表，宜可知矣。』可曰：『請師指陳。』師曰：『内傳法印[一]，以契證心；外付袈裟，以定宗旨云云。』」

文殊云云《維摩經》九《入不二法門品》曰：「文殊師利稱嘆曰：『善哉善哉！乃至無有文字語言，是真入不二法門。説是入不二法門品，於此衆中，五千菩薩皆入不二法門，得無生法忍。』」

【校勘記】

[一]法印：底本誤作「心師」，據《景德傳燈録》卷三和《五燈會元》卷一改。

送普門上人　皇甫冉

皇甫冉 見前。

華宮難久別，道者憶千燈。殘雪入林路，深山歸寺僧。日光依嫩草，泉響滴春冰。何用求方便，看心是一乘。《法華經》曰：「惟一佛乘。」

增註 惠海禪師謂[一]：「律師、法師、禪師，三學雖殊，得意忘言，一乘何異？」

備考 賦也。併園格。前四句虛，五、六句上人所見聞之實景，末句虛也。

華宮 《訓解》五李頎詩：「花宮仙梵遠微微。」注：「花宮，佛所處也，亦曰花窟。」

方便 《浄名疏》曰：「方是智所詣之偏法，便是菩薩權巧用之能，巧用諸法，隨機利物，故云方便。」

道者 《智度論》曰：「得道者名爲道人。餘出家者未得道者亦名道者。」

註　《法華經》云云 《法華經》曰：「如來但以一佛乘故爲衆生説法，無有餘乘云云。唯有一乘法，無二亦無三。」○又《方便品》曰：「無有餘乘，唯一佛乘。」

惠海云云 《傳燈録》卷六曰：「越州大珠惠海禪師者[二]，建州人也，姓朱氏，依越州大雲寺道智和尚受業。」

【校勘記】

［一］惠：《景德傳燈録》卷二十八作「慧」。

［二］惠：《景德傳燈録》卷六作「慧」。

送耿處士　賈島

賈島 見前。

一瓶離別酒，未盡即言行。萬水千山路，孤舟幾日程。川原秋色盡［一］**，蘆葦晚風鳴。迢遞不歸客，人傳虚隱名。**

備考 賦也。問答格。前四句島所問也，後四句耿所答也。前四句虚，五、六句長安所見聞之實事，末句虚也。

川原 釋洪偃詩：「川原多舊迹。」〇《漢書·溝洫志》曰：「中國川原以百數。」

【校勘記】

［一］盡：《全唐詩》卷五百七十二作「静」。

春喜友人至山舍　周賀

俗本題作《晚春送人歸覲者》，非，今從本集。

備考 周賀初爲僧，號清塞。此詩爲僧時作也。○《才子傳》：「居廬嶽爲浮屠。」

周賀 見前。

鳥鳴春日晚，喜見竹門開。路自高巖出，人騎瘦馬來。折華林影動，移石澗聲回。更欲留深語，重城暮色催。

備考 賦也。一意格。前四句虛，後聯山舍與友人所遊戲之實景，末句虛也。

龍翔喜胡權訪宿[一]　喻鳧

龍翔寺恐在虢州。按本集《龍翔寺夜懷張渭南》詩云：「河風吹鳥迴，嶽雨滴桐疏。」皆弘農景也。

喻鳧

備考 《履歷》曰：「字坦之，毗陵人，開成進士第，卒於烏程令。」

林栖無異歡，鹿岑曰：「旦夕即還故，林單栖一枝。」**煮茗就華欄。雀啄北窗晚**[二]**，僧開西閣寒。衝橋二水急，扣月一鐘殘。明發還分手，**《詩》：「明發不寐。」**徒悲行路難。**

備考 賦也。前體後用格。前四句虛，後聯西閣所見聞之實事，末句虛也。

分手 江總詩曰：「分手路悠悠。」

行路難 蔡琰《胡笳》云：「關山阻兮行路難。」

註

《詩》云云 《詩·小雅·小宛篇》曰：「我心憂傷，念昔先人。明發不寐，有懷二人。」○《名物法言》曰：「自旦至夕曰明發。」

【校勘記】

[一] 龍翔喜胡權訪宿：《全唐詩》卷五百四十三作《龍翔寺居喜胡權見訪因宿》。

[二] 雀啄北窗晚：《全唐詩》卷五百四十三作「雀啅北岡曉」。

秋晚郊居

任蕃[一]

備考 此詩，休官歸鄉隱野居時作。

任蕃

備考《履歷》曰：「《唐書》作『任翻』。《劉後村詩話》作『任蕃』。」

遠聲霜後樹，秋色水邊村。野徑無來客，寒風自動門。海山藏日影，江石落潮痕[二]。**惆悵高飛晚，**卓茂曰：「寧能高飛遠舉，不在人間耶？」**年年別故園**。

備考 賦也。歸題正格。前四句虛，後聯郊居之實景，末句虛也。

來客 謝靈運詩：「臨江遲來客。」

高飛 杜詩：「巢燕高飛盡。」

註 **卓茂云云**《後漢》列傳十五曰：「卓茂字子康。『凡人之生，群居雜處，故有經紀禮義以相交接。汝獨不欲修之，寧能高飛遠走，不在人間耶？』」

【校勘記】

[一]任蕃：《全唐詩》卷七百二十七作「任翻」。

[二]石：《全唐詩》卷七百二十七作「月」。

友人南遊不還[一]　于武陵

備考　舊解曰：「此詩于武陵妻作，編武陵集時錯入。此詩『友人』指武陵。武陵往來商、洛、巴、蜀間，至瀟湘不還，故妻慕之，作此詩。」

于武陵　見前。

相思春樹緑，千里各依依。鄠杜月頻滿，漢扶風有鄠縣、杜陽縣。《西都賦》：「鄠杜濱其足。」**瀟湘人未歸。桂華風半落，煙草蝶雙飛。一别無消息，水南踪**一作「車」。**迹稀。**

備考　賦也。一意格。前四句虚，後一聯鄠、杜實景，末句虚也。

鄠杜《漢書·地理志》云：「鄠縣、杜陽縣，屬右扶風。」

註　**西都云云**《文選》一《西都賦》曰：「商洛緣其隈，鄠杜濱其足。」

【校勘記】

[一]友人南遊不還：《全唐詩》卷五百九十五作《友人南遊不回因而有寄》。

夜泊淮陰　　項斯

增註　唐楚州淮陰郡屬淮南道，本東楚州，春秋時屬吴，又屬越，戰國屬楚，秦屬九江，漢屬臨淮及廣陵，魏山陽郡，宋淮安軍，今屬淮東道。

備考　按此詩，考《才子傳》，赴潤州時泊淮陰作。

題註　**臨淮**　《一統志》七曰：「鳳陽府鳳陽縣，秦、漢并爲鍾離縣地，歷代因之。臨淮縣，秦九江郡。鍾離縣，東漢爲鍾離侯國。」

項斯

備考《才子傳》曰：「項斯，字子遷，江東人也。會昌四年進士。始命潤州丹徒縣尉，卒於任所。」

夜入楚家煙，煙中人未眠。望來淮岸盡，坐到酒樓前。燈影半臨水，筝聲多在船。乘流向東去，别此易經年。

備考　賦也。一意格。前四句虚，第一聯夜泊船中所見聞之實事，末二句虚也。

秋夜宿淮口　景池

屬揚州。

備考　**淮口**　《方輿勝覽》云：「淮口在揚州。王荆公有《望淮口》詩。」

景池

備考《才子傳》《履歷》等不載傳。

露白草猶青，淮舟倚岸停。風帆幾處客，天地兩河星。樹静禽眠草，沙寒鹿過汀。明朝誰結伴，直去泛滄溟。

備考　賦而比也。歸題正格。前四句虚，五、六句淮口實事，以比己不遇時，末二句虚也。

風帆　杜甫詩：「過海收風帆。」

滄溟　徐防詩：「不測滄溟曠。」

村行　姚揆

備考　按此詩揆旅泊巴陵村行作。

姚揆

備考《才子傳》《履歷》等無傳。

天淡雨初晴，遊人恨不勝。亂山啼蜀魄，孤棹宿巴陵。巴陵，岳州。**影暗村橋柳，光寒水寺燈。罷吟思故國，窗外有漁罾。**

備考 賦也。一意格。前四句虛，五、六句巴陵所見實景，末二句虛也。

註　巴陵《山海經》注云：「巴陵縣有洞庭陂，瀟、湘、沅水皆共會巴陵，號三江口。」

題甘露寺　曹松

曹松 見前。

香門接巨壘，畫角間清鐘。北固一何峭，西僧多此逢。天垂無際海，雲白久晴峰。旦暮然燈外，潮頭振蟄龍[一]。巨壘，指石頭城。

備考 賦也。歸題正格。前四句虛，五、六句寺中實景，末二句虛也。

【校勘記】

[一]潮：《全唐詩》卷七百十六作「濤」。

已前共十七首

備考 已上三、四句交叙實事。

前實後虚 周弼曰：「謂前聯景而實，後聯情而虚。前重後輕，多流於弱。唐人此體最少。必得妙句不可易，乃就其格。蓋發興盡則難於繼。後聯稍間以實，其庶乎？」

秋夜獨坐

王維

備考《唐詩解》三十六載此，詩中「覺」作「學」。

王維 見前。

獨坐悲雙鬢，空堂欲二更。雨中山果落，燈下草蟲鳴。白髮終難變，黄金不可成。劉向父治淮南獄，得枕中《鴻寶》《苑秘書》，言神仙使鬼物爲金之術。獻之，言黄金可成。上令典尚方鑄作，不驗，下吏。**欲知除老病，惟有學無生。**

增註 佛經：「生、老、病、死、苦。」○達磨曰：「見性成佛者，明其頓了無生也。」

備考 賦也。接項格。一句虚，二句含實。三、四句所聞見之實事，末四句皆虚也。○《唐詩解》曰：

「此憂生之嘆也。時邁髮改，夜愁難堪，果落蟲鳴，倍增悽愴。因言神仙多妄，惟無生可以却病，我願學之耳。『悲雙鬢』者，悲其白也。『白髮難變』，是承上語，不可言重。王敬美以此病之，正猶鑿舟尋漏。」

獨坐 阮籍詩：「獨坐空堂上。」

雙鬢 江淹詩：「雙鬢鴉雛色。」

二更 伏知道詩：「二更愁未央。」

山果 支遁詩：「山果兼時珍。」

草蟲 張衡詩：「大火流兮草蟲鳴。」○《詩經・召南篇》：「喓喓草蟲。」○《爾雅疏》曰：「草蟲如蝗，奇音，青色，好在茅草中。」

白髮終云云 《列仙傳》曰：「朱璜入浮陽山，八十年，白髮盡黑。」

黃金云云 《史記・武帝紀》曰：「李少君以祠竈、穀道、却老方見上，言於上曰：『祠竈則致物，致物而丹砂可化爲黃金，黃金成以爲飲食器則益壽。』」○江淹詩云：「丹砂信難學，黃金不可成。」

老病 徐陵詩：「嗟余今老病。」

無生 《維摩經》云：「是天女所願具足，得無生法忍。」○《法華經》云：「恒河沙衆生發無上道心，得無生忍名。」《楞伽經》云：「除住三昧，是名無生。」

註 **劉向云云** 《漢書》三十六：「劉向字子政，師古曰：「名向，字子政，義則相配。而近代學者讀向音餉，既無別釋，靡所據憑。當依本字爲勝也。」本名更生[一]。既冠，以行修飭擢爲諫大夫。是時，宣帝復興神仙方術之事，而淮南有枕中《鴻寶》《苑秘書》，師古曰：「《鴻寶》《苑秘書》，並道術篇名，藏在枕中，言常存録之，不漏泄也[二]。」言神仙之使鬼物爲金之術，及鄒衍重道延命方，世人莫見。而更生父德，武帝時治淮南獄，得其書。更生幼而讀誦，以爲奇，獻之，言黄金可成。上令典尚方鑄作事，師古曰：「尚方，主巧作金銀之所。」費甚多，方不驗。上乃下更生吏，吏劾更生鑄僞黄金[三]，繫當死。更生兄陽城侯安民上書，入國户半，贖更生罪。上亦奇其材，得踰冬減死論。」

增註　**佛經云云**　見《涅槃經》。

【校勘記】

[一]名：底本誤作「草」，據《漢書·楚元王傳》改。

[二]也：底本誤作「人」，據《漢書·楚元王傳》改。

[三]吏、生：底本脱，據《漢書·楚元王傳》補。

秋夜泛舟　劉方平

備考　方平在長安時，步林塘邊，夜遊作此詩。

劉方平

備考《履歷》曰：「劉方平，河南人。與元魯山善。不仕。蓋邢襄公政會之後也。蕭穎士云：『山東茂異有河南劉方平。』」

林塘夜泛舟，蟲響荻颼颼。萬影皆因月，千聲各爲秋。歲華空復晚，鄉思不堪愁。西北浮雲外，伊川何處流。

備考 賦也。一意格。一、二句虛，三、四句秋夜實事，末二句虛也。

颼颼《字彙》曰：「疏鳩切，音搜。颼颼，風聲。」

鄉思 梁簡文帝書云：「鄉思凄然。」○何遜詩云：「寓目皆鄉思。」

春日卧病書懷[一]　劉商

備考《律髓》四十四載此詩。○此詩汴州作。

劉商

備考《才子傳》曰：「劉商，字子夏，徐州彭城人。擢進士第。貞元中，累官比部員外郎。後出爲汴州觀察判官，辭疾掛印，歸舊業。」

楚客經年病，孤舟人事稀。晚晴江柳變，春暮一作「夢」。**塞鴻歸。今日方知命，前年自覺非。不能憂歲計，無限故山薇。**伯夷、叔齊隱首陽山，採薇而食。

增註《論語》：「五十而知天命。」〇蘧伯玉五十歲知四十九年之非。〇薇，蕨菜也。

備考賦也。交股格。一、二句虛，「楚客」，商自稱。三、四句春日實景，末二句虛也。

楚客江淹詩云：「楚客心悠哉。」

塞鴻鮑照詩：「霜歌落塞鴻。」

註　**伯夷云云**《史記》六十一《伯夷傳》曰：「武王已平殷亂，天下宗周，而伯夷、叔齊耻之，不食周粟，隱於首陽山，采薇而食之。」〇《群談採餘》卷三曰：「《論語》疏引《春秋少陽篇》云：『伯夷姓墨，名允，字公信；叔齊姓墨，名智，字公達。伯長叔次也；夷、齊，謚也。』胡明仲以爲彼以去國隱居終身，又誰爲之謚哉？如伯達、仲忽，名也。夫既爲之名，則《少陽》所云姓名又何謂哉？或者死後人謚之耳。且謚法曰：『執心克莊曰齊，安心好静曰夷。』庶可加也。惜《少陽篇》不知是何書也。後又見《孔叢子》註：『夷、齊之父墨胎氏，名初，字子朝。』」

首陽山《一統志》二十九曰：「河南府有首陽山，伯夷、叔齊隱此。」〇《詩經大全》：「劉安成曰：『《集傳》以首爲山名，陽爲山之南。《春秋傳》亦曰「趙宣子田乎首山」，然此詩下章又云「首陽之東」，則似「首陽」二字同爲山名。《論語集註》亦嘗指「首陽」爲山名矣。豈泛名其山則曰首山，自山南而言則又獨得

「首陽」之稱乎？』」

增註 《**論語**》**云云**《爲政篇》。

蘧伯玉云云 見《莊子·則陽篇》。○季本註云：「衛大夫蘧伯玉，今年所行是，則還顧知去年所行之非。歲歲悔之，以至于死。故有知四十九年之非。」

【校勘記】

[一]春日卧病書懷：《全唐詩》卷三百三作《春日卧病》。

林館避暑　羊士諤

備考 此詩謂在汀州寧化縣時作。

羊士諤

備考《才子傳》曰：「羊士諤，貞元元年進士。順宗時，累至宣歙巡官，爲王叔文所惡，貶汀州寧化尉。」

池島清陰裏，無人泛酒船。山蜩金奏響，《左傳》：「金奏作於下。」注曰：「擊鐘也。」**華露水精**

圓。《山海經》：「堂庭之山多水玉。」注曰：「水精也。」**静勝朝還暮**，《老子》：「静勝熱。」**幽觀白已玄**。客嘲楊雄玄尚白，此借用，言白髮再玄也。**家山正如此**[一]，**何不賦歸田**[二]。張衡作《歸田賦》。

增註 蜩，小蟬。《詩》：「五月鳴蜩。」注：「螗也。」

備考 賦也。一意格。一、二句虚，三、四句林館實事，末二句虚也。

蜩 《字彙》曰：「田聊切，音迢。《説文》：『蟬也。』《方言》：『蟬，楚謂之蜩，宋、衛謂之螗蜩，陳、鄭謂之蜋蜩，秦、晋謂之蟬。』」

水精 《本草綱目》卷八《石部》曰：「水精，一名水晶，一名水玉，一名石英。時珍曰：水精，亦頗黎之屬，有黑、白二色。倭国多水精，第一。南水精白，北水精黑，信州、武昌水精濁。性堅而脆，刀刮不動，色澈如泉，清明而莹，置水中無瑕，不見珠者佳。」

註 **《左传》云云** 《左传·成十二年》曰：「秋，晋郤至如楚。楚子享之。郤至將登，金奏作於下。」註：「擊鐘而奏樂。」

《老子》 《老子》四十六章《天下有道章》曰：「躁勝寒，静勝熱，清静爲天下正。」希逸注：「躁之勝者，其極必寒。静之勝者，其極必熱。躁静只是陰陽字，言陰陽之氣滯於一偏，皆能爲病。」

張衡云云 見《文選》十五卷題注：「翰曰：『衡時爲侍中，諸常侍皆惡直醜正危，衡故作是賦，以非時俗。』」

增註 《詩》云云 《詩・豳風・七月篇》曰：「四月秀葽，五月鳴蜩。」

【校勘記】

[一]山：《全唐詩》卷三百三十二作「林」。

[二]不：《全唐詩》卷三百三十二作「事」。

柏梯寺懷舊僧[一]

司空圖

備考 舊解曰：「柏梯寺在華州。昔有道士於華州之山谷間欲登仙，遂以柏樹爲輪材登去。華州有車箱谷，此寺在車箱谷，故名柏梯寺。司空圖曾在華州時過此寺，今再過，則舊時僧遷化，故懷之而作此詩也。」

司空圖 見前。

雲根禪客居，雲根，石也。**皆説舊吾廬。松日明金像，苔龕響木魚。**龕，石竅穴是也。如《天水圖經》所謂麥積寺佛龕刳石是也。言木魚之聲，應龕虛而響。**依栖應不阻，名利本來踈。縱有人相問，林間懶拆書。**

增註 金像，後漢明帝夢金人丈六飛至殿庭，傅毅對曰：「臣聞西域有佛，陛下所見無是乎？」〇龕，浮圖塔，一曰塔下室。

備考 賦也。一意格。一、二句虛，三、四句柏梯寺實事，末四句虛也。

註 **木魚** 《婆舍論》曰：「印土有僧，不受師訓，而生大魚，背上產大木，在海受苦無量，殊風波起時，木動搖，背上灑血，其苦最難堪。既而先生恨師訓疏，其師駕船絶海，此魚知之，欲加害報恨焉。師問其魚曰：『何故欲作害？』魚對曰：『師訓疏而受如此苦，是以欲報恨。』師告曰：『我非不訓汝，汝不受其訓，而其報如此者，然乎？』於是魚屈理，受種種訓而曰：『以我背上木，願作法器救我。』云了而後魚死，而木隨波到師之處，師隨彼木形刻作魚，備粥飯之器用擊其腹，救彼畜產。」〇《尋到源頭》八曰：「木魚之設，乃隋唐間名僧志林所起。據《事文類聚》云：『修行擊木魚者，蓋魚在水中，晝夜不合目，修行者忘寐，如魚可化，即凡可入聖。』」〇《三才圖會・器用部》卷三曰：「木魚，刻木爲魚形，空其中，敲之有聲。釋氏謂閻浮提，乃巨鰲所載，身常作癢，則鼓其鬐，川山爲之震動，故象其形擊之。此荒唐之説，然今釋氏之贊梵唄皆用之。」〇《釋氏要覽》云：「今寺院木魚，或取鯨魚一擊之，蒲牢爲之大鳴也。」〇《文選・東都賦》曰：「發鯨魚，鏗華鐘。」註：「海中有大魚曰鯨，海邊有獸名蒲牢，素畏鯨，鯨擊蒲牢輒大鳴。凡鐘欲令聲大者，故作蒲牢於上，爲鯨魚形以撞之，取其相感而鳴。」

增註 **《後漢》云云** 《後漢》列七十八《西域傳》曰：「世傳明帝夢見金人，長大，頂有光明，以問群臣。或曰：『西方有神，名曰佛，其形長丈六尺而黄金色。』帝於是遣使天竺，問佛道法，遂於中國圖畫形像焉。」○《姓源珠璣》卷六曰：「佛，周昭王二十四年四月初八日生於中天竺國，父浄梵王，母摩耶夫人。出母右脅，名息達多，住世七十九年。後漢明帝永平十一年，遣使求其道，得其書，圖其形。及沙門攝摩騰至京師，佛教入中國之始。」○《典籍便覽》卷六曰：「佛法入中國，世稱始于漢明帝。一云不然，《列子》：『西方有聖人。』老子師竺乾及武帝得休屠王祭天金人爲證。一云《宣律師傳》：迦葉佛，周時暫現，至穆王時，文殊、目連來化，即《列子》所謂『化人』者是也。至秦穆公時，扶風獲一石佛，穆公不識，棄馬坊中，穢污。公染疾，問侍臣由余，對曰：『臣聞周穆王時，有化人來。穆王信之，于終南山造中天臺，于倉頡臺造三會道場。公所患，殆非佛爲之耶？』公聞大怖，遂告佛像築臺。則秦穆公時，佛法已入中國矣。」○《尋到源頭》卷五曰：「佛法入中國者，據《列子》云，西極之國有化人來，周穆王於終南山中作中天之臺事之。秦時沙門室利房等至，始皇以爲異，囚之。夜有金人，破户而出，於是皆信事之。此佛法入中國之始也。」

金人 《史記》列五十《匈奴傳》曰：「春，漢使驃騎將軍去病擊匈奴，破，得休屠王祭天金人。」注：「《漢書音義》：『匈奴祭天處本在雲陽甘泉山下，秦奪其地，後徙之休屠王右地。故休屠有祭天金人，象祭天主也。』崔浩云：『胡祭以金人爲主，今浮圖金人是也。』孟説恐不然。案得休屠王金人，後置之於甘泉也。《正義》曰：『按金人即今佛像，是其遺法，立以爲祭天主也。』」

【校勘記】

［一］柏梯寺懷舊僧：《全唐詩》卷六百三十二作《上陌梯寺懷舊僧二首》，此爲其一。

早春　　司空圖

備考《律髓》卷十載之。〇此詩在華州時作歟？〇本集題作《早春寄李道士》。

傷懷仍客處，病眼却華朝。草嫩侵沙短，冰輕着雨消。風光知可愛，客鬢不相饒［一］。**早晚丹丘伴，飛書肯見招**。

增註　漢李夫人病起，見桃華盛開，曰：「不分桃華如錦，惱人病眼。」武帝去其華。〇《楚詞》：「仍羽人於丹丘。」注：「丹丘，晝夜常明之處。」

備考　賦而比也。一意格。一、二句虛，三、四句早春實景，「草嫩」比昭王王子幼弱，「冰消」比黄巢亂治。五、六句虛，以比朱全忠有可摵王子之機。末二句虛也。

華朝《要玄》卷三曰：「《提要録》：『二月十五日爲花朝。』《風土記》：『浙間風俗，言春序正中，百花競放，乃遊賞之時。花朝月夕，世所常言。宋條制，守土官于花朝日出郊勸農。東京二月十五日爲撲蝶會。』」

風光 江淹詩：「風光多樹色。」謝朓詩：「風光草際浮。」

增註 《**楚詞**》**云云**《遠遊篇》。

【校勘記】

[一]客鬢：《全唐詩》卷六百三十二和《司空表聖詩集》卷一均作「容髮」。

江行

司空圖

備考《才子傳・圖傳》曰：「王凝爲宣歙觀察使，辟置幕府。召拜殿中侍御史，不忍去凝府，臺劾，左遷主簿。盧相携還朝，過陝虢，訪圖，深愛重，留詩曰：『氏族司空貴，官班御史雄。老夫如且在，未可嘆途窮。』就屬於觀察使盧渥曰：『司空御史，高士也。』渥遂表爲僚佐。携執政，召拜禮部員外郎，尋遷郎中。」

○按考《才子傳》，此詩自宣、歙赴陝虢，過吴、楚間時作也。

地闊分吴塞，楓高映楚天。曲塘春盡雨，方響夜深船。《舊唐書》：「方響以鐵爲之，長九寸，廣二寸，員上方下。」**行紀添新夢，**行紀者，塗中所紀。**羈愁甚往年。何時京洛路，馬上見人烟。**

增註 杜詩：「京洛雲山外。」注：「言長安與洛陽。」

備考 賦也。一意格。一、二句虛，宣州本吴宣城郡，隋改宣州，歙縣在丹陽，今新安郡，故宣、歙皆古吴地。三、四句，江邊所見聞之實事。末二句虛也。

註 **方響**《要玄》曰：「《通考》：『梁有銅磬，即今之方響也。方響以鐵爲之，以代鐘磬。』和凝有《響鐵》之歌。」○樂器，《通典》云：「梁有鐘磬，即今方響也。」則是出于編磬之制而梁始爲之。一云，方響以鐵銕爲之。○《升庵文集》四十四曰：「司空圖：『曲塘春盡雨，方響夜深船。』今世多不識。李允《方響歌》：『十六葉中浸素光，寒玲震月雜佩璫。』《樂書》云：『梁有銅磬，蓋方響之類也。方響以鐵爲之，脩八寸，廣二寸，圓上方下，架如磬而不設業，倚于架上，以代鐘磬。人間所用纔三四寸。《後周正樂》載西凉清樂，方響一架十六枚，具黄鐘、大吕二均聲。』」

增註 **長安云云** 長安，則班固所謂「西都」，張衡所謂「西京」。洛陽，則班固所謂「東都」，張衡所謂「東京」。

春日　　李咸用

備考《律髓》十載此詩。○《唐詩歸》三十六載，詩中「古木」作「古樹」，「行道」作「修道」。

李咸用 見前。

浩蕩東風裏，徘徊無所親。危城三面水，古木一邊春。衰世難行道，華時不稱貧。滔滔天下者，何處問通津？子路問津，桀溺曰：「滔滔者天下皆是。」

備考 賦也。一意格。一、二句虛，浩蕩，廣大貌。三、四句，隴西實景。末四句虛也。

註 **子路云云** 見《論語・微子篇》。

雲居長老 王貞白

備考 季註云：「南康軍即唐江州，有雲居寺。又普州雲居山上有真相寺。」○此詩貞白上雲居寺謁長老時作。

王貞白

備考 《履歷》曰：「貞白，字有道。五舉禮部，登乾寧二年第。後七年，始選授校書郎。薛能、羅隱、方干、貫休同唱和。詩號《靈溪集》。」

巘路躡雲上，《說文》：「巘，山脊也。」**來參出世僧。松欹半巖雪**[二]**，竹覆一溪冰。不說有爲法，非傳無盡燈。了然方寸內，應秖見南能。**南能，大鑒禪師。按唐儒用佛語禪師作詩文者，惟梁肅、裴柏、柳子厚、白樂天、裴休諸大儒爲盡善，其餘但作故事用者，多不可曉，以其未嘗留心於是道，而但用其語也。如此篇後四句及皇甫冉「道者憶千燈，看心是一乘」之語，皆得理。

增註 上大下小曰巘。○《金剛經》云：「一切有爲法，如夢幻泡影。」○《維摩經》云：「無盡燈者，譬如一燈然百千燈。」○西天二十八祖，天下散傳其道。有神秀姓李者爲北宗，惠能姓盧者爲南宗。至今稱南能北秀者，此也。惠能即六祖。

備考 賦也。交股格。一、二句虛，三、四句雲居寺實景，末四句虛也。

了然 了，《字彙》曰：「《廣韻》：『慧也。又曉解也。』」

註　南能云云 《傳燈録》卷五曰：「慧能大師者，俗姓盧氏，其先范陽人云云。憲宗謚大鑑禪師，塔曰元和靈照云云。」

梁肅裴云云 《要玄·事集》一曰：「《筆叢》：『唐褚亮、王維、梁肅、白居易、柳宗元、裴休等諸人，皆覃研釋教者也云云。』」

增註　《金剛經》云云 《金剛經》云：「一切有爲法，如夢幻泡影。如露亦如電，應作如是觀。」直解此四句偈説：「此夢、幻、泡、影、露、電六種虛妄爲譬喻者，謂有爲之法悉是幻化，無有實義。」

《維摩》云云 《韻府》曰：「《維摩經》：『諸弟子有法門，名無盡燈，辟如一燈然百千燈。』」

二十八祖 自第一祖摩訶迦葉至二十八祖菩提達磨，詳見《傳燈録》。○季昌本注云：「達摩乃西天二十八祖，東震旦謂之初祖。五傳至弘忍，有神秀者，姓李氏，隋末出家。弘忍卒，秀乃居常陽山。又有同學僧惠能，姓盧氏，曲江人，住韶州寶林寺。天下散傳其道，謂秀爲北宗，能爲南宗，至今稱南能北秀者此。」

神秀《傳燈録》卷四曰：「北宗神秀禪師者，開封尉氏人也，姓李氏。少親儒業，博綜多聞。俄捨愛出家，尋師訪道，至蘄州雙峰東山寺，遇五祖忍師，以坐禪爲務，乃嘆伏曰：『此真吾師也云云。』神龍二年，於東都天宫寺入滅，賜謚大通禪師。」

【校勘記】

［一］敘：《全唐詩》卷七百一作「高」。

送許棠［二］　張喬

備考《律髓》二十四載之，詩中「夜火」作「夜犬」，「身全」作「家全」。○季註云：「此詩以許棠、張喬之時考之，自懿宗至唐末，干戈之亂不一。詩中不明指其處，難以概舉。」

張喬　見前。

離鄉積歲年，歸路遠依然。夜火山頭市，春江樹杪船。干戈愁鬢改，瘴癘喜身全。何處營

甘旨，波濤浸薄田。

增註 坡詩注：「嶺南人瘴癘所感，則髮黃眼碧。」○《記·内則》：「由命士以上，父子皆異宫。昧爽而朝，慈以甘旨。」

備考 賦也。一意格。一、二句虚，三、四句途中實景，末二句虚也。

瘴癘 瘴，《字彙》曰：「知亮切，音帳。熱也，又癘也。」○癘，又曰：「力霽切。疾疫，四時氣不和之疾。」○《訓解》三高適詩曰：「南天瘴癘和。」注：「《吴志》：『華覈表：「蒼梧、南海，歲有癘風瘴氣。」』」○左思《魏都賦》曰：「宅土熇暑，封疆瘴癘。」善曰：「吴、蜀皆暑濕，其南皆有瘴氣。」

增註 **《記·内則》云云** 《禮記大全》：「方氏曰：『《周官·典命》：「子男之士不命。」則士固有不命者矣。』陳氏曰：『慈，愛也，謂敬愛其親，故以青甘之味致其愛云云。』」

昧爽 《考古編》曰：「昧，暗也。爽，明也。明暗相雜，遲明未及明也。」

【校勘記】

[一] 送許棠：《全唐詩》卷六百三十八作《送友人進士許棠》。

已前共十首

備考 已上十首，前聯易直，結句字法相似也。

穆陵關北逢人歸漁陽

劉長卿

漁陽，今檀州。

增註 漢漁陽屬幽州，唐河北道薊州漁陽郡分幽州置，今屬中都路。

備考 《唐詩選》三并《唐詩解》三十八載。又《訓解》三載此詩，註云：「穆陵關在青州大峴山上。《左傳》：『齊桓公曰：「賜我先君履，南方至於穆陵。」』」○《唐書・地理志》曰：「沂州琅琊郡沂水縣北有穆陵關。」○季注云：「穆陵關在沂州沂水龍山北，又屬唐河南道。」○愚按此詩赴睦州時作。○《左傳・僖公四年》曰：「齊侯伐楚，楚子使與師言云云。管仲對曰：『昔召康公命我先君大公云云。賜我先君履，東至于海，西至于河，南至于穆陵，北至于無棣。』」註：「今淮南有武陵門，即楚地。」

漁陽 《訓解》曰：「漁陽，唐爲幽州，亦爲范陽，今京師密雲之地。」○《唐書・地理志》曰：「薊州漁陽郡，開元十八年置。」

劉長卿

備考《才子傳・劉長卿傳》曰：「吳仲孺誣奏，非罪繫姑蘇獄。久之，貶潘州南巴尉，會有爲辨之者，量移睦州司馬。終隨州刺史。」

逢君穆陵路，匹馬向桑乾。故桑乾縣在今朔州，有桑乾河。**楚國蒼山古，幽州白日寒。城池百戰後，耆舊幾家殘。處處蓬蒿遍，歸人掩涙看。**

增註　楚國，指穆陵。淮南有穆陵門，即楚地。幽州，指漁陽。此詩言經禄山之亂。

備考　賦也。雙蹄格。一、二句虚，三、四句眼前所見實景，末二句虚也。○《訓解》曰：「此傷禄山之亂也。意謂禄山搆亂，神州陸沉，而漁陽爲甚。今逢君於此，觀楚國惟蒼山爲舊物，則知從桑乾而至幽州，殆白日無人行矣。百戰之後，世家殘滅，蓬蒿遍野，歸人能無揮涙乎？」○同評云：「『幽州白日寒』之語，誠不可夢得。」○《唐詩歸》卷二十五載鍾伯敬評云：「壯語平調，悲在『歸人』二字。」

逢君　謝朓詩：「逢君後園讌。」

匹馬　見絶句韓翃詩備考。

桑乾《舊唐書・地理志》曰：「桑乾都督府，屬關内道。」

楚國《左傳》曰：「楚國方城以爲城。」

蒼山　顔延之詩：「謁帝蒼山蹊。」

幽州《舊唐·地理志》曰:「幽州大都督府,屬河北道。」○考《一統志》曰:「幽州,順天府地。」

城池《韓非子》曰:「城池之所以廣者,戰士也。」

百戰《孫子》曰:「百戰百勝,非善之善者也。」○元行恭詩:「頹城百戰後。」

耆舊《漢書·蕭育傳》曰:「育,耆舊名臣。」

處處《子夜歌》:「處處種芙蓉。」

蓬蒿《戰國策》曰:「王后之門,必生蓬蒿。」

歸人江淹詩:「歸人望煙火。」

掩淚陸機詩:「掩淚叙温涼。」

註　**桑乾**《訓解》曰:「桑乾河在大同府南,源出馬邑縣洪壽山下,與金能池水合流,東南入盧溝河。」○按前後《漢書》,桑乾并屬代郡。《古今注》云:「光武建武,屬幽州。」

早行寄朱放[一]　戴叔倫

備考《律髓》十四載此詩。○季註本作《早春寄朱放》。○《才子傳》曰:「戴叔倫,潤州人。與處士張衆甫、朱放素厚。」

戴叔倫 見前。

山曉旅人去，天高秋氣悲。明河川上没，明河，天漢。**芳草露中衰。此別又千里，少年能幾時，心知剡溪路，**剡溪，越州。**聊且寄前期。**

備考 賦也。接項格。一、二句虚，三、四句早行實景，末四句虚也。

天高 謝靈運詩：「天高秋月明。」

秋氣 費昶詩：「秋氣城中冷。」○張載詩：「逸響迴秋氣。」

芳草 《楚辭》曰：「何所獨無芳草。」

前期 沈約詩：「分手易前期。」

【校勘記】

［一］早行寄朱放：《全唐詩》卷二百七十三作《早行寄朱山人放》。

陝州河亭陪韋大夫眺望［一］　　劉禹錫

增註 唐河南道陝州，本弘農郡，今屬南京路。○韋大夫恐是韋執誼，蓋禹錫素善之友。

備考 此詩禹錫未及第前，避朱泚亂，赴陝州河亭陪韋大夫時作。

劉禹錫 見前。

雪霽太陽津，太陽故關，即茅津也。**城池表裏春**。**河流添馬頰**，馬頰河乃九河之一，在德州安德縣西南。**原色動龍鱗**。《西都賦》：「原隰龍鱗。」**萬里思歸客**[二]，**一盃逢故人**。**因高向西望，關路正飛塵**。

增註 《西都賦》注：「土色相照，爛如龍鱗。」○此詩所謂「西望」「關路」「飛塵」，以時考之，當是德宗建中間，姚令言、朱泚犯京師時也。

備考 賦也。一意格。一、二句虛，三、四句河亭所眺望之實景，末四句虛也。

註 **茅津** 季註云：「唐陝州陝縣有太陽故關，即茅津，一曰陝津。」

西都云云 《文選・西都賦》曰：「溝塍刻鏤，原隰龍鱗。」

增註 **此詩云云** 季本註云：「此詩所謂『西望』『關路』『飛塵』，以時考之，當是德宗建中間，涇原節度使姚令言反，犯京師，車駕幸奉天，而朱泚攻圍奉天，復犯京師也。」○《綱鑑・唐德宗紀》云：「建中四年，李希烈寇襄州，上發涇原等道兵救襄城，涇原節度使姚令言將兵五千至京師。軍士至，一無所賜，衆怒，還趣京師，斬關而入。上乃自苑北門出，姚令言迎舊涇師朱泚於晉昌里第，權知六軍。」

【校勘記】

[一]陜州河亭陪韋大夫眺望：《全唐詩》卷三百五十七作《陜州河亭陪韋五大夫雪後眺望因以留别與韋有布衣之舊一别二紀經遷貶而歸》。

[二]思：《全唐詩》卷三百五十七作「獨」。

已前共三首

備考 已上三首，後聯用數字。

巴南舟中[一]

岑參

備考 此詩赴蜀時，巴南舟中作。

岑參

備考 《履歷》曰：「岑參，南陽人也。登天寶進士第。杜鴻漸表參兼侍御史，列於幕府，使罷寓於蜀。中原多故，卒死於蜀。」

渡口欲黃昏，歸人争渡喧。近鐘清野寺，遠火點江村。見雁思鄉信，聞猿積淚痕。孤舟萬里夜，秋月不堪論。

備考 賦也。一意格。一、二句虛，三、四句舟中所聞見之實事，末四句虛也。

淚痕 梁簡文帝詩云：「淚痕未燥詎終朝[二]。」

【校勘記】

[一]巴南舟中：《全唐詩》卷二百作《巴南舟中夜市》。

[二]詎：底本誤作「近」，據《藝文類聚》卷三十二改。

宿關西客舍寄嚴許二山人[一]

岑參

備考 參赴蜀時，宿關西旅舍，夜作此詩，寄二山人。○李註云：「按天寶六載，上欲廣求天下士，命通一藝以上皆詣京師。李林甫恐草野之士對策，斥言其姦惡，乃令郡縣試練，取名實相副者聞奏。既至，皆試以詩、賦、論，遂無一人及第者。林甫乃上表，賀野無遺賢。」

雲送關西雨，王洙曰：「長安以西，謂之關西。」**風傳渭北秋。孤燈然客夢，寒杵搗鄉愁。灘**

上思嚴子，嚴光不拜諫議，釣於嚴灘。**山中憶許由**。許由不受天下，隱於箕山。**蒼生今有望**，謝安隱東山，人曰：「安石不肯起，當如蒼生何？」**飛詔下林丘**。本集題云：「七月三日在内學，見有高道舉徵。」

備考　賦而比也。應句格。第一與第三應，第二與第四應，第五與第七應，第六與第八應。一、二句虚，「雲」「雨」比朱泚等餘賊，「秋」「風」比唐室之衰。三、四句，客舍實事。末四句虚，「二山人」比子陵、許由也。

蒼生《書・益稷篇》曰：「帝光天之下，至海隅蒼生。」註：「蒼生者，蒼蒼然而生，視遠之義也。」○《前漢》列十九《晁錯傳》曰：「天下蒼生，全倚大臣。」

註　**嚴光云云**《後漢書》七十三《逸民傳》曰：「嚴光，字子陵云云。除爲諫議大夫，不屈，乃耕於富春山。後人名其釣處爲嚴陵瀨焉。」

諫議　杜氏《通典》二十一曰：「秦置諫議大夫，掌議論，無常員，多至數十人，屬郎中令。至漢元狩五年，始置之。」

許由云云《高士傳》曰：「許由，字武仲。堯、舜皆師之云云。隱乎沛澤之中，堯、舜乃致天下而讓焉云云。退而遯耕於中岳，潁水之陽，箕山之下。」○《莊子・讓王篇》曰：「堯以天下讓許由，由不受。」○季註云：「許由隱沛澤中，堯欲以位讓之，由乃臨流洗耳。一云，隱箕山，捧水而飲，人遺一瓢，猶以爲煩，去之。」

謝安云云 見《晉書》列四十九。

【校勘記】

［一］宿關西客舍寄嚴許二山人：《全唐詩》卷二百作《宿關西客舍寄東山嚴許二山人時天寶初七月初三日在内學見有高道舉徵》。

夜宿龍吼灘思峨嵋隱者［一］　岑參

俗呼龍爪灘，在眉州。

增註 《洞天記》：「峨眉山，在嘉州峨眉縣，兩山相對如蛾眉。」

備考 參爲嘉州刺史時，行峨嵋縣，宿龍吼灘客舍作此詩。○《要玄·地集》八曰：「《天中記》：『砂石上曰瀨，亦曰湍，曰灘，曰磧。』」○《升庵文集》曰：「江自嘉州至荆門名灘，險地凡千百餘，舟云云。潭下急流曰灘。」

峨嵋山云云 《一統志》七十二曰：「嘉定州大峨山在峨嵋縣西一百里，兩山相對如蛾眉，故又名峨眉山。」○《玉堂漫筆》曰：「峨眉山本以兩山相對如蛾眉，故名字當从『虫』，不當从『山』。」

官舍臨江口，灘聲已慣聞。水煙晴吐月，山火夜燒雲。且欲求方士[二]，杜預曰：「方，法也。法術之士。」**無心戀使君。**本集題云「兼寄幕中諸公」。**異鄉那可住**[三]，**況復久離群。**

備考　賦也。一意格。一、二句虚，三、四句龍吼灘所見之實景，末四句虚也。

山火　《抱朴子》曰：「山中夜見火光者，皆久枯木所作[四]，勿怪也。」

離群　杜甫詩：「不是故離群。」《集註》曰：「《禮記》：『子夏曰：「吾離群索居久矣。」』」

【校勘記】

［一］夜宿龍吼灘思峨嵋隱者：《全唐詩》卷二百作《江行夜宿龍吼灘臨眺思峨眉隱者兼寄幕中諸公》。

［二］求：《全唐詩》卷二百作「尋」。

［三］那：《全唐詩》卷二百作「何」。

［四］木：底本脱，據《抱朴子·登涉》補。

南亭送鄭侍御還東臺[一]　　岑參

備考　本集題作《趙少尹南亭送鄭侍御歸東臺》。○《職林》曰：「御史臺稱憲臺、柏臺、烏臺，亦謂之蘭臺寺。北齊爲南臺。唐武后改肅政左、右二臺，後去肅政之名，爲左、右御史臺。《唐志》又有端臺、東推、西推等稱。」

江亭「江」，一作「紅」。**酒瓮香，白面綉衣郎**。漢武遣綉衣使者，擊斷都國。**砌冷蟲喧坐，簾疏月到床。鐘催離興急，弦緩醉歌長。關樹應先落，隨君滿路霜。**

增註 前漢侍御史有綉衣直指，出討姦猾，理大獄，武帝所制。

備考 賦也。一意格。一、二句虛，三、四句南亭惜别時實事，末二句虛也。

註 **漢武云云** 杜甫詩：「天隅把綉衣。」《集註》：「綉衣，前漢暴勝之爲直指使者，衣綉衣，持斧，督課郡國。」

增註 **綉衣云云** 《百官表》註云：「綉衣直指，指事而行，無阿私也。衣以綉者，尊寵之也。」

姦猾 猾，《史記》六十六《滑稽傳》：「《索隱》曰：『滑，謂亂也。』」〇《劉氏鴻書》九十曰：「猾無骨，入虎口，虎不能噬，處虎腹中，自内嚙之。今云蠻夷猾夏，取此義。」

【校勘記】

[一]南亭送鄭侍御還東臺：《全唐詩》卷二百作《趙少尹南亭送鄭侍御歸東臺》。

南溪別業　岑參

劉良曰：「別業，別居也。」

結宇依青嶂，開軒對翠疇。樹交華兩色，溪合水重流。竹徑春來掃，蘭樽夜不收。逍遙自得意，鼓腹醉中游。《莊子》：「鼓腹而游。」

備考 賦也。變中變正格。一、二句虛，前聯南溪實景，末四句虛也。

青嶂《廣韻》曰：「嶂，山峰如屏障者。」

竹徑 梁元帝詩：「竹徑露初圓。」

註　《莊子》云云《馬蹄篇》。

泊舟盱眙　常建

備考《唐詩解》三十七載，詩中「旅館」作「候館」。○《唐書·地理志》曰：「泗州有盱眙縣。太極元年，勑使魏景倩引淮水至黄土岡以通揚州。」今縣屬鳳陽府。○此詩建移盱眙縣官舍時，始泊舟淮水作。

盱眙《漢書·地理志》云：「臨淮郡有盱眙縣。」應劭曰：「音吁怡。」

常建 見前。

泊舟淮水次，霜降夕流清。夜久潮侵岸，天寒月近城。平沙依雁宿，旅館聽鷄鳴[一]。**鄉國雲霄外，誰堪羈旅情**。

備考 賦也。歸題格。一、二句虛，前聯盱眙實景，五、六句中含情思而虛，末二句虛也。○《唐詩解》曰：「前六句叙旅泊之景。尾聯動鄉國之思。『夜久』『天寒』句是兩截語，若串解便牽强。」

淮水《水經》曰：「淮水出南陽平氏縣桐柏山[二]。」○按淮自桐柏東流，歷鳳陽府，繞盱眙城下。

霜降《禮·月令》曰：「季秋之月，霜始降。」

夕流 謝靈運詩：「活活夕流駛。」

夜久 鮑照詩：「夜久膏既竭。」

天寒《莊子》曰：「天寒既至，霜雪既降。」

平沙 范雲詩：「平沙斷還續。」庾信詩：「平沙臨浦口。」何遜詩：「野岸平沙合。」○王子年《拾遺記》曰：「岱輿山南有平沙千里。」

鄉國《吴越春秋》曰：「越王與夫人嘆曰：『豈料再還，重復鄉國。』」

雲霄 陸機詩：「灼灼在雲霄。」

羈旅《周禮》曰：「野鄙之委積，以待羈旅。」○周弘讓詩：「羈旅情易傷。」

【校勘記】

［一］旅：《全唐詩》卷一百四十四作「候」。

［二］淮水出南陽平氏縣桐柏山：《水經注》卷三十作「淮水出南陽平氏縣胎簪山，東北過桐柏山」。

三體詩備考五言卷五終

五言律句三體家法備考大成卷之六

江南旅情[一]　祖咏

備考《唐詩解》三十七并《訓解》三載此，詩中「歸客」作「歸路」。○《唐詩歸》十三載，詩中「寄」作「贈」。○按此詩在汝墳時作。

祖咏 見前。

楚山不可極，歸客自蕭條。海色晴看雨，江聲夜聽潮。劍留南斗近，豐城縣獄有劍，其氣常射斗牛。**書寄北風遥。爲報空潭橘，無媒寄洛橋。**

備考 賦也。歸題正格。一、二句虚，前聯江南所見聞之實事，末二句虚也。○《訓解》曰：「按咏本洛人，渡江而遊吴、楚之間，時去楚還吴，故有『歸路蕭條』之句。海色雖晴，望之如雨；江潮夜至，聞聲而知，蓋舟中之景也。劍爲君子之武備，斗爲吴、越之分星。雷焕故嘗辨氣於此，今我適經其地，是我之佩劍留於南斗近矣。獨恨去洛日遥，北風之書難寄矣。寄書猶難，又况洛陽之橋乎？『寄橋』未詳，姑闕以俟。」○同評云：「起灑而即。『寄』字重，一作『贈』。」○《解》曰：「二『寄』字疑有誤。」○《唐詩歸》曰：「譚云：『「看」字屬人説，妙妙。』」○「鍾云：『「報橋」，妙妙。』」

楚山《一統志》曰：「太平府白苧山本名楚山。又袁州萍鄉縣亦有楚山。」○范雲詩：「楚山清曉雲。」

蕭條《楚辭》曰：「山蕭條而無獸。」

聽潮《楚詞》曰：「聽潮水之相擊。」

南斗 天官星，古曰南斗，主爵禄，其宿六星。○《吴都賦》曰：「仰南斗以斟酌。」

寄北風 李陵《答蘇武書》云：「時因北風，復惠德音。」

空潭橋《訓解》曰：「『空潭橋』，未詳。」

無媒《楚辭》曰：「又無良媒在其側。」

寄洛橋《訓解》曰：「《一統志》：『天津橋在河南府城外西南，架洛水，隋煬帝建。』即唐人所謂洛橋也。」

註　**豐城云云**《晉書》列六《張華傳》曰：「初，吴之未滅，斗牛之間常有紫氣，道術者皆以吴方强盛，未可圖，惟張華以爲不然。及吴平之後，紫氣愈明。華聞豫章雷焕妙達緯象，乃要焕宿，屏人曰：『可共尋天文，知將來吉凶。』因登樓仰觀，焕曰：『惟斗牛間有異氣，寶劍之精，上徹於天耳。』華問：『在何郡？』曰：『在豫章豐城。』華署焕爲豐城令。焕到縣，掘獄屋基，入地四丈，得石函，中有雙劍，并刻題，一曰龍泉，一曰太阿。其夕，氣不復見。焕遣使送一與華，留一自佩。」〇《一統志》四十九曰：「江西南昌府有豐城縣。」

【校勘記】

［一］情：《全唐詩》卷一百三十一同此，然元刻本、箋註本、附訓本和增註本均作「懷」。

冬日野望[一]　于良史

于良史

備考《才子傳》曰：「于良史，至德中爲侍御史。詩體清雅，工於形似，又多警句。」〇《履歷》曰：「爲張徐州建封從事。《間氣集》稱侍御。」

地際朝陽滿，天邊宿霧收。風兼殘雪起，河帶斷冰流。北闕馳心極，南圖尚旅游。登臨思不已，何處可消憂？

增註《漢·高祖紀》：「蕭何治未央宫，立東闕北闕前殿。未央宫雖南向，而上書奏事謁見之徒，皆謁北闕。是以北闕爲正門。」〇《莊子》：「鯤化爲鵬，搏扶摇羊角而上者九萬里，絶雲氣，負青天，然後圖南。」

備考 賦而比也。應句格。一、二句虚，「朝陽」比肅宗威光，「宿霧」比禄山賊黨。五、六句冬日實景，

「殘雪」「断冰」比禄山餘黨，「風」「河」比世人。末四句虚也。

朝陽《宋景文公筆記》曰：「莒公嘗言山東曰朝陽，山西曰夕陽。故《詩》曰：『度其夕陽。』又曰：『梧桐生矣，于彼朝陽。』指山之處耳。後人便用夕陽爲斜日，誤矣。予見劉琨詩『夕陽忽西流』，然古人亦誤用久矣夫。」〇《典籍便覽》卷一曰：「朝音潮。山東曰朝陽，迎日也；山西曰夕陽，送日也。非旦暮之謂。後人以曉日爲朝陽，傳訛久矣。」

增註　**《莊子》云云**《莊子·逍遥遊篇》云：「背負青天而莫之夭閼者，而後乃今將圖南。」注：「圖南，自北海而謀南徙也。圖，謀也。」

【校勘記】

［一］冬日野望：《全唐詩》卷二百七十五作《冬日野望寄李贊府》。

早行　劉洵伯[二]

備考　舊解曰：「劉洵伯，成都人。在長安，又歸成都。此蜀地作。」

劉洵伯

備考《北夢瑣言》云：「劉洵伯與范鄘郎中爲詩友。范曾得一句云：『歲暮天涯雨。』久而莫屬。洵伯曰：『何不曰「人生分外愁」？』范甚賞之。」

鐘静人猶寢，天高景自涼[二]。**一星深戍火，殘月半橋霜。客老愁城下**[三]**，蟬寒怨路傍。青山依舊色，宛是馬卿鄉**。司馬相如，字長卿。

備考 賦兼興格。一、二句虛，三、四句早行實景，末四句虛也。

【校勘記】

[一]劉洵伯：《全唐詩》卷五百十六作「劉郇伯」。

[二]景：《全唐詩》卷五百十六作「月」。

[三]城：《全唐詩》卷五百十六作「塵」。

逢皤公[一] 周賀

備考《律髓》四十七載之，詩中「盡」作「遠」，「却思」作「却必」。

周賀 見前。

帶病稀相見，西城早晚來。山衣風壞帛，香印雨沾灰。坐久鐘聲盡，禪餘嶽影回。却思同宿夜，高枕說天台。

增註 天台山在台州天台縣，上應台星，故名。

備考 賦也。節節生意格。一、二句虛，三、四句與皤公對坐實事，末四句虛也。○《律髓》云：「第六句絶好。賀乃清塞上人，還俗，故於僧詩尤熟。」

增註　**天台山云云** 《一統志》四十七曰：「浙江台州府天台山，在天台縣西一百一十里。道書：是山上應台星，超然秀出，有八重，視之如一帆，高一萬八千丈，周迴八百里。山去天不遠。路由福溪，水險而清。前有石橋，廣不盈尺，長數十丈。下臨絶澗，惟忘其身，然後能濟。濟者梯巖壁，援藤葛，始得平路，見天台山，蔚然奇秀，雙列於青霄上，有瓊樓、玉闕、天堂、碧林、醴泉，仙物畢具也。」

【校勘記】

[一]逢皤公：《全唐詩》卷五百三作《逢播公》。

暮過山寺[一]　賈島

備考 《律髓》四十七載此詩，題作《宿山寺》。

賈島 見前。

衆岫聳寒色，精廬向此分。流星透疎木，走月逆行雲。絶頂人來少，高松鶴不群。一僧年八十，世事未曾聞。

備考 賦也。一意格。一、二句虚，三、四句山寺實景，末四句虚也。

行雲 陳子良詩：「行雲接舞衣。」○宋玉《高唐賦》：「妾本巫山之神女，朝爲行雲，暮爲行雨。」

【校勘記】

[一]暮過山寺：《全唐詩》卷五百七十三作《宿山寺》。

懷永樂殷侍御[一] 馬戴

河中府尹樂縣，古魏國，唐分芮城置永樂。

備考 此詩《衆妙集》題作《集宿姚侍御宅懷永樂宰殷侍御》。○殷侍御即殷堯藩，嘗爲永樂令，以侍御官江南。

註 **永樂云云** 《要玄》曰：「西路平陽府蒲州東有永樂城，後周置郡，後省入芮城，唐初置縣。」

馬戴　見前。

石田虞芮接，《史記》注曰：「石田不可耕也。」《尚書傳》：「虞、芮争田，質于文王。入境，見其士大夫相讓，乃讓所争以爲閑田。」芮城，古芮國也。《國名記》：「虞、芮所讓田，今平陸縣西六十里閑原是也。」**種柳白雲陰。穴閉神踪古，**河中府有禹穴，馬戴《鸛雀樓》詩所謂「海波通禹穴」是也。**河流禹鑿深。**龍門山，在河中府龍門縣，禹所鑿。**樵人應滿郭，仙鳥幾巢林。此會偏相憶，曾供雪夜吟。**王徽之雪夜酌酒，吟左思詩，憶戴逵。

備考　賦也。藏頭格。一、二句虛，三、四句永樂縣實事，末四句虛。仙鳥，鶴也。

石田　季註云：「石田，謂沙石之田，最瘦不可耕者。伍子胥曰：『若得志於齊，猶獲石田，無所用之。』」

虞芮　又云：「虞、芮，古二國。唐河中府安邑縣即虞州，元名虞邑。又解縣本虞鄉縣，有銅穴十二。又芮城縣即古芮國。」

註　**《史記》注云云**《史記·吴世家》曰：「吴王夫差伐齊，子胥諫曰：『得志於齊，猶石田無所用。』」註：「王肅曰：『石田不可耕。』」

虞芮争云云《十八史·周紀》曰：「西伯修德，諸侯歸之。虞、芮二國名。虞在今陝州平陸縣，芮在今同州馮翊縣。争田不能決，乃如周。《傳》曰：「虞、芮之君相與争田，久而不平，乃相謂曰：『西伯，仁人也，盍往質焉？』乃相與朝周。」入界，見耕者皆遜畔，民俗皆讓長，二人慚，相謂曰：『吾所争，周人所耻。』乃不見西伯而還，俱讓其田不取。」

龍門山云云 季註云：「龍門縣龍門山在絳州，禹鑿以疏河水，元和屬河中府。」

【校勘記】

［一］懷永樂殷侍御：《全唐詩》卷五百五十六作《集宿姚侍御宅懷永樂宰殷侍御》。

韋處士山居［一］　許渾

許渾 見前。

斸藥去還歸，家人半掩扉。山風藤子落，溪雨豆華肥。寺遠僧來少，橋危客過稀。不聞砧杵動，應解製荷衣。

備考 賦也。一意格。一、二句虛，三、四句山居實事，末四句虛也。

【校勘記】

［一］韋處士山居：《全唐詩》卷五百二十八作《題韋隱居西齋》。

瀑布寺貞上人院　鄭巢

備考　《律髓》四十七載此詩，「貞上人」作「真上人」。○本集題作《過瀑布寺貞上人院》。

鄭巢　見前。

林疎多暮蟬，師去宿山煙。古壁燈熏畫，秋琴雨慢弦。竹間窺遠鶴，巖上取寒泉。西岳沙房在，歸期更幾年？

備考　賦也。一意格。一、二句虚，三、四句院實事，末四句虚也。○《律髓》云：「司空圖有『山雨慢琴弦』之句，此亦暗合其聯，甚佳。」

已前共十四首

備考　已上十四首，後聯雜以實景。

送龍州樊使君　許棠

增註　龍州，春秋及秦爲氐、羌之地，西漢屬廣漢郡，東漢、魏、晋皆平陰郡，西魏立龍州，唐劍南道龍州應靈郡，今屬利州西路。

備考 《律髓》四載之，詩中「閑宴」作「開宴」。

許棠 見前。

曾見邛人説，龍州地未深。龍州，漢廣漢郡，三國之江油也。**碧溪飛白鳥，紅旆映青林。土産惟宜藥，王租只貢金。**《禹貢》：「厥貢惟金三品。」《漢書》：「傅南，永平中置，南界出金。」**政成閑宴日，誰伴使君吟？**

增註 唐邛州臨邛郡屬劍南道。

備考 賦也。聞説正格。一、二句虛，三、四句龍州實景，末二句虛也。《律髓》云：「五、六佳。」

青林 謝莊詩云：「餘日照青林。」

宜藥 季註云：「宜藥，貢金。按《唐書》，龍州土貢麩金、酥、羚羊角、葛粉、厚朴、附子、天雄、側子、烏頭。」

王租 租，《字彙》曰：「田賦也。」

註 **《漢書》傅南** 唐本「傅南」作「博南」。

送人尉黔中　　周繇

增註 黔中，古蠻夷地，戰國自巴黔以西屬楚，秦置黔中郡，漢改武陵郡，唐黔州屬黔中道，宋紹慶府，今屬夔州路。

備考《律髓》四載此詩。

黔中《一統志》曰：「黔陽縣在辰州府。」

周繇

備考《履歷》曰：「周繇，字爲憲，池州人。登咸通進士第。以《明皇夢鍾馗賦》知名。調池之建德令。李昭象以詩送曰：『投文得仕而今少，佩印還家古所榮。』弟繁，亦工詩。」○按唐池州有至德縣，非建德也。

盤山行幾驛，水路復通巴。峽漲三川雪，園開四季華。公庭飛白鳥，官俸請丹砂。丹砂出辰州光明山辰溪，舊屬黔中郡，隋方立辰州。**知尉黔人後，高吟採物華。**

增註 山峭夾水曰峽。○唐以劍南東、西及山南西道爲三川。

備考 賦也。藏頭格。一、二句虛，三、四句黔中實景，末四句虛也。○《律髓》云：「四、六新而俊逸。」

官俸云云 按此句含晋葛洪欲煉丹砂求爲勾漏令之意。

物華 王勃《滕王閣序》云：「物華天寶。」

註　丹砂《本草綱目》九《石部》曰：「丹砂出武陵、西川諸蠻夷中，通屬巴地，故謂之巴砂。《仙經》亦用越砂，即廣州臨漳者。此二處并好。」〇「頌曰：『今出辰州、宜州、階州，而辰砂爲最。』」〇杜詩：「丹砂同隕石。」《集註》：「丹砂即朱砂，燒煉可化爲黄金者。」

增註　三川《東坡詩集》卷一註曰：「古謂伊、洛、河爲三川，唐以劍南東、西及山南西道爲三川。」

道院　王周

增註 此官府治所之道院，如太平州有江東道院，瑞州有江西道院之類。

王周

備考《履歷》曰：「王周，五代人。」

白日人稀到，簾垂道院深。雨苔生古壁，雪鶴聚寒林。忘慮憑三樂， 榮启期帶索，鼓琴而歌曰：「天生萬物人爲貴，吾得爲人，一樂也；男尊女卑，吾爲男，二樂也；人生有不免襁褓，吾年九十五，三樂也。貧者士之常，死者人之終，吾何憂哉？」又《孟子》亦有「三樂」。**消閑信五禽**。華佗曰：「吾有術，爲五禽戲：一虎，二鹿，三猿，四熊，五鳥。每體中有不佳，起作一禽之戲。」**誰知是官府，煙縷滿爐沉**。

增註　沉香出天竺、單于二國，重實黑色沉水者是。一木，根栴檀，節沉香，華鷄舌，葉霍香，膠薰陸。

備考　賦也。一意格。一、二句虛，三、四句道院實事，末四句虛也。

雪鶴　唐本作「雪雀」，一本作「雪觀」。

寒林　陸機《嘆逝賦》曰：「步寒林以悽惻。」

註　**榮啓云云**《孔子家語》曰：「榮啓期行于郕之野，鹿裘帶索，鼓琴而歌。孔子問曰：『先生所樂者何？』對曰：『吾樂甚多，而至者三。天生萬物，吾得爲人，一樂也；男女之别，吾得爲男，二樂也；人生有不免襁褓者，吾行年九十五，三樂也。』」

襁褓《史記》曰：「成王少，在强葆之中。」註：「《索隱》曰：『「强葆」即「襁褓」也。』《正義》曰：『强闊八寸，長八尺，用約小兒於背而負行。葆，小兒被也。』」

《**孟子**》**云云**《孟子·盡心上》曰：「有三樂，而王天下不與存焉。」

華佗云云《魏志》曰：「華佗字元化，沛國譙人。通經養性，年百歲有壯容，人以爲仙。廣陵吴普從佗學，佗語曰：『人體欲勞動，但不當使極耳。吾有一術，名五禽之戲：一曰虎，二曰鹿，三曰熊，四曰猨，五曰鳥，可除病。體有不快，起作一禽之戲，怡而出汗。』普行之，年九十餘。」

增註　**沉香云云**《酉陽雜俎》曰：「一木五香：根栴檀，節沉香，華鷄舌，葉藿香，膠薰陸。」〇洪芻《香譜》云：「沉水香。《本草》注云：『出天竺、單于二國，與青桂、鷄骨、馢香是一樹。葉似橘，經冬不彫。夏生花，白而圓細，秋結實如檳榔，色紫似葚，而味辛。療風水毒腫，去惡氣。樹皮青色，木似櫸、柳，重實，黑色，沉水者是。』」〇沈存中《筆談》曰：「段成式《酉陽雜俎》記事多誕。其間叙草木異物，尤多謬妄，率記異國所出，故無根柢。如云：『一木五香：根旃檀，節沉香，花鷄舌，葉藿香，膠薰陸。』此尤謬。旃檀與沉香兩木有異。鷄舌即今丁香耳，今藥品中所用者亦非。藿香自是草葉，南方至多。薰陸小木而大葉，海南亦有薰陸，乃其膠也，今謂之乳香。五物迥殊，原非同類。」〇《三才圖會・草木部》九曰：「沉香、青桂香、鷄骨香、馬蹄香、棧香，同是一本，海南諸國及交、廣、崖州有之。其木類椿、櫸，多節，葉似橘，花白，子似檳榔，大如桑椹，紫色，細枝緊實。未爛者爲青桂堅黑，而沉水爲沉香，半沉半浮與水面平者爲鷄骨，最粗者爲棧香。」

已前共三首

備考　已上三首，前聯、後聯句法皆相似，結句字法亦相同。

一意　周弼曰：「唯守格律，揣摩聲病，詩家之常。若時出度外，縱橫放肆，外如不整，中實應節，則又非造次所能也。」

備考 自起句至結句，一意裁制也。

終南別業　王維

《雍録》曰：「終南山横亘關中南面，西起秦隴，東徹藍田，凡八百里。」

備考 《律髓》二十三載之。○《唐詩解》七古詩部載此詩。○《詩林廣記》前集五載此，詩題曰《南山遺興》。○《英靈集》題作《入山寄城中故人》。○季註云：「終南，長安之南山。《福地記》：『東接驪山、太華，西連太白、隴山，北去長安八十里，南入楚塞，連屬東西，亦名中南，一名太一。』《漢書》：『太一山，古文以爲終南山。』《關中記》：『言在天之中，都之南，故曰中南。』」○《訓解》五註曰：「《福地記》：『終南在長安西南五十里。』」○《唐詩歸》卷九載此，「鍾云：『此等作只似未有聲詩之先，便有此一首詩。然讀之如新出諸口及初入目者，不覺見成，其故難言。』」○「譚云：『只是作人，行徑幽妙。』」○五、六，「譚云：『禪。』」

王維 見前。

中歲頗好道，晚家南山陲。 李肇《國史補》曰：「王維好佛，得宋之問輞川別業，山水絶勝，今清凉寺是其地。」**興來每獨往，勝事空自知。行**一本作「步」[一]。**到水窮處，坐看雲起時。偶然值林叟，談笑滯還期。**

備考 賦也。自一句至結句，一意渾虛。三、四句，述別業自得之意。五、六句，得意句。按此詩前四句不拘聲律，時出度外者也；後四句應聲律，實應節者也。○《律髓》云：「右丞此詩有一唱三嘆，不可窮之妙，如《輞川》《孟城坳》《華子岡》《茱萸沜》《辛夷塢》等詩。右丞倡，裴迪酬，雖各不過五言八句，窮幽入玄，學者當自細參則得之。」○《詩林廣記》曰：「山谷老人云：『余頃年登山臨水，未嘗不讀王摩詰詩，顧知此老胸次，定有泉石膏肓之疾。』」○《詩人玉屑》十五曰：「摩詰『中歲云云還期』，此詩造意之妙，至與造物相表裏，豈直詩中有畫哉！」○《小窗清紀》曰：「唐詩云：『行到水窮處，坐看雲起時。』此語極有意味，喜怒哀樂未發氣象，發皆中節，端倪皆可想見。」○《唐詩解》曰：「按本傳，維晚年長齋奉佛，故言好道，而覓此幽居以養静也。山水之遊，同志者寡，故每獨往其間，勝事亦自得於心，有未易語人者，即臨水看雲，真樂自在，世人嚋能賞此哉？然我非有心違俗，若林叟相值，未嘗不與談笑忘還，而豈有間於佛耶？」

中歲 何遜詩：「中歲無乖違。」

好道 淮南王《八公操》云：「知我好道，公來下兮。」

南山 《漢書·東方朔傳》曰：「南山者，天下之阻也，南有江淮，北有河渭。」○《括地志》曰：「南山即終南山，在長安城南八十里。」

興來《晉書》：「王徽之曰：『本乘興而來。』」

獨往《列子》曰：「獨往獨來，獨出獨入。」○謝靈運詩：「且申獨往意。」

雲起《漢書·五行志》曰：「雲起於山，而彌於天。」

談笑《史記·滑稽傳》曰：「優孟常以談笑諷諫。」

還期《樂府》：「吐之無還期。」

註　李肇云云《國史補》曰：「唐王維好釋氏，故字摩詰。性高致，得宋之問輞川別業，山水勝絶，今清涼寺是也。維有詩名，然好取人章句，如『行到水窮處，坐看雲起時』，乃《英華集》中詩[二]，『漠漠水田飛白鷺，陰陰夏木囀黃鸝』，乃李嘉祐詩。」

輞川別業《一統志》三十二曰：「西安府古迹輞川別業在藍田縣西南輞谷，唐王維置別業於此，其遊止有孟城坳、華子岡、茱萸沜、辛夷塢、木蘭柴等二十景。與裴迪閑暇各賦以詩云。」

清涼寺　涼，《一統志》作「源」，一本作「京」。

【校勘記】

[一]一本作「步」：按元刻本、箋註本、附訓本和增註本均無此註。

[二]英華：底本誤作「含英」，據《唐國史補》卷上改。

晚泊潯陽望爐峰[一]

孟浩然

增註 潯陽，江州郡名，在大江之北，潯水之陽。

備考 《唐詩歸》十載，題「爐峰」作「廬山」。○又《唐詩解》七古詩部載此詩，題作《晚泊潯陽望香爐峰》。○《唐書・地理志》曰：「江州有潯陽縣，縣有廬山，山有香爐峰。」○季本註云：「潯陽，江州郡名，唐屬江南道。《廬山記》：『郡本大江之北，潯水之陽，故曰潯陽。』」○香爐峰在廬山，山南、北皆見，其形圓聳，孤峰秀起，淑氣籠其上，氛氛若香爐也。

孟浩然 見前。

掛席幾千里，名山都未逢。泊舟潯陽郭，始見香爐峰。《廬山記》曰：「山東南有香爐峰。」**嘗讀遠公傳，永懷塵外踪。東林精舍近，**《高僧傳》：「劉遺民、雷次宗等依遠公於廬山，遠於精舍無量壽像前建齋立社，期生西方。」**日暮坐聞鐘。**陶元亮訪遠公，聞鐘有省，攢眉而去。

備考 賦也。一、二句虛，三、四句路中實事。○末四句虛也。○《玉屑》十五引《呂氏童蒙訓》曰：「浩然詩『掛席云云』，但詳見此等語，自然高遠。」○《唐詩歸》曰：「鍾云：『從「聞」境説出，「望」字便深。』」○《唐詩解》曰：「此道經潯陽，望爐峰不得登，因懷慧遠也。言舟行已遠，始見此峰。其中本遠公所隱，實生平深慕者。今近精舍，乃不獲尋其迹，而徒聞此鐘聲乎？恨之也。」

掛席　謝靈運詩：「掛席拾海月。」

名山　《禮記・王制》曰：「天子祭天下名山大川。」

潯陽　《江賦》云：「流九派乎潯陽。」○《一統志》曰：「潯陽江在九江府城北，源自岷山，至此下流四十里，合彭蠡湖水，東流入海[二]。」

香爐峰　香爐峰在廬山，其形圓聳，常出雲氣。○《一統志》五十二曰：「南康府、九江府有廬山，本一山，係二處也。香爐峰在廬山之上。」

塵外　殷仲文詩：「肅此塵外軫。」

東林云云　《高僧傳》曰：「晋慧遠見廬峰清静足以息心，始住龍泉精舍。刺史桓伊乃爲遠於山東立房殿，即東林也，絶塵清勝之賓，并不期而至。」

註　**劉遺民**　《排韻》曰：「劉驎之字遺民，一字子驥，晋末作柴桑令。人多以柴桑翁爲淵明，不知遺民嘗作此令也。慕遠公名德，白首同社。」○《佛祖統紀》二十七曰：「劉程之，字仲思，彭城人，漢楚元王之後。性好佛理，乃之廬山，傾心自託。劉裕以其不屈，乃旌其號曰遺民云云。」

雷次宗　又曰：「雷次宗，晋蓮社中人，築室鍾山，名招引館。」○《統紀》二十七曰：「雷次宗，字仲倫，豫章南昌人。博學詩禮，入廬山預蓮社，立館東林之東云云。」○《編年通論》曰：「時晋室微，而天下奇才多隱居不仕。若彭城劉遺民、豫章雷次宗、雁門周續之、新蔡畢穎之、南陽張士民、李碩等從遠游[三]，并沙門千餘人，結白蓮社於無量壽前建齋，立誓期生净土。」

精舍 《唐詩選》五郎士元詩云：「石林精舍武溪東。」注：「僧寺言精舍，本見佛經。王觀國謂晋武帝初奉佛法，立精舍居沙門，以爲始此，非也。蓋佛所居竹林曰精舍，晋武因之耳。按漢儒立精舍講授，又有立精舍燒香讀道書者，則精舍三教并可用。」○《紀原》曰：「今人以佛寺爲精舍，不知乃儒者教授之所。晦庵有武夷精舍。」○《書言故事》曰：「稱書齋爲精舍。後漢劉淑立精舍，晋謝靈運石壁精舍。」

無量壽像 按考《天台》，釋無量壽佛者，阿彌陀佛之義，詳見《天台觀經疏》并《名義集》卷七。

陶元亮云云 《佛祖通載》卷七曰：「淵明陶潛，字元亮，爲彭澤令。解印去，居柴桑，與廬山相近，時訪遠公。遠愛其曠達，招之入社。陶性嗜酒，謂許飲即來，遠許之。陶入山久之，以無酒，攢眉而去。」

【校勘記】

[一]晚泊潯陽望爐峰：《全唐詩》卷一百六十作《晚泊潯陽望廬山》。

[二]東：底本誤作「北」，據《明一統志》卷五十二改。

[三]張士民、李碩：《高僧傳》卷六作「張菜民、張季碩」。

茶人　陸龜蒙

備考《千古詩集》卷四載此詩，題作《逸隱人》。○舊解云：「茶人，指嗜茶人，龜蒙自謂也。」○宋張淏《雲谷雜記》曰：「飲茶不知起於何時，歐陽公《集古録跋》云：『茶之見前史，蓋自魏晋以來有之。』予按《晏子春秋》，嬰相齊景公時，食脱粟之飯，炙三弋、五卯、茗菜而已。又漢王褒《僮約》有『五陽買茶』之語，則魏晋之前已有之矣。但當時雖知飲茶，未若後世之盛也。郭璞注《爾雅》云：『樹似梔子，冬生葉，可煮作羹飲。』然茶至冬味苦，豈復可作羹飲邪？飲之令人少睡。張華得之，以爲異聞，遂載之《博物志》。非但飲茶者鮮識，茶者亦鮮至。唐陸羽著《茶經》三篇，言茶者甚備，天下益知飲茶。其後尚茶成風。回紇入朝，始驅馬市茶。德宗建中間，趙贊始興茶税。興元初雖罷，貞元九年，張滂復奏請，歲得緡錢四十萬。今乃與鹽酒同佐國用，所入不知幾倍於唐矣。」

陸龜蒙

備考《才子傳》曰：「陸龜蒙，字魯望，姑蘇人。幼而聰悟，有高致，善屬文，尤能談笑。詩體江、謝，名振全吴。舉進士一不中。嗜飲茶，置小園顧渚山下，歲入茶租，薄爲甌蟻之費。」

天賦識靈草，自然鍾野姿。閑來北山下，《新唐書》云：「龜蒙嗜茶，置園顧渚山下。」**似與東風**

期。雨後採芳去，雲間幽路危。惟應報春鳥，《顧渚山茶記》云：「山有鳥如鴝鵒，色蒼，正、二月作聲，春起也。三月止，春去也。採茶人呼爲報春鳥。」**得共斯人知。**

備考 賦也。前四句虛，後聯摘茶實事，末句虛也。○《千古詩集》：「笠叟云：東風期來，爲北山之遊。此意要識得雨後採芳，收天地之景。雲間之路不危，只世間路危耳。此意可報春鳥，未可與世俗人語也。意微哉！」

天賦 《中庸》曰：「天命之謂性。」朱註：「命猶令，性即理也。天以陰陽五行化生萬物，氣以成形，而理亦賦焉，猶命令也。於是人、物之生，各得其所賦之理，以爲健順五常之德，所謂性也。」

北山 指顧渚山。

註 **顧渚** 季註云：「顧渚在安吉州，出紫筍茶。」

鴝鵒 《要玄》曰：「《淮南子》：『鴝鵒，一名寒皋，斷舌可使言語。』一作『乾睪』。《古今注》亦名玄鳥。」

報春鳥 《復齋漫録》曰：「顧渚山中有鳥，如鸜鵒而色蒼。每至正、二月作聲，曰春起也，三、四月云春去也，採茶人呼爲唤春鳥。」

尋陸羽不遇　僧皎然

《羽傳》云：「僧史：積師見群雁覆小兒於橋下，得而育之。既育，筮之得『鴻漸于陸，其羽可用爲儀』，乃氏以陸，名羽，字鴻漸。」

備考《才子傳》：「陸羽嗜茶，造妙理，著《茶經》三卷，言茶之原、之法、之具，時號『茶仙』，天下益知飲茶矣。鬻茶家以瓷陶羽形，祀爲神。」

僧皎然

備考《履歷》曰：「僧皎然，字清晝。一云，吴興僧清晝，字皎然。按《唐書》，皎然字清晝，姓謝，湖州人，靈運十世孫。居杼山，有《杼山詩式》。」趙璘《因話録》亦作「清晝」。

移家雖帶郭，野徑入桑麻。近種籬邊菊，秋來未着華。扣門無犬吠，欲去問西家。報道山中出，歸來每日斜。

備考　賦也。一、二句虚，三、四句實事，末四句虚也。

每日　杜甫詩：「每日江頭盡醉歸。」

已前共四首

備考 已上四首，不拘聲律對偶，一意格也。

起句 周弼曰：「發首兩句，平穩者多，奇健者予所見惟兩篇，然聲太重，後聯難稱。後兩篇發句亦佳，聲稍輕，終篇均停，然奇健不及前兩篇遠矣。故著此爲法，使識者自擇焉。」

備考　**註**　**發首云云** 指一、二句。

奇健云云兩篇 謂「江天清更愁，風柳入江樓」，暢當「酒渴愛江清，餘酣漱晚汀」兩篇，奇健者也。

均停 均，平也。停，當也。

軍中醉飲寄沈八劉叟　暢當

增註 此詩元載杜工部集中。

備考 此詩當爲果州刺史時作。○愚按《杜工部千家註》十一并《集解》三載此詩，沈八未詳，詩中《千家》「莎」作「沙」，「都」作「醉」。

暢當

備考 《履歷》曰：「暢當，河東人，進士擢第。貞元初，爲太常博士。後以果州刺史卒。與弟諸皆有詩名。」

酒渴愛江清，餘酣漱晚汀。軟莎欹坐穩，冷石醉眠醒。野膳隨行帳，華陰發從伶[二]。伶，樂人。**數盃君不見，都已遣沉冥。**《楊子》：「蜀莊沉冥。」

備考 賦也。一、二句虛，三、四句實事，末四句虛。此詩全篇託醉雁，己憂也。○《杜詩集註》曰：「賦也。公因醉醒而憶沈八、劉叟，故寄此詩，言酒渴漱于江汀，欹坐醉眠石上，行帳供膳，從者發歌，復酌數杯，而忽思君不見，故宿醉頓醒，遣沉冥矣。」○邵夢弼曰：「按首二聯自言軍中醉興之豪，三聯言軍中行厨音樂之盛，所以供醉者，結則寄沈八、劉叟之情也。夫軍中乃嚴武轅門，史稱武治兵極整肅，公以拾遺舊知遠來相附，乃在軍中豪飲，疏縱如此之甚，不亦慢滅士卒，嚴武姑容之哉。不知公號文雅，實諳將略，每每料敵勝負，明若觀火，其往來轅門，必有密算以禦吐蕃者云云。後嚴武果破吐蕃，收鹽川，朝加吏部尚書。武表公爲節度參謀，賜緋。則談兵於杯酒之中，其密贊籌略不可誣矣。不然，公豈以哺啜乞憐於武，而武豈以朝廷恩賚私一杜甫哉？不知沈八、劉叟亦識此否？而公醉中記憶之耶？其曰：『數杯君不見，都已遣沉冥。』微意可想。」

江清 邵夢弼曰：「『清』字不押後韻。」

酣 《字彙》曰：「酒樂也，湛嗜也。應劭曰：『不醒不醉曰酣。一曰，酣，洽也。』」

冷石云云 季本註云：「《廬山記》：『陶淵明居栗里，有大石，常醉眠其上，名醒酒石。』又李德裕平泉别墅有醒石，醉踞之。」

行帳　又云：「行帳，軍中行幕。」○庾信《燈賦》云：「掩芙蓉之行帳。」

華陰　《千家註》《集解》等作「華音」。○《集註》云：「華音，中國之音也。」

從伶　季註：「從伶，道從之樂人也。伶倫，古樂師。後因謂樂工爲伶。」○《詩·邶風篇》，《大全》：「鄭氏曰：『伶氏世掌樂官而善焉，故後世號樂官爲伶官。』」

沉冥　季注：「沉冥，猶言昏瞶。」○《集註》云：「沉冥，深醉貌。」

註　**楊子云云**　《漢書》列四十二：「楊雄論曰：『蜀嚴湛冥。』」孟康曰：「蜀郡嚴君平，湛深玄默，無欲也。」師古曰：「湛，讀曰沉。」

【校勘記】

［一］陰：《全唐詩》卷二百八十七作「音」。

題江陵臨沙驛樓　司空曙

增註　江陵，又名荆臺，春秋謂郢都，秦置南郡，兩漢爲江陵，三國爲荆州，唐爲江陵府江陵郡，屬山南道，宋陞帥府，今屬湖北道。

備考 按考《履歷》《才子傳》等，流謫過江陵時，於臨沙驛作此詩歟？

司空曙 見前。

江天清更愁，風柳入江樓。雁識楚山晚[二]**，蟬知秦樹秋。凄凉多獨醉，零落半同游。豈復平生意，蒼然蘭杜洲。**

增註 杜若，香草。

備考 賦也。一、二句虛。三、四句以感人不如鳥虫之知時節，實中含虛。末四句情思而全虛也。

零落 晏子歌云：「秋風至兮殫零落。」〇鮑照《行路難》曰：「白髮零落不勝簪。」〇《楚辭》曰：「惟草木之零落。」注：「零落，皆墜也。草曰零，木曰落。」

同游 王鑒詩：「同遊不同觀。」〇《列子》曰：「化人謁王同游。」

蒼然 謝朓詩云：「平楚正蒼然。」

增註　**杜若** 《本草綱目》十四《芳草部》曰：「杜若，一名杜衡，一名杜蓮。頌曰：『此草一名杜衡，而草部中品自有杜衡條，即《爾雅》所謂土鹵者也。杜若，即《廣雅》所謂楚衡者也。其類自別。』」〇「弘景曰：『今處處有之。葉似薑而有文理，根似高良薑而細，味辛香。又絶似旋葍根，殆欲相亂，葉小異爾。《楚辭》云「山中人兮芳杜若」，是矣。』」

【校勘記】

［一］識：《全唐詩》卷二百九十三作「惜」。

已前共二首

備考 已上二首，起句太重者也。

送耿山人遊湖南［一］ 周賀

周賀 見前。

南行隨越僧，舊業一池菱。兩鬢已垂雪，五湖歸掛罾。夜濤鳴柵鎖，寒葦露船燈。此去更無事［二］**，却來猶未能**［三］。

備考 賦也。前四句虚，後聯實，末句虚也。

柵 《説文》云：「編樹木也。」《增韻》：「編木爲之也。」

【校勘記】

[一]送耿山人遊湖南：《全唐詩》卷五百三作《送耿山人歸湖南》。

[二]此去更：《全唐詩》卷五百三作「去此應」。

[三]猶未：《全唐詩》卷五百三作「知不」。

宿巴江　　僧栖蟾

僧栖蟾

備考《履歷》曰：「大順中人。」

江聲五千里，瀉碧急於弦。不覺日又夜，爭教人少年。一汀巫峽月，《三峽記》曰：「巫峽在夔州，連山隱蔽，非亭午夜分不見日月。」**兩岸子規天。**「子規」，一作「秭歸」。**山影似相伴，濃遮到客船**[一]。

備考 賦也。全篇情思而虛也。

巫峽《一統志》七十曰：「四川夔州府巫峽，在巫山縣東三十里，即巫山也。」

註　**三峽云云**《荆州記》曰：「三峽七百里中，兩岸連山，略無缺處，重巖叠嶂，隱蔽天日。自非亭午及夜分，不見日月。至於夏水襄陵，沿泝阻絶，或王命急宣，有時朝發白帝城，暮至江陵，其間一千二百里，雖乘奔馳風，不爲疾也。」

亭午《升庵文集》七十四曰：「梁元帝《纂要》曰：『日在午曰亭，在未曰映。』」〇《文選》二十八孫興公《天台山賦》曰：「羲和亭午，遊氣高褰。」良曰：「亭，至也。」

【校勘記】

［一］客：《全唐詩》卷八百四十八作「曉」。

已前共二首　按伯弜分此而不著其説，惟此卷只四首。分而爲二者，以前兩首起句太重，爲一例；後兩首起句稍輕，終篇均停，爲一例。具如卷首所評，其意最爲明白。以此觀之，他可觸類而知矣。

備考　已上二首，起句稍輕者也。

結句　周弼曰：「結句以意盡而寬緩，能躍出拘攣之外，前輩謂如截奔馬，予所得獨此四首，足見四十字，字字不可放過也。」

備考　**拘攣**　攣，《字彙》曰：「郎旬切，音戀。手足曲也。拘攣，係也。」〇按拘攣，法律也。

送陳法師赴上元[一]

皇甫冉

備考《要玄》曰：「南京路應天府 古建業。有上元縣。」

皇甫冉 見前。

延陵初罷講，按延陵有五：其一在代；其一在綏，今名延福縣者，後魏之延陵縣也；一在丹徒者，隋之延陵縣也；一在潤州者，太康二年分曲阿延陵鎮置；一在常之晋陵者，古延陵也，《公羊》所謂「季札退居延陵」者也。**建業去隨緣。翻譯推多學，壇場最少年。浣衣逢野水，乞食向人煙。遍禮南朝寺，焚香古像前。**

增註 建業，即唐昇州。○《東京賦》：「秦政利觜長距，終得壇場。」注：「壇，專也。喻天下爲大場。」

備考 賦也。前四句虛，後聯預推自延陵赴建業途中實事言之，末二句虛也。

增註 **東京云云**《文選》三張平子《東京賦》曰：「秦政利觜長距，終得擅場。」注：「向曰：『秦始皇名政。擅，專也。喻天下爲大場。』」

【校勘記】

[一]送陳法師赴上元：《全唐詩》卷二百五十作《送延陵陳法師赴上元》。

送從弟歸河朔　　李嘉祐

增註　《爾雅·釋親》：「兄弟之子，相謂從父昆弟。」○朔，北也。

備考　從弟、嘉祐共河北人，在長安送歸，從弟歸故鄉，此詩言經禄山反，陷河北之後。

增註　**《爾雅》云云**　《爾雅·釋親》曰：「兄之子、弟之子，相謂爲從父昆弟。」郭注：「從兄相別。」

昆弟　《儀禮·喪服》曰：「昆弟。」註疏：「昆，兄也。」

李嘉祐　見前。

故鄉何可到[一]，**令弟獨能歸。諸將旌旄節**，《唐·百官志》：「節度使初受辭日，賜雙旌雙節。」

何人重布衣。空城流水在，荒澤舊村稀。秋日平原路，平原，今德州。**蟲鳴桑葉飛。**

增註　旌，表也。○旄，《周禮》：「犛牛尾爲之。」○節以毛爲之，將命者持之以爲信。

備考　賦也。全篇情思而虛。五、六句實，述亂後景也。

故鄉　《荀子》曰：「去其故鄉，事君而達。」○蘇武詩：「遊子恋故鄉。」

布衣　《文選·出師表》註：「向曰：『布衣，庶人服也。』」○《史記·蘇秦傳》曰：「天下卿相人臣及布衣之士。」

空城 鄭公超詩：「空城落日影。」

平原 季註云：「平原，唐河北道德州平原郡。」

註 **唐百云云**《唐書·百官志》曰：「節度使掌總軍旅，顓誅殺。初授，具帑抹兵仗詣兵部辭見，觀察使亦如之[二]。辭日，賜雙旌雙節，行則建節樹六纛。」

增註 **犛牛**《字彙》曰：「犛溪切，音離，牛名。郭璞曰：『犛牛，黑色，出西南徼外。』又音茅，牛尾可爲旌旄，亦作氂斄。」

節《漢書·高帝紀》師古曰：「節以毛爲之，上下相重，取象竹節，因以爲名，將命者持之爲信。」○《事物紀原》曰：「《周禮》地官之屬掌節有玉、角、虎、人、龍、符、璽、旌等節。漢文有旄節之制。漢人有持節，乃古旄也。然則節自周始，而旄節則起於漢也。」又曰：「後漢公孫瓚討烏桓，詔令受劉虞節度。唐室名使，蓋取此義。唐制，緣邊戎寇之地則加以旌節，謂之節度使。」

【校勘記】

[一]何：《全唐詩》卷二百六作「那」。

[二]觀察使：底本誤作「官察」，據《新唐書·百官志》改。

喜晴　李敬方

自注云：「時左遷台州刺史。」

備考 此詩台州作。

註　**台州**《一統志》曰：「浙江道有台州府。」

李敬方

備考《履歷》曰：「李敬方，字中虔[二]。登長慶進士第。太和中，歙州刺史，又台州刺史。」

到台十二旬，一片雨中春。林菓黄梅盡，山苗半夏新。陽烏朝展翅，陰魄夜飛輪。坐喜無雲物，分明見北辰。 蓋喜朝廷有清明之斷，而己寃可雪也。

增註《月令》：「孟夏之日，半夏生。」○《天文志》注：「日，陽之宗，積而成烏。月，陰之精，月體黑者謂之魄，望後生魄。」○《左傳》：「凡分、至、啓、閉，必書雲物。」○北辰，即北極，天之樞。

備考 賦而比也。一、二句虛，中二聯晴景，末二句虛。此詩聞朝廷退讒佞，喜託雨晴作也。

半夏《本草綱目》十七《毒草部》曰：「一名守田，一名水玉，一名地文，一名和姑。時珍曰：《禮記·月令》：『五月半夏生。』蓋當夏之半也，故名守田。頌曰：『在處有之，以齊州者爲佳。二月生苗一莖，莖端三葉，淺緑色，頗似竹葉，而生江南者似芍藥葉。根下相重，上大下小，皮黄肉白云云。』」

陽烏《廣雅》曰：「日，一名陽烏。」○《春秋元命苞》曰：「三足烏者，陽精也。」

註

《天文志》云云《後漢書·天文志》曰：「日者，陽精之宗[二]，積而成烏，象烏，而有三趾，陽之類，其數奇；月者，陰精之宗，積而成獸，象兔，陰之類，其數偶。」○《升庵文集》七十四：「《甘氏星經》云：『日一星，在房之西，氐之東。日者，陽宗之精也。爲鷄二足，爲烏三足。鷄在日中[三]，而烏之精爲星，以司太陽之行度。日生於東，故於是在焉。月一星，在昴之南，畢之北。月者，陰宗之精也。爲兔四足，爲蟾蜍三足[四]。兔在月中，而蟾蜍之精爲星，以司太陰之行度。月生於西，故於是在焉。』」○張華《博物志》云：「兔望月而孕，自吐其子。」○《五經通義》曰：「月中有兔與蟾蜍。月，陰也。蟾蜍，陽也，而與兔并明，陰係於陽也。」○《詩學大成》曰：「《六帖》：『日中有陽烏，三足。』」

《左傳》云云《左傳·僖公五年》曰：「凡分、至、啓、閉，必書雲物。」註：「分，春、秋分也。至，冬、夏至也。啓，立春、立夏。閉，立秋、立冬。雲物，氣色灾變也。日官掌其職。」

北辰云云《武備要略》七曰：「紫薇垣，《步天歌》：『中垣北極紫微宫，北極五星在其中。大帝之坐第二珠，第三之星庶子居。第一號曰爲太子，四爲后宫五天樞。』北極兼五星而言，北辰專指天樞一星而言。」○《論語或問》曰：「北辰之爲樞，何也？曰：天圓而動，包於地外；地方而静，處乎天中。故天之形，半覆地上，半繞乎地下，而左旋不息，其樞紐不動之處，則在乎南北極之端焉。謂之極者，猶屋脊之謂極也。

然南極低入地三十六度，故周回七十二度，常隱不見。北極高出地三十六度，故周回七十二度，常見不隱。北極之星正常見不隱七十二度之中，常居其所而不動，其旁則經星隨天左旋，日月五緯右轉，更迭隱見，皆若環繞而歸向之。知此則知天樞之説，聖人所以取譬者亦可見。」

【校勘記】

［一］中：底本脱，據附訓本和增註本補。

［二］精：底本脱，據《後漢書·天文志》補。

［三］在：底本脱，據《升庵集》卷七十四補。

［四］三足：底本脱，據《升庵集》卷七十四補。

茅山　杜荀鶴

增註《唐書》：「在潤州延陵縣。」《方輿勝覽》：「在金壇縣，并建康句容縣。」〇按《掇遺》載［一］，茅濛，字初成，華陽人。隱華山修道，白日上昇。濛之玄孫茅盈、茅固、茅衷，得道於句曲山。

備考《要玄》曰：「南京路應天府古建州。句容縣東有茅山，初名句曲，因茅君得道更名，三茅君各占一峰。道書爲第八洞天，第一福地。」〇季註云：「太上老君命盈爲司命真君，固定籙君，衷朱明君。太上真人居赤城，時來句曲。郊人改句曲爲茅山，曲山三十六洞天，第八洞名華陽洞。」

杜荀鶴 見前。

步步入山門，仙家鳥徑分。漁樵不到處，麋鹿自成群。石面迸出 一作「流」。**水，松頭穿破** 一作「亂」。**雲。道人星月下，相次禮茅君。**《神仙傳》：「大茅君名盈，次茅名固，小茅名衷，號三茅君。」

備考 賦也。全篇虛也，言道境清絶。末二句，説道家修行也。

麋鹿 云云 杜甫詩：「遠害朝看麋鹿遊。」

註 **《神仙傳》云云** 《活法》九曰：「《神仙傳》：『大茅君名盈，次名固，次名衷。老君拜盈爲司命真君，固爲定録真君，衷爲保生真君，號三茅君。』改句曲爲茅君山。」

【校勘記】

［一］《掇遺》：按《詩話總龜》引作《拾遺》，《六朝事迹編類》引作《摭遺》。

已前共四首

備考 已上四首，舉結句法。

咏物 周弼曰：「隨寓感興而爲詩者易，驗物切近而爲詩者難。太近則陋，太遠則疏。此皆於和易寬緩之中而精切者也。」

備考 **註** **驗物** 驗，《字彙》曰：「證也，徵也。」

太近云云 咏物近，形容之失俚陋；遠，形容之不中題意。

此皆云云 指光羲已下八人作也。

山中流泉[一]

儲光羲

儲光羲 見前。

山中有流水，借問不知名。映地爲天色，飛空作雨聲。轉來深澗滿，分出小池平。恬淡無人見，年年長自清。

備考 賦也。一、二句虛；中二聯實，一事；末句虛也。

映 《增韻》曰：「映，明相照也。」

恬淡 王子淵《聖主得賢臣頌[二]》曰：「恬淡無爲之場。」○《文選》注：「善曰：『《莊子》曰：「夫恬淡寂寞，虛無無爲，此天地之平，而道德之至。」』」

【校勘記】

［一］山中流泉：《全唐詩》卷一百三十九作《咏山泉》。

［二］賢：底本脱，據《文選註》卷四十七補。

冷井［一］

孫欣

備考 此詩賀省中新井作歟？

孫欣

備考《才子傳》《履歷》等不載傳。

仙闈初鑿井［二］，**雲液沁成泉**［三］。沁，浸漬也。《洞冥記》：「長安東七里有雲山，山頭有井，雲從中出。」**色湛青苔裏，寒凝紫綆邊**。綆，瓶索。**銅瓶向影落，玉甃抱虚圓**。江逌《井賦》：「構玉甃之百節。」《風俗通》曰：「甃，聚磚修井也。」**永賴調神像**［四］，**堯時奉萬年**［五］。《通曆》曰：「堯時老人擊壤於路曰：『鑿井而飲，耕田而食，帝何力於我哉？』」

備考 賦也。一、二句虚，中四句實，末句虚也。

仙闈 指禁闈。

萬年 《詩・國風・鳲鳩篇》曰：「正是國人，胡不萬年。」○王子淵《聖主得賢臣頌》曰：「永永萬年。」

註 **《洞冥記》云云** 《要玄・地集》八：「瑞井曰雲井。《洞冥記》：『長安東七萬里有雲山，山頭有井，雲從中出。若土德王，則黃雲出，赤、黑、青、白亦各如是。』」

江逌云云 《初學記》：「東晋江逌賦：『穿重壤之十仞兮，構玉甃之百節。』」

堯時云云 《綱鑑・堯紀》曰：「時有老人擊壤而歌曰：『吾日出而作，日入而息。鑿井而飲，耕田而食，帝力何有於我哉？』」

繫壤 《風土記》曰：「壤以木爲之。」○《博藝經》曰：「將戲，先側一壤於地，遥于三四十步，以手中壤敲之，中者爲上。古野老戲。」

【校勘記】

［一］冷井：《全唐詩》卷二百三作《奉試冷井詩》。

［二］初鑿井：《全唐詩》卷二百三作「井初鑿」。

［三］雲：《全唐詩》卷二百三作「靈」。

［四］賴：《全唐詩》卷二百三作「願」。像：《全唐詩》卷二百三作「鼎」。

［五］奉：《全唐詩》卷二百三作「泰」。

僧舍小池　張鼎

張鼎

備考《才子傳》《履歷》等不載傳。

引出白雲根，潺潺漲蘚痕。冷光摇砌錫，踈影露枝猿。净帶凋霜葉，香通洗藥源。貝多文字古，西天經以貝多葉書。**宜向此中翻。**

增註《酉陽雜俎》：「貝多，出摩伽佗西國土。其樹長六七丈，經冬不凋。又嵩山思惟樹，即貝多也。」

備考　賦也。全篇虚也。

註　**西天云云貝多云云**《名義集》卷三曰：「多羅，舊名貝多，此翻岸。如此方棕櫚，直而且高。極高長八九十尺，華如黄米子。有人云，一多羅樹高七仞。七尺曰仞，是則樹高四十九尺。《西域記》云：『南印建那補羅國北不遠有多羅樹林三十餘里，其葉長廣，其色光潤，諸國書寫，莫不采用。』」

增註　《**酉陽**》**云云**《酉陽雜俎》曰：「貝多，出摩伽陀西國土，用以寫經。其樹長六七丈，經冬不凋。此樹有三種，一者多羅婆力叉貝多，二者多黎婆力叉貝多，三者都闍婆力叉貝多。多羅、多黎并書其葉，都闍一色，取其皮書之。『貝多』『婆力叉』者，皆梵語。貝多，漢翻爲葉。婆力叉，漢翻爲樹。多羅樹，即婆力叉貝多之一也。西域書經，用此三種皮葉，若能保護，亦得五百年。」

嵩山思惟云云《要玄·物集》卷一曰：「《嵩山記》：『思惟樹，漢時有道人自西域持貝多子植於嵩之西峰下，後極高大，有四樹，樹一年三花。嵩高寺中有思惟樹，即貝多也。如來坐貝多下思惟，因以名焉。』」

聞笛　戎昱

本集題云《夜上受降城聞笛》[一]。

增註　黄帝使伶倫伐竹作笛。

備考《圓機活法》曰：「《風俗通》云：『笛，滌也。滌邪穢，納之雅正也。長一尺四寸，七孔。笛音一定，諸弦歌皆從笛爲正。』笛之所出，有雲夢之竹，衡陽之幹，柯亭之竹。黄帝使伶倫伐竹作笛，蓋其始也。」

○《前漢·律曆志》曰：「黄帝取竹之嶰谷而吹之，以听鳳鳴，其雄鳴爲六[二]，雌鳴亦六。」

戎昱

備考《履歷》曰：「戎昱，登進士第。衛伯玉鎮荊南，辟爲從事。建中中，爲辰、虔二州刺史。京兆尹李鑾欲以女妻之，令改姓，昱辭焉。」

入夜思歸切，笛聲寒更哀。愁人不願聽，自到枕邊來。風起塞雲斷，夜深關月開。平明獨惆悵，落盡一庭梅。古曲有《落梅華》《折楊柳》，非謂吹笛而梅落也。故張正見《柳》詩云：「不分梅華落，還同橫笛吹。」李白云：「黃鶴樓中吹玉笛，江城五月落梅華。」皆謂曲名也。自昱以爲「落盡一庭梅」，世遂襲其誤，以爲吹笛則梅落矣。

增註　關月，樂府橫吹笛有《關山月》詞。

備考　賦也。一、二句虛，後聯時景，末句虛也。

愁人　《楚辭》卷二《九歌·大司命》詞曰：「愁人兮奈何，願若今兮無虧。」○梁簡文帝詩：「愁人夜獨傷。」○李元操詩云：「愁人當此夕。」

平明　《荀子》云：「君平明而聽朝。」○《史記·留侯世家》曰：「老父曰：『後五日平明與我會此。』」

註　**受降城**　《唐書·地理志》曰：「豐州九原郡有東受降城、中受降城、西受降城，景雲三年朔方軍總管張仁愿築。」○《一統志》曰：「東受降城在廢東勝州東北八里，中受降城在大同府城西北五百里，西受降城在古豐州西北八十里。」

《折楊柳》　梁樂府《折楊柳》歌云：「上馬不捉鞭，反拗楊柳枝。下馬吹長笛，愁殺行客兒。」○李延年橫吹二十八解中有《折楊柳》之曲。

張正見云云《初學記》云：「陳張正見《賦得垂柳映斜谿》詩：『千仞清溪險，三陽弱柳垂。葉細臨湍合，根空帶石危。風翻夾浦絮，雨濯倚流枝。不分梅花落，還同橫笛吹。』」

李白云云《訓解》七載此，題作《與史郎中欽聽黃鶴樓上吹笛》，詩云：「一爲云云落梅花。」注：「《落梅》，本笛中曲，今于五月聽之，旅思所以生也。」〇《詩林廣記》前集三：「李白《聽黃鶴樓吹笛》詩云：『一爲遷客去長沙，西望長安不見家。黃鶴樓中吹玉笛，江城五月落梅花。』」〇「《復齋漫録》云：『古曲有《落梅花》，非謂吹笛則梅落。詩人用事，不悟其失耳。』胡苕溪云：『余意不然之。蓋詩人因笛中有《落梅花》曲，故言吹笛則梅落，其理甚通，用事未爲失。古之詩詞用吹笛則梅落者甚衆，若以爲失，則《落梅花》之曲何爲笛中独有之？決不虚設也。謫仙又有《觀胡人吹笛》云：「胡人吹玉笛，一半是秦聲。十月吴山曉，梅花落敬亭。」又戎昱《聞笛》詩云：「平明獨惆悵，飛盡一庭梅。」崔魯《梅》詩云：「初開已入雕梁畫，未落先愁玉笛吹。」黃魯直《侍兒》詩云：「催盡落梅春已半，更吹三弄乞風光。」泛觀古人用事，一律可見。復齋之妄辨也。』」

《落梅花》《風俗通》曰：「五月有落梅風，江淮以爲信風。」〇《樂府解題》：「《梅花落》，笛中曲也。自宋鮑照以下，常爲之。」

增註　**橫吹云云《關山月》**《樂府解題》云：「《關山月》，傷別離也。」〇《訓解》儲光羲《關山月》題注：「樂府鼓角橫吹十五曲之一也。」

【校勘記】

［一］本集題云《夜上受降城聞笛》：此句原在「風起塞雲斷」後，當爲錯簡，今移至詩題下。

［二］雄：底本脱，據《漢書·律曆志》補。

感秋林[一]　　姚倫

姚倫

備考《履歷》曰：「《間氣集》：『肅、代時人也。終揚州大都督參軍。』」

試向東林望[二]，方知節候殊。亂聲千葉下，寒影一巢孤。不蔽秋天雁，驚飛夜月烏。霜風與春日，幾度遣榮枯。

備考 賦也。一、二句虛，中二聯秋林實事，末句虛也。

東林 陶潛詩：「戮力東林隈。」

夜月 梁武帝詩：「懷情入夜月。」

【校勘記】

［一］感秋林：《全唐詩》卷二百七十二作《感秋》。

［二］東：《全唐詩》卷二百七十二作「疏」。

杏華　温憲

備考　**杏**《本草綱目》二十九《果部》曰：「頌曰：『今處處有之，有數種。黄而圓者名金杏，相傳種出自濟南郡之分流山，彼人謂之漢帝杏，言漢武帝上苑之種也。今近汴、洛皆種之，熟最早。其扁而青黄者名木杏，味酢不及之。』」

温憲

備考《履歴》曰：「温憲，員外庭筠子。僖、昭之間就試，有司以父文刺時毀朝士，抑而不録。後滎陽公登大用，除趙崇知舉，謂曰：『庭筠之子，幸勿遺也。』於是成名。」

團雪上晴梢，紅明映碧寥。店香風起夜，村白雨休朝。静落猶連蒂［一］**，繁開正滿條**［二］**。**

澹然閑賞久，無柰似嬌饒［三］**。**

增註 董嬌饒，名姬也。

備考 賦也。一、二句虚，中二聯實，末句虚也。

增註　**董嬌嬈**《古詩歸》卷四：「漢宋子侯《董嬌嬈》詩曰：『洛陽城東路，桃李生路傍。花花自相對，葉葉自相當。春風東北起，花葉正低昂。不知誰家子，提籠行採桑。纖手折其枝，花落何飄颺。請謝彼姝子，何爲見損傷。高秋八九月，白露變爲霜。終年會飄墮，安得久馨香。秋時自零落，春日復芬芳。何時盛年去，懽愛永相忘。吾欲竟此曲，此曲愁人腸。歸來酌美酒，挾瑟上高堂。』」○愚按「饒」字當作「嬈」字。

【校勘記】

［一］連：《全唐詩》卷六百六十七作「和」。

［二］滿：《全唐詩》卷六百六十七作「蔽」。

［三］無柰似嬌饒：《全唐詩》卷六百六十七作「無以破妖嬈」。

孤雁　　崔塗

備考《律髓》二十七載此詩。○《清波雜志》曰：「世謂雁爲孤而不曰雙，燕曰雙而不曰孤，以雁屬乎陽，燕屬陰，陽數奇，陰數耦故也。然常言『雁序』『雁行』，蓋亦有雁而不孤。燕雖有『於飛』之語，古今賦咏何嘗必及於雙？曰孤曰雙，豈止以奇耦言之耶[一]？」

崔塗　見前。

幾行歸塞盡，念爾獨何之。暮雨相呼疾[二]**，寒塘欲下遲**[三]。**渚雲低暗度，關月冷相隨。未必逢矰繳，孤飛自可疑。**

增註　箭有綸曰矰繳，即綸也，謂以絲系矢而射。《孟子》：「繳而射之。」《淮南子》：「雁銜蘆以避矰繳。」

備考　賦也。全篇虛也。

何之　李陵《與蘇武》詩：「游子暮何之？」○《孔叢子》：「孔子歌曰：『天下如一欲何之？』」

寒塘　何遜詩：「露濕寒塘草。」

註　**淮南云云**　《淮南子・人間訓》云：「夫雁順風，以愛氣力，銜蘆而翔，以備矰弋。」注：「未秀曰蘆，已秀曰葦。矰，矢。弋，繳也。銜蘆所以令繳不得截其翼。」○李豫亨《推篷寤語》曰：「雁北歸必銜蘆，越關則輸之。《淮南子》以爲雁愛氣力，銜蘆以避矰繳。俗傳以爲過海投蘆爲桴，以息氣力。或云，輪蘆以供稅之說，誕矣。過海爲桴之說，何秋來獨無而春始蘆耶？蘆避矰繳之說，不知來時。何以爲避？且使上林射雁[四]，何能避耶？予考雁從風而飛，春夏南風，故北飛，秋冬朔風，故南飛。秋冬過南，食肥體重，故借蘆以助風力耳。塞北風高，則無事此，故投於雁門關。姑識之以俟明者焉。」○崔豹《古今註》曰：「雁自河北渡江南，瘦瘠能高飛，不畏矰繳。江南沃饒，每至還河北，體肥不能高飛，恐爲虞人所獲，嘗銜蘆長數寸以防矰繳焉。」

【校勘記】

[一]奇：底本脱，據《清波雜志》卷四補。

[二]疾：《全唐詩》卷六百七十九作「失」。

[三]欲：《全唐詩》卷六百七十九作「獨」。

[四]林：底本誤作「使」，據《推篷寤語》卷七改。

雨[一]　皎然

皎然 見前。

片雨拂簷楹，煩襟四坐清。霏微過麥隴，蕭瑟傍莎城。靜愛和華落，幽聞入竹聲。朝觀興無盡[二]**，高咏寄閑情。**

備考 賦也。一、二句虛，中二聯實事，末句虛也。

四坐 古樂府云：「四坐樂且康。」

霏微 沈約詩：「霏微不能注。」○杜甫詩：「水晶宮殿轉霏微。」《集註》：「霏微，煙霧貌。」○「一云，雨飛貌。」

蕭瑟《升庵文集》六十一曰：「梁武帝詩『瑟居超七净』，『瑟』與『索』同，『蕭索』字一作『蕭瑟』，則『索居』亦得作『瑟居』也。蓋『瑟』『索』借用字，正作『槭』。」○《楚詞》曰：「悲哉秋之爲氣也，蕭瑟兮！」○江淹詩：「松柏轉蕭瑟。」○杜甫詩：「蕭瑟九原中。」《集註》：「蕭瑟，寂寥貌。」

【校勘記】

［一］雨：《全唐詩》卷八百二十作《夏日登觀農樓和崔使君》。

［二］興無盡：《全唐詩》卷八百二十作「趣無限」。

已前共八首

備考 已上八首，咏物體也。

三體詩五言律句備考卷六終

古人曰：「才，體也；文，用也。」天下萬物，有體斯有用也。凡天地之間，洪纖崇卑，莫不因才之所受而自文焉，非可勉强而致也。文與詩不二：文，道之所載；詩，心之所發。物彰其言爲詩，詩以情志爲本，而以成聲爲節。是故言者足志，而文者足言也。然則心之所之，志之所向，情之所發，爲言也，爲文也，爲詩也。詩之來尚矣，權輿於《康衢》《擊壤》之謡，演迤於《卿雲》《南風》之歌，製作《國風》《雅》《頌》三百篇之體，詩道之原始也。《雅》《頌》既亡，至於漢魏六朝，各言其詩者，或質過而文約，華浮而實薄，渾古之風，蓋不可追矣。迨乎李唐，風人之體全備。汶陽周伯弜乃撰爲三體之法，便于行世。本朝士人習頌已久，而好尚之志猶不亞昔賢。今熊谷隱士，杰出儒門，遍獵墳典，馳思騷雅，常浴唐人餘韻，每嘆其才華繁茂，典實不明，會歸諸説，訓解是書，以「三體詩備考大成」名之，凡二十卷。予因閲之，見其事實詳當，奥旨彰明，足以便於行世，故跋數言於後，則不無畫蛇之誚耳。

延寶乙卯仲夏朔旦，鴨水釋如實把筆于嘯月軒下

振古以詩鳴於世者，不知幾百家。甚至膾炙人口，風韻全美，獨李唐諸什是已。汶陽周伯弜撰爲三體之法，上自武德，下至元和，凡若干首，皆爲擲地金聲，久行於世。高安天隱從而注之，永嘉季昌因而補之。本邦雅風日振，於時士人學於詩者，每指《三體》之集爲入門捷徑。其言多培根於經史，拔萃於子集，事實繁瑣，旨趣幽深。予以講課之暇，取徵文獻，輯而解之，復名其集曰《三體詩備考》，凡二十卷。書成，書林吉田氏某乞付梓流行，因識歲月於末，以便後之博洽君子有所稽證云。

延寶乙卯年夏五端午日，茘齋熊谷立閑散人跋